Inhaltsverzeichnis – wat in düssen Beoke steiht

Anhang - Anhängsel

Vorwort zur 2. Auflage (2001) des Original-Romans (aus dem Niederländischen)

Die erste Auflage dieses Romans erschien 1946. Der Autor, Egidius Wientjes, der am 26.April 1924 in Ootmarsum geboren wurde und am 8.September 1980 in Zwolle starb, war seinerzeit erst 22 Jahre alt.

Trotz seines jugendlichen Alters gelang es ihm, einen spannenden Lokalroman zu schreiben und das ganze Geschehen in das Bühnenbild der Stadt Ootmarsum und des Dörfchens Agelo zu versetzen. Auf einzigartige Weise konnte er eine Liebesgeschichte zusammenfügen mit Beschreibungen der Bräuche, Gewohnheiten und Traditionen der Region und schenkte seine Aufmerksamkeit den Sagen und Legenden, die mittels Überlieferung in der Bevölkerung fortlebten.

Die Vereinigung Heimatkunde Ootmarsum und Umgebung betrachtet diesen Lokalroman daher als ein kleines Stück kulturhistorisches Erbe. Dies, und die Bereitschaft von Jan Wientjes, Bruder des verstorbenen Autors, finanzielle Unterstützung zu bieten, waren Anlass für die Vereinigung, diese zweite Auflage vorzubereiten.

Für ein besseres Verständnis sind an einigen Stellen Fußnoten angefügt und die Wörterliste ist hier und da ausführlich.

Um der Authentizität des Romans keine Gewalt anzutun, wurden keine Änderungen der Schreibweise des Autors und der Rechtschreibung, wie sie beim Erscheinen der ersten Ausgabe üblich war, vorgenommen.

Ootmarsum, im März 2001

Vörwärd up Plattduütsch

Wie kümmp man därteo, ´n Roman, de in´e annere Sproake upschriében es, in´t Platt van´n Ravensbiarger Lanne teo uobersedden ? Et es oll ´ne Räihge van Jäahrn hiar, dat ek düt Beok teofällig in´e Hänne kreig (bäi´n Iutflugg in dat schöne Twenter Land achter de duütsch-hollandischen Grenze). Os ek et teo´n ersten Moal liasen hadde, häbbe ek seobutz dacht: Diusenddagg! Düsse Geschichte hädde sick äok vör de Näienduür up´n Biuernhuobe in iuse Giégend, tüschen Ossenbrügge, Bäilefeld un Minden afspiélen konnt. Et geiht - sümsverstand - ümme de Leifte un ümme dat Bestäahn van Hoff un Iarbe, ümme Öllernsuorgen un Teokumftsgedanken, ümme Noahberschopp un Olldaggsliében up´n platten Lanne, un nich teoleste ümme dat Arbeiden, Fäiern un sick wat vertellen, seo os et güste teo de Natur un de Jäahrestäid passt. Düt es de Welt van dän äolen Biuernstanne, de - wenn wäi ehrlich send – oll lange unnergäahn es. Un et es doch äok wunnerlich, dat düsse äole „plattduütsche Kultur“ ollewiagen sücke Ähnlichkeiten hadde, ob dat in Westfalen was odder giénte achter de Grenze in´n Twenter Lanne (woa de Minschen üohre Sproake un Kultur „nedersaksisch“ noimt). Un därteo krigg man äok teo wiéden, wecke besonneren Bruüke un Traditsjeonen in Ootmarsum un Ümmegiégend bestönnen (un neoh bestäaht).

Platt was de Sproake van iuse Vöräolen, oll hunnerte van Jäahrn, de Sproake van de Luüe van´n Lanne, de deswiagen faken ´n biéden minnachtig ankiéken wördden. Gaibe et seowat os´ne „reoe Liste“ för Sproaken, dänn stönne iuse Platt wisse där uppe. Os Olldaggssproake häff´se in de meisten Düorper oll lange iutdeint. Oaber **neoh** giff et de Minschen, de weinigstens af´n teo gäärn platt kuüert odder äok dankbar send, wenn´se wat up Platt liasen küont. In´n Münsterlänner Platt un äok in´n nordduütschen Platt giff et ´ne Masse an Boiker, äok längere Geschichten un Romane. Oaber seo wäit ek weit, es düt dänn woll de erste Roman, de erste längere Geschichte up Ravensbiarger Platt. Un weil ek teogiében mott, dat mäi dat Iutdenken van Geschichten nich seo hännt, hadde ek mäi in´n Kopp sedd´t, düsse Geschichte iut Twente teo uobersedden.

Niu kann man sick uoberleggen, wie düsse Geschichte woll häierhen kúmen es. (Dat ek dat Beok däamoals in Oldenzaal kofft häbbe, woier teo schlicht.) Där briuke wäi ´n biéden Phantasie un´n biéden Geschichtskunne.

Lustert ens teo: In´n achtteihnten un niégenteihnten Jäahrhunnert send ´ne Masse junger Kerls iut Nordwestduütschland, äok iut Eostwestfalen, vanwiagen Armeod un kein Geld in´e Taschen os „Hollandgängers" maidaggs för twei, drei Monate uober de Ems in´t räike Noahberland tuogen. Se wollen sick bäi´n Grässmaihen odder Tuorfstiaken ´n paar Daler verdeinen. Wäi stellt us moal vör, Meiers Willem iut iusen Duorpe kann sick därup besinnen, dat säin Greotvar os einer van de lesten jungen Kerls äok ´n paarmoal teo Feode un met Holschen teo´n Grässmaihen leos was. Un de hadde dänn düsse Geschichte metbrocht un läter wäiter vertellt. Noa ja, könne doch säin, nich wäahr ?

Ek huope, düsse Geschichte van Egidius Wientjes gefällt jäi. Un bedenket, wat de Luüe früher oll jümmer wusst hät: „Fräien es kein Piarhannel". Load´t jäi metniéhmen näah Hoff Modenkotte, sedd´t jäi stickum un in Gedanken vör de greode Näienduür odder in´n Schatten unner de heogen Eiken dal un lustert gespannt teo!

Un wenn´t jäi gefallen häff, dänn was´t mäi de Moihe wäärt.

Schroiers Achim, Kiarkliénern – Stift Quäärm, 2015

De Häoptperseonen in düsse Geschichte:

Dieks van ten Modenkotte	Biuer up Hoff ten Modenkotte
Mieke	säine Frübben
Marie	säine Dochter
Jens	Knecht
Hendrik van de Roatger	Biuer
Jan	säin öllster Súhn
Hendrik	de tweite Súhn
Dina van de Brünger	junget Frümsminsche
Frans van de Eschker	Súhn van Eschkers
Berend van de Eschker	lüttker Biuer, Var van Frans

Vorwort auf Hochdeutsch

Wie kommt man dazu, einen fremdsprachigen Roman in das Platt des Ravensberger Landes (nördliches Ostwestfalen) zu übersetzen? Vor einigen Jahren fiel mir dies Buch zufällig in die Hände (während eines Ausflugs in die ostniederländische Grenzregion Twente). Als ich es zum ersten Mal gelesen hatte, dachte ich sofort: Meine Güte! Diese Geschichte hätte sich auch vor der Deelentür eines Bauernhauses in unserer Gegend, zwischen Osnabrück, Bielefeld und Minden zutragen können. Es geht - selbstverständlich - um die Liebe und den Bestand von Hof und Erbe, um Elternsorgen und Zukunftsgedanken, um Nachbarschaft und Alltagsleben auf dem „platten Lande“, und nicht zuletzt um das Arbeiten, das Feiern und die Erzählkunst, jeweils passend zur Natur und Jahreszeit. Es ist dies die Welt des alten Bauernstandes, der - wenn wir ehrlich sind - schon lange untergegangen ist. Und zugleich erscheint es erstaunlich, dass diese alte „plattdeutsche Kultur“ überall solche Ähnlichkeiten aufwies, sei es in Westfalen oder jenseits der Grenze in Twente (wo die Menschen ihre Sprache und Kultur als „nedersaksisch“ bezeichnen). Und dazu bekommt man noch Informationen, welche besonderen Bräuche und Traditionen in Ootmarsum und Umgebung bestanden (und noch bestehen).

Plattdeutsch war die Sprache unserer Vorfahren, schon über hunderte von Jahren, die Sprache der Leute vom Lande, die deswegen oft ein bisschen verächtlich angesehen wurden. Gäbe es eine Art „rote Liste“ für Sprachen, dann stünde unser Platt bestimmt darauf. Als Alltagssprache hat sie in den meisten Dörfern schon ausgedient. Aber **noch** gibt es die Menschen, die zumindest ab und zu gerne plattdeutsch reden oder auch dankbar für Lesestoff auf Platt sind. Im Münsterländer Platt und auch im norddeutschen Platt gibt es eine Fülle von Büchern, auch längere Geschichten und Romane. Aber so weit ich weiß, ist dies nun wohl der erste Roman, die erste längere Erzählung im Ravensberger Platt. Und da ich zugeben muss, dass mir das Ausdenken von Erzählstoff nicht so liegt, hatte ich mir fest vorgenommen, diese Geschichte aus Twente zu übersetzen.

Nun kann man sich noch überlegen, wie diese Geschichte wohl hier nach Ostwestfalen gekommen ist. (Dass ich das Buch damals in Oldenzaal gekauft habe, wäre zu einfach.) Da brauchen wir ein wenig Phantasie und Geschichtskenntnis.

Hören Sie einmal zu: Im achtzehnten und neunzehnten Jahrhundert sind eine Menge junger Männer aus Nordwestdeutschland, auch aus Ostwestfalen, aufgrund Armut und finanzieller Not als „Hollandgänger" (so wie heute Erntehelfer aus Osteuropa hierher) im späten Frühjahr für zwei, drei Monate über die Ems ins reiche Nachbarland gezogen. Sie wollten sich mit Grasmähen oder Torfstechen einige Taler verdienen. Wir stellen uns einmal vor, Wilhelm Meier aus unserem Dorf kann sich daran erinnern, dass sein Großvater als einer der letzten jungen Männer auch einige Male zu Fuß und mit Holzschuhen zum Grasmähen loszog. Und der hatte dann diese Geschichte mitgebracht und weiter erzählt. Nun ja, könnte doch sein, oder?

Ich hoffe, Ihnen gefällt diese Geschichte von Egidius Wientjes. Bedenken Sie, was die Leute früher schon gewusst haben: Heiraten ist kein Pferdehandel. Lassen Sie sich mitnehmen zum Hof Modenkotte, setzen Sie sich still und leise in Gedanken vor die große Deelentür oder in den Schatten unter die hohen Eichen hin und lauschen Sie gespannt zu!

Und wenn es Ihnen gefallen hat, dann war es die Mühe wert.

Achim Schröder, Kirchlengern – Stift Quernheim, 2015

Die Hauptpersonen in dieser Geschichte:

Dieks van ten Modenkotte	Bauer auf Hof ten Modenkotte
Mieke	seine Frau
Marie	seine Tochter
Jens	Knecht
Hendrik van de Roatger	Bauer
Jan	sein ältester Sohn
Hendrik	der zweite Sohn
Dina van de Brünger	junge Frau
Frans van de Eschker	Sohn von Eschkers
Berend van de Eschker	kleiner Bauer, Vater von Frans

Hinweise für die Leser

Plattdeutsch zu lesen ist selbst für gute Plattsprecher oft ungewohnt. Dazu kommt die Vielfalt an Mundarten und Schreibweisen. Eine standardisierte Rechtschreibung gibt es nicht. Daher erfolgen ergänzend zum Übersetzungstext diese Hinweise, damit „dat Platt liasen“ gelingt. Als Hilfestellung für die hochdeutschen Leser, für Leser mit lückenhaften Plattdeutschkenntnissen und für Leser aus anderen niederdeutschen Dialektgebieten werden für bestimmte Wörter und Ausdrücke unten auf jeder Textseite die **hochdeutschen Übersetzungen** angefügt. Dies kann nur in begrenzter Zahl erfolgen und betrifft Wörter, die sich vom Hochdeutschen deutlich unterscheiden und deren Bedeutung vielleicht nicht sofort erkannt wird, sowie Wörter, die aufgrund der Besonderheit der Ravensberger Mundart nicht ohne weiteres verstanden werden oder die in benachbarten plattdeutschen Regionen eher unbekannt sind. Die Übersetzung erfolgt nur beim ersten Erscheinen im Text.

Im **Anhang** sind diese Wörter noch einmal zum Nachschlagen in alphabetischer Reihenfolge aufgelistet.

Zusätzlich enthält der Anhang **ausführliche Erklärungen** zum Lesen, zur Aussprache und den Besonderheiten der hier gewählten plattdeutschen Mundart Kirchlengern-Quernheim/Kr.Herford. **Es ist sicher hilfreich für „ungeübte“ Platt-Leser, sich diese Erklärungen vor dem Lesen des Übersetzungstextes anzusehen!** Das Quernheimer Platt war die Sprache meiner Großmutter Frieda Bredenkamp (1904-2006). Ich habe es als Grundlage dieser Übersetzung gewählt und hier und da auch leicht abgeändert, im Sinne eines Kompromisses und mit dem Ziel einer guten Lesbarkeit für möglichst viele Platt-Leser.

Der niederländische Roman ist in in der einfachen Vergangenheitsform (Präteritum, bzw. Imperfekt) geschrieben. Diese Form wurde für die Übersetzung beibehalten und war eine große Herausforderung, da gerade diese nie schriftlich fixierten, sondern von Generation zu Generation weitergegebenen alten Beugungsformen der Verben im westfälischen Platt so schwierig und variantenreich sind. Dass sie in dieser Übersetzung wieder in

Erinnerung gebracht werden, ist hoffentlich gelungen. Trotz aller Mühe und Genauigkeit werden die aufmerksamen Platt-Leser hier und da jenseits der Mundartverschiedenheit Fehler entdecken. Einzelne Wörter blieben trotz mehrfacher Nachfrage bei sicheren Plattsprechern unklar. Dies lässt sich bei einem Übersetzungsprojekt dieser Art leider nicht ganz vermeiden. Der plattdeutsche Text hält sich so nah wie möglich am niederländischen Text, muss allerdings immer dort abweichen, wo dem Plattdeutschen bestimmte Ausdrücke oder Wörter fehlen oder wo die Flüssigkeit der Sprache sonst leiden würde. Hier waren immer wieder gut überlegte Kompromisse notwendig.

A.Schröder

Danksagung: Dem Heimatverein Ootmarsum/NL sei für die Erlaubnis der Übersetzung an dieser Stelle ganz herzlich gedankt.

Karte des „Dreiländerecks“ (© A.Schröder 2014)

Twente (Overijssel) - Grafschaft Bentheim (Niedersachsen) – Westmünsterland (NRW)

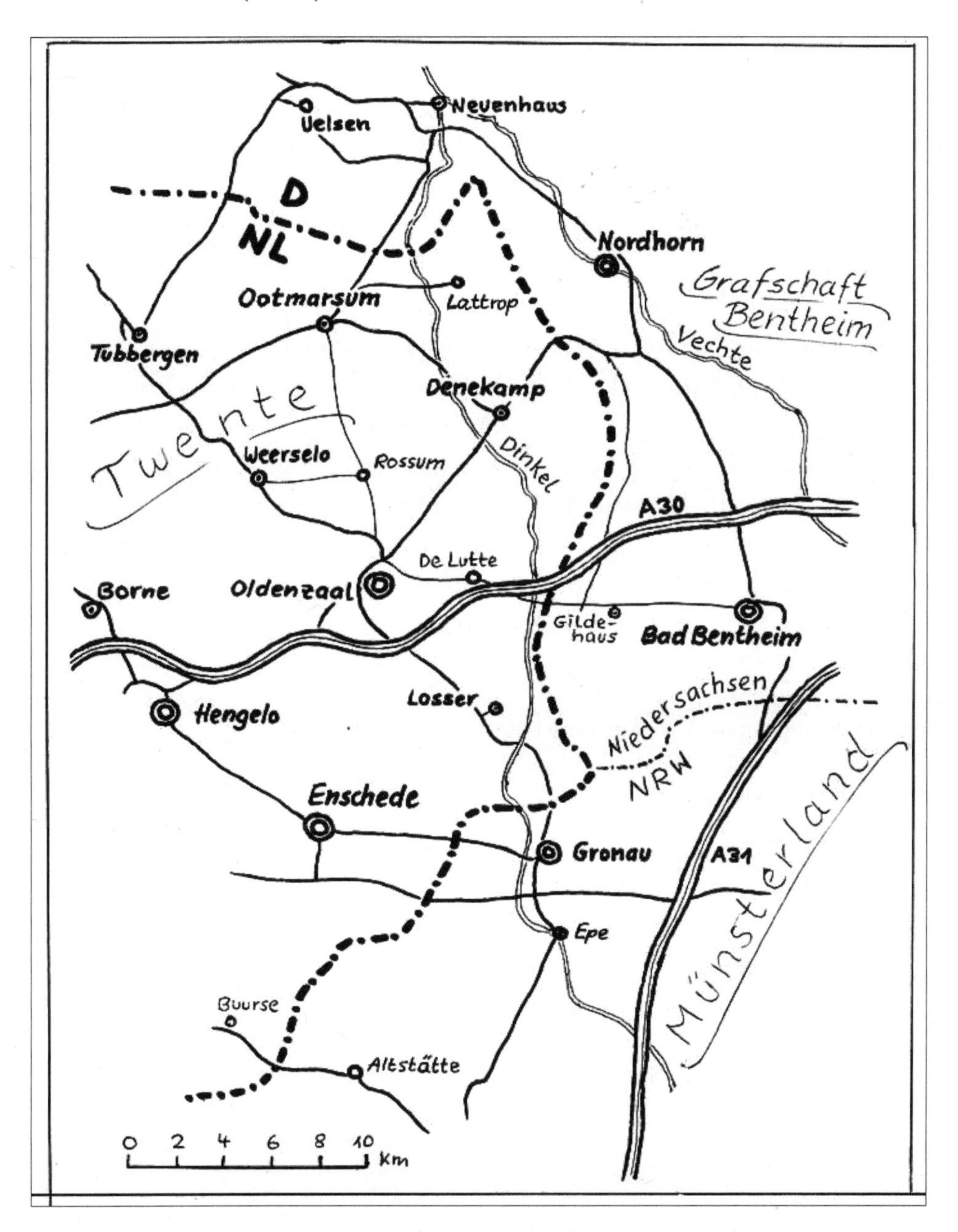

Kapitel 1 - Sommer

In deipen Bläo wölbe sick de Himmel an düssen Middagg uober de Landschopp. De Feiler[1] wellen sick up un dal[2] un sühgen iut os ´n güllenet Meer. Jümmer met dän sachten Wäine[3] gung äok dat Lecht up und dal. Witt schnieen sick de deipen Wiage duür de hoiger geliagenen Feiler, woa de Rüoke[4] höng van dän räipen Kärdn[5]. Äok in de Wischen[6] prickel ´n duürdringende Rüoke in´e Niasen. Ollewiagen[7] lagg där dat Gräss dal, seo dat et in de prallen Sunnen teo Hoi wäärden konn. Bäole wördden de Schuürn[8] van´e Biuern därmedde vull packt. Mieke (de Biuersche[9]) toffe[10] niu woll up einen Wagen. Teominstens stond se där met de Hand uober de Äogen un keik uober dat Land. Met Kniatern[11] un Jäbbeln[12], schwoar belad´t, kamm ´n biéden läter[13] äok dat erste Foier[14] up´n Hoff anfoihert[15]. De Biuer stuüer süms[16]. ´N greoden, derben Kerl, de Streohheod, van´e Sunnen oll[17] gial worden, näah achtern schuoben up dän struppigen Kopp. De Schweitdrüppels drüppen langs dän gräisen Bärd, de oll ´ne Wiéken äold was, up dän Grund. Arntäid[18] ! Jäo, dat broche van süms Arbeid met. „Brr", klüng et duür de weike Luft. „Brr, Corrie, Brr!" Met ´n Ruck stond de Wagen stille unner de greoden Liuken[19] van´e Hoischuürn. Jens, wat de Knecht was, kamm anläopen. „Seo Biuer, dat es oll

[1] Feiler: Felder
[2] dal: nieder, herunter
[3] met dän Wäine: mit dem Wind(e) (alte Dativ-Form mit e-Endung)
[4] Rüoke: Geruch
[5] Kärdn: Korn, Getreide
[6] Wischen: Wiesen
[7] ollewiagen: allerwegen, überall
[8] Schuüern: Scheune
[9] Biuersche: Bäuerin, Bauersfrau
[10] toffe: wartete
[11] kniatern: knattern, rattern, knistern
[12] jäbbeln: quietschen, quieken, kreischen
[13] läter: später
[14] Foier: Fuder, Fuhre, Wagenladung
[15] anfoihert: angefahren
[16] süms: selbst
[17] oll: bereits, schon
[18] Arntäid: Erntezeit
[19] Liuken: Luke, Klappe, Öffnung zum Heuboden

´n Anfang. Qualität, dat es´t", sia hei un befoihle dat junge Hoi up´n Wagen, dat ´ne scharpe, prickelnde Rüoke hadde. „Junge, wenn we[1] dat olles seo rin kräi´t[2], dänn küon´we[3] Gott dankbar säin". Jens spanne de Piar iut, jage se in´n Stall un gaff´n üohr Feor. „Sü´we´t[4] gläiks afschmäiden", roip up einmoal ´ne helle Stimme van buoben. Marie stack üohrn wackeren[5], jungen Kopp duür de Liuken van´ne Hoibüohnen[6] näah biuden. „ Ek woll neoh güste[7] näah de Stadt, Var[8]. Wenn´we et niu ferddig maket, hä´k[9] mäine Hänne fräi un Moimen kann intüschen för´t Iaden suorgen". De Reipe[10] van´n Wagen wördden leos maket un de Biesebäom[11] runner halt. Dieks (de Biuer) kleie[12] up´n Wagen. Et was ´ne Lust för´t Äoge, wenn man üohn seo stäahn soihg. Met de Möbben[13] van säinen bläoen Hiéme[14] upkrempelt, loit hei säine starken Arme sähn. Jümmer wäier gung ´n greoden Häopen Hoi näah buoben, woa Marie un Jens et an de rechte Stäie sedden. Där, up´n Balken[15], däen se bäole dat ganze Hoi bit unner´t Dack uppacken. Dänn sia de Biuer, wenn hei dän Vörroat för´n Winter soihg: „ Niu kann de Winter kúmen, iuse Veih wärdd geod verwahrt säin". In Gedanken hoier hei dänn oll wäier dat Kliatern un Riatern van de Käien[16], woa de Koihe medde[17] faste maket wördden un dat Bölken[18] in´n warmen Stalle. Dieks sia woll jümmer : „Vörsuorgen es biater os Suorgen." Un de Biuer suorge wisse därför, dat hei dat Äisen schmäien konn, seolange dat´t heit was.

---

[1] wenn we = wenn wäi: wenn wir (nachgestelltes unbetontes wir)
[2] kräi´t = kräiget: kriegen, bekommen
[3] küon´we = küont wäi: können wir
[4] sü´we´t = süllt wäi et: sollen wir es
[5] wackeren: munteren; hübschen; lebendigen
[6] Hoibüohnen: Heuboden, Heulager
[7] güste: gerade, soeben, just
[8] Var: Vater
[9] hä´k = häbbe ek: habe ich
[10] Reipe: Seile
[11] Biesebäom: Bindebaum auf dem Heuwagen
[12] kleie: kletterte
[13] Möbben: Ärmel
[14] van´n Hiéme: vom Hemd(e) (alte Dativ-Form)
[15] Balken: Raum über den Deckenbalken der Deele, Korn- oder Heuboden
[16] Kliatern un Riatern van´e Käien: Klappern und Rasseln der Ketten
[17] medde: mit (statische Adverb-Form von met)
[18] bölken: brüllen; laut muhen

Os dat Hoi aflad´t was, fiage Jens neoh dän Hoff. De Biuer gung dänne[1], ümme sick annert Tuüg anteotähn. ´N reinet Hiémd, ´ne annere Bücksen un witt schuüerte Holschen. Däanäah gung et teo´n Iaden in de greode Biuernküoken. `N uoben Fuüer in eine Ecke, un däruober höng de greode kuopern Waterkiédel, de neoh van säinen Greotvar was. ´N Familienstücke. De Biuer was´er[2] stolt uppe[3]. De Glasvitrine an´e Säite. Steine, met witten Sand bestroiet, up´n Boden. Finster met ´ne Masse lüttke[4] Riudens[5]. De Junisunnen schicke üohr Lecht näah binnen.

De Biuer, Jens un Mieke, wat de Biuersche was, sedden sick an´n Disch, woa ´n Häopen Pannekeoken un Breod toffe. Bottermialke stond dömpernd in´e Aschen van´n Herd.

Näah dat se sick woschen un ümmetuogen hadde, loip Marie reseliut näah de lüttke Stadt henteo, güste wie et sick gehoier för´n fixet Biuernluüd, de Dochter van einen van de gröttsten Hüobe in de Giégend. Et was geod ´n Väerdelstunne Wiages. Soaterdaggoamd[6]. ´N Genuss, ´n teofräie säin was dat, teo wiéden, dat ´ne Wiéken met Arbeid un Afrackern van sch´muorns[7] bit sch´noamds[8] late vörbäi was. Soaterdaggoamd! De ganze Landschopp gung an üohre Äogen os so´n Film vörbäi. Se soihg et un butz[9] was´t wäier vörbäi, os so´n Blitz. Dat oll bäole räipe Kärdn weog sick sachte in´n kuühligen Oamdwäine, de uober de wäiten Feiler süchte[10] . De deipen Wagenspurn in de Huohlwiage tüschen de heoge geliagenen Länneräien. De Schottstein van de Molkeräi un de twei Türme van´e Kiarken in de lüttken Stadt. Dat olles beglücke se. Et make üohr Hartte warm. Düsse Giégend, iut de se afstamme un met de se ganz deipe verbunnen was, de beduüe üohr wat. Se konn düsse

[1] dänne: weg, fort, hinweg („von dannen")
[2] was´er = was där: war da, war dort
[3] uppe: auf (statische Adverb-Form von up)
[4] lüttke: kleine
[5] Riudens = Fensterscheiben („Rauten", früher häufig rautenförmige Scheiben)
[6] Soaterdaggoamd: Samstagabend
[7] sch´muorns: des Morgens, morgens
[8] sch´noamds: des Abends, abends
[9] butz = seobutz: sofort
[10] süchte: seufzte

schöne Landschopp, van´e Sunnen uoberstroahlt un met Glanz uobertuogen, bewunnern un leif häbben os eine echte Dochter van düssen Lanne un van düsse Natur. In üohre Jugend kamm ein Indruck näah dän annern, jümmer sühgen de Äogen wat Näies. Jäo, jung säin, freoh säin, et sick geod gäahn loaden, dat woll se. Se woier oaber keine richtige Biuerndochter wiasen, wenn se nich teoers an dän Biuernhoff, met olles wat där teo hoier, met olle de Arbeid un dat Afrackern, met Froide un Dalschliage[1], dacht hädde! Se woll liében, dat Liében plücken, oaber ers wenn de Arbeid däan was. Üohr Liében un üohre Teokumft was ja de Biuernhoff, de Hoff un dat Land. Jäo, de Teokumft! Teokumft... Se dache näah un keik stumm vör sick hen. Teokumft... Eines Dages soll se os Biursche uober einen van de gröttsten Biuernhüobe in düsse Giégend herrschen. Dänn soll säi[2] dat ganze Hiuswiarks in eigene Hänne niéhmen un uober Wäsche, Veih, un wat süss teo verännern es, kuüern. Met üohrn Kerl... üohrn Kerl ? Se toig de Äogenbriuen heog. Rimpels kaimen op üohre van´e Sunnen briunbrännte Stirn. Üohr Kerl. De Var van üohre Kinner.

Et was ´n Gedanke, de met ens[3] iut dän bläoen Himmel duür üohrn Kopp siuse. Se was fäibentwüntig. Einige van ühre Frünne, de seo äold woiern os säi, woiern oll befräiet[4]. De eine glücklicher os de annere, teominstens, wenn´t ümme de irdischen Güter gung. Jümmerhen, olle hadden ein Liében os Mann un Friu, ein Eheglücke, socht un fiunen, seowäit säi et beurdeilen konn. Leifte was ja neoh wat, dat se neoh nich begräipen konn. Se was teominstens neoh nie richtig verleift wiasen. Oaber wie et äok säin moche, wenn se de weinigen Boiker gloiben konn, de se uober düsse Saken liasen hadde, was et olle Reosenduft un Mäandschäin un kamm teoleste geod trechte.

Deils woll se dat woll anniéhmen, oaber ganz ? Nei, dat loit üohre praktische Natur nich teo. Se was seo deip in Gedanken, dat se upschrecke, os ´ne Stimme van´n Kerl klüng: „Seo, Marie, äok oll näah de Stadt?“ „Jäo, iaben näah de Kiarken,“ kamm et wie van süms uober üohre Lippen. „Verrücktet Luüd,“

[1] Dalschliage: Niederschläge, Schläge des Lebens
[2] säi: sie (betonte Form,- unbetonte Form:se)
[3] met ens: mit mal, mit einem Mal, auf einmal
[4] befräiet: verheiratet

schull se sick süms iut. „ Denks uober Leifte un Verleiftheit näah, un dat up´n Patt näah de Kiarken.“ Se keik achter de stoatschen[1] Gestalt van einen Kerl hiar, de där güste vörbäi gäahn was. „Jäo, stoatsch was hei, de Franz, einer van de sess Kinner van de Eschkers, ´n lüttken Biuern odder Küoter[2]. De wollen äok hartt arbeiden. Teo´n Beispiél Franz van de Eschker. Wenn de seo wäiter make, jümmer met hartte Arbeid, soll de woll neoh säin eigener Herr wäärden. Dat Liében es doch verschieden, dache se. De eine wärdd räik gebuorn un dat Bedde es för üohn maket, de annere krigg met hartte Arbeid af ´n teo nich moal növel[3], dat´t langet.

Dänn was se in´e Stadt ankúmen. Uober de huckelige Stroaden met düssen Steinploaster, woa wecke „Kattenköppe“[4] teo siahn. Früohme hadden där äok üohr Hinner[5] met. De Damen met üohre heogen Hacken! Dat Käind van Sandwegg un Kattenköppe lache däruober un bäole sank se up´e Knei bäi´n Bichtsteohl[6], in düsse schönen Kiarken met de greoden romanischen un gotischen Finster. Näah de Bichte rässe[7] se sick neoh ´n biéden in´n Twäiduüstern[8] van´e Kiarken. Dänn, os se neoh bäi´n Bäcker vörbäi gäahn was, gung se wäier schwanke[9] näah Hius. Ein anneret Lecht os dat Sunnenlecht wiarme niu üohr Hartte un se foihle sick freoh, seogar wialig[10]. Schöne, freohe Jugend. Üohre Backen verkloarn[11] sick reod, wie se där an dache, wat de Paschteor[12] teo üohr säggt hadde. Se hadde van wiagen de Gedanken van Leifte un sick befräien froaget, de se unnerwiagens hat hadde. „Käind,“ hadde de Paschteor säggt: „Leifte es wat Hilliget, wat Gott in´n Minschen leggt häff, därmedde Mann un Friu sick in de Ehe fäind´t un glücklich teohäope send,

---

[1] stoatsch: stattlich

[2] Küoter: Heuerling, Kleinbauer, Kötter

[3] sövel: (sprich: söffel) soviel (gekürzte Form von seoviél)

[4] Kattenköppe: „Katzenköpfe“, Kopfsteinpflaster

[5] Hinner: Behinderung, Last

[6] Bichtsteohl: Beichtstuhl (die Geschichte spielt in der überwiegend katholischen Region Twente)

[7] rässe: ruhte, rastete

[8] Twäiduüster: Halbdunkel, Zwielicht, Dämmerlicht

[9] schwanke: geschwind, schnell, flott

[10] wialig: lebhaft, übermütig, ausgelassen

[11] verkloarn sick: verfärbten sich

[12] Paschteor: Pastor, Pfarrer, Geistlicher

näah Gott säinen Willen. Diu soss jümmer Acht häbben vör de Leifte, dat hett, vör de echte, wäahre Leifte, un mak keine unsinnigen odder respektleosen Saken därmedde. Häbbe Respekt un Ehrfurcht vör de Leifte. Früher odder läter kümmp däi de wäahre Josef in´e Moite[1], wenn där Siagen up ligg. Diu soss glücklich wäärden, Luüd[2]!" Jäo, et[3] was nich mähr donne teo häolen[4]. Leifte, nicks os Leifte vanoamd. Niu neoh de wäahre Josef. „Phantasie", menne et. Teo freoh was´t oaber nich. Fäibentwüntig... Seo in Gedanken un met üohre Phantasie gung se wäiter, an´n simmeliern[5] uober Leifte un dän wäahren Josef.

Oaber där was neoh einer, de vanoamd uober düt Thema näahdache. Un nich bleoß seo näahdache, sonnern sick äok ernste Gedanken make. Hei telle oll ´ne Masse Vermüogen teohäope un spiéle met säine Kinneskinner. Greotvar! Jäo, Greotvar wäärden, dat was´t, wat niu vör Dieks in säine tweiten Jugend stond. Näah´n Iaden hadde hei sick ers wäier ens ´ne näie Päipen stoppt un was dänn uobern Hoff schluüert[6]. Met langsamen Schritt gung hei dän Wegg duür de Länneräien. Bäi dat witte Hecke[7] bleif hei stäahn, säinen Blick un säine Gedanken up de schwartten Beokstaben richt´t: **„ten Modenkotte"**. Jäo, Biuer up Hoff Modenkotte was hei. Hei regier os ´n Küoning in säinen Räik uober hunnert Hektar, därvan mähr os de Hälfte Ackerland. De Rest was Holt[8] un Häen[9] un broche äok ganz schön wat in. `N schönen Hoff. Där konn man nicks, oaber äok gar nicks giégen säggen. In de ganzen Giégend was hei ´n Kerl, an dän jeder upkeik. Dat was oll säit Generatsjeonen seo. Jümmer wäier van Var up Súhn uoberdriagen, was de Biuernhoff wossen, teo einen van de gröttsten in de Giégend. Niu hadde hei oll Jäahre lang regiert un där näah besten Willen up arbeid´t. Oaber de Froage kamm up, un düt was de Grund sick teo suorgen, „wie lange neoh?" Hei was oll uober sesstig. Un seo wie et

---

[1] kümmp in´e Moite: begegnet, kommt entgegen
[2] Luüd: Mädchen
[3] et: es; sie – hier wie häufig anstatt sie gebraucht (bezogen auf dat Luüd=das (sächlich) Mädchen), auch für Frauen wurde oft „et" anstatt „säi" gebraucht.
[4] donne teo häolen: fest zu halten
[5] simmeliern: grübeln, nachdenken („simulieren" =in Gedanken durchspielen)
[6] schluüert: geschlendert, langsam gegangen
[7] Hecke: Gartentor, hölzernes Hoftor, mobiles Zaunstück
[8] Holt: Holz; hier: Gehölz, kleiner Wald
[9] Häen: Heide, Heideland

dän Minschen in düssen Trainendal teodacht es, mosse äok hei früher odder läter de greode Reise up sick niéhmen. Ob hei woll odder nich, et kamm jümmer naihger. „Jäo, jäo," brumme Dieks vör sick hen. „ Vörsuorgen es biater os Suorgen, un dat Äisen schmäien seolange et heit es. Oaber düt heite Äisen es de gröttste Suorge, de ek jemoals hat häbbe. Ek uober sesstig. Iuse Moimen[1], dat hett, mäine Frübben[2], äok oll. Un Marie fäibentwüntig un häff sick neoh nich näah de Mannsluüe ümmesähn. Es doch nich normal! Dat es doch ´n leige[3] Sake! Wenn se niu oaber Hendrik van de Roatger kreig... De Roatger was äok´n greoden Biuern. Där satt Geld inne! Wenn man an düssen Hoff kloppe, dänn klüng dat helle[4] trügge. Där satt wat. Un dänn: de Roatger hadde bleoß twei Kinner. De kreigen dänn woll ´n greoden Deil met. Ein´t soll dänn natürlich up´n Huobe[5] bläiben. Käik, un dat annere, wenn dat niu ens Marie....., wenn dat niu ens bäi us intüge. ´N düchtigen Kerl. Seo schön was hei nich. No ja, wat köff sick´n Biuer för´n schönet Gesichte? Där hoiert neoh wat anners teo. „ Jäo...Vörsuorgen..."

Hei mosse doch ens näah dän Roatger gäahn. Hei was doch oaber oll in de Richtung unnerwiagens. Früher odder läter mosse säine Dochter doch ´n Kerl häbben. Niu konn hei doch moal ´n Wärd van Hartten därmedde kuüern[6]. Un dat woll hei äok däan. Wenn Dieks einmoal „A" sia[7], dänn suorge hei där äok för, dat där dat „B" äok schwartt up witt bäi kamm, seowäahr wie hei Dieks van ten Modenkotte was. Seo an´n simmeliern un spinnen uober de Teokumft, kamm hei näah dän Roatger. ´N schönen Hoff was dat. Olles tiptop. De Hagen ümme dän lüttken Gärdn van dän Wúhnhiuse was fein trechte schnieen. Jäo, up sücke Dinge achte man. De greode Ruüe[8] an´e Käien schloig an. „ Man ruhig Junge, man ruhig," sia Dieks teo üohn. Hei tratt duür de Hiusduür herin. Dat dä[9] man süss nich, dänn gung man uober de Dial. Oaber in düssen

[1] Moimen: Mama, Mutter
[2] Frübben: Frau, Ehefrau
[3] leige: schlimm; böse; elendig
[4] helle: laut; deutlich
[5] up´n Huobe: auf dem Hof(e) - (alte Dativ-Form)
[6] kuüern: reden, sprechen
[7] sia: sagte
[8] Ruüe: Hund, Rüde
[9] dä: tat

wichtigen Falle, wo dat Liébensglücke un de Teokumft van´n Huobe un van säinen eigenen Käine[1] up´n Spiéle stond? Jäo, Vörsuorge... De Roatgers saiden met olle Mann teohäope[2] an´n Dische. „Geo´n Oamd Dieks." „Geo´n Oamd teohäope." In dän Gruß van de Roatgers klüng verbuorgen Verwunnerung duür. Dieks häier? Un dänn neoh up´n Soaterdaggoamd? Där was doch wat. Dat feierliche Gesichte. Dat hei seo sachte an´e Päipen toig. „Sett däi dal[3] bäi us," feng de Roatger an. „Jäo, suühs diu," sia Dieks, „ek woll doch leiber met däi olleine kuüern, uober dän Biuernhoff un seo." „Dat geiht," kamm de Antwärd. Hendrik stond up. „Sü´we[4] dänn moal iaben in´e Stuoben gäahn? Dänn küon´we in Riuhe sidden. Beide güngen rin. De annern dächen: „Niu, dat geiht wisse nich bleoß uober dän Biuernhoff. Düt „olleine kuüern" un dat „un seo"...

„Gong sidden[5], Dieks. Gong sidden." Beide sedden sick dal in einen kommeoden[6] Armsteohl. „Ers moal ´ne Sigarrn. Legge de Päipen man seolange an´e Säite. Seo faken[7] kuüer wäi up düsse Ärt nich met´nanner. `Ne Sigarrn, dänn kuüert et sick lichter." Näah´n Anstiaken van de Sigarrn un dat: „Wat es´t dänn, Dieks?" feng de Biuer van ten Modenkotte an. „Käik, Hendrik. Wäi send beide seo ungefähr in dänsülben Oller, nich wäahr? Seo oll bäi sesstig, meine ek. Käik! In düssen Oller feng man seo langsam an, olles up´e Räihge teo bringen. Jümmer rümme läopen in düssen Trainendal doit man os Minsche äok nich. Tja, un dänn kúmt de Suorgen un de Gedanken, wie soll ek dat veriarben un in wecke Hänne? Nich dat ek oll an´t Deodgäahn denke! Dat soss diu äok woll neoh nich däan. Oaber jäo, Vörsuorgen kümmp vör Suorgen, Hendrik! Nimm dat ruhig van mäi an. Diu häss ´ne Hoffstäie, de sick sähn loaden kann, un uober mäine briuke ek mäi äok nich teo schiamen. Geoet Land un ornnick[8] Inventar un wat där seo olle bäi hoiert. Wäi küont beide teofräie säin, wenn´t met ollen seo bliff, wie et bit vandage de Fall was. Diu häss düchtige junge

---

[1] van´n Käine: vom Kind(e) - (alte Dativ-Form)
[2] teohäope: zusammen („zuhauf")
[3] sett däi dal: setz dich hin (nieder)
[4] sü´we: süllt wäi = sollen wir
[5] gong sidden: setz dich („geh setzen")
[6] kommeoden: bequemen
[7] faken: oft, häufig
[8] ornnick: ordentlich, anständig, richtig, ganz gut

Kinner. Beide ´n Bäom van´n Kerl un ek häbbe ´ne Dochter, de sick äok sähn loaden kann, äok wenn ek dat süms sägge. ´N Súhn häbbe ek nich kräigen konnt. Jäo, Hendrik, ümme et kortt teo maken un teo dän Kern van de Sake teo kúmen: ek was eigentlich häierhen schluüert, ümme ens met däi uober einen Stellvertreter för ´n Súhn teo kuüern. Käik, seo os ek säggt habbe, wäi send beide Biuern, de nich up ein Schiapelsoat[1] Land käiken briukt. Diu häss Süohne, de de Arbeid maket un ek häbbe eine einzige Dochter. Könne dat nich ´n Vördeil säin, wenn wäi up de eine odder annere Ärt iuse Fründschoppsbanne ´n biéden faster un donner maket?" De Roatger nicke verstännig. „ Suüh ens häier," sia Dieks wäiter, „früher odder läter mott´n kräftigen Biuern up ten Modenkotte kúmen. `N Biuer, an dän ek met ruhigen Hartte dat Heft in´e Hand giében kann, de wat kann un de wat doit ! Tja, un Marie mott där ja äok neoh ´n geoen Kerl anne[2] häbben." Dieks süchte un foihle sick lichter, et schrappe in säine Kiahlen un hei was in´n Innersten freoh, dat´t riude[3] was. Neohmoal feng hei an teo kuüern, weog olle Woier genäo af, toig van Täid teo Täid derbe an säine Sigarrn un blois greode Dompwolken iut. „ Jäo, Hendrik, dat es´t, wat ek däi säggen woll. Där küont doch för beide Parteien bleoß Vördeile medde verbunnen säin. Iuse Ansähn un wat weit ek neoh olles, passt doch geod teohäope, seowäit ek dat weit. Wenn diu niu wisse nicks därgiégen häbben kanns, dänn könns diu doch niu Hendrik, däinen tweiten Súhn, ens ´n Wenk in de Richtung giében. Mäin Teodäan häss´e up jeden Fall."

„Un Marie?" „Tja, mäine Dochter es jümmer unwäis[4] up sick bedacht un selbstännig wiasen. Un doch es se neoh so´n lüttket Kuüken, in düsse Saken soll se sick woll stuüern loaden. Wenn Hendrik niu muorn Oamd moal teo´n Danzen günge, dänn hädde hei doch wat, woa hei anknüppen könne. Dat Marie därhen geiht, därför well ek suorgen, seowäahr ek Dieks heide." Obscheon hei bäole sicher was, dat de Roatger inverstäahn was, satt hei doch met Anspannung, köbbe[5] up säine Sigarrn un toffe up Antwärd. De Biuer, de

---

[1] Schiapelsoat: Scheffelsaat = Flächenmaß ca.1700qm
[2] anne: an, daran, dran (statische Adverb-Form von an= an, dran)
[3] riude: raus, draußen (statische Adverb-Form von riut = raus, hinaus)
[4] unwäis: sehr; stark; über die Maßen („unweise")
[5] köbbe: kaute

met Süohne siangend was, satt ernst giégenuober. Dat Schwäigen un de Stille wordde Dieks bäole teo mächig. „Niu, där es woll wat anne," hoier hei üohn ´n Äogenblick läter säggen. „Et es oaber, wat Marie angeiht un äok wat mäinen Jungen angeiht, ´ne Froage, ob säi sick häbben wütt. Wäi küont kein Äisen met Hänne briaken, oaber ek van mäine Säite mott wisse äok säggen, dat där wat anne es, teo sücken giégensäitigen Verhältnis teo kúmen, seo wick[1] diu dat iaben säggt häss. Tja, wat mäi angeiht, kanns diu därmedde riaken, dat ek olles metmake. Un dat ümme seo mähr, weil diu güste bäi mäi os ersten ankloppt häss." Dieks strecke Hendrik säine derbe Hand uober´n Disch hen un stond up. Teo kuüern was´er nicks mähr. Et was niu de Upgabe, de jungen Luüe van düsse Angeliagenheit Kunne teo giében un dänn bleoß neoh aftoiben[2]. Oaber bleoß aftoiben? Nei, dat dä hei doch äok nich. Et wördde, - et mosse seo läopen, wick hei sick dat vörstellt hadde, seo wick hei dache, dat et dat beste un verstännigste was. De Roatger schluüer neoh met bit an de Schnoat[3] van säinen Huobe. Häier güngen se iud´nanner un jeder schmeit dän annern neoh einen lesten beduüenden Blick teo. Iut dän Blick van Dieks sprack Willenskraft un dat hei uobertuügt was van dän Erfolg. Iut dän Blick van dän Roatger sprack Aftoiben. Man konn ja niemoals wiéden, odder?

Wunnerschön, güste os so´n kostbaren Edelstein, lagg de lüttke Stadt där inrahmt tüschen de Anhoichten. Wie tüschen de Borsst van´e Moimen verstiake se sick in dän Dal, dat häoge met dän bläoen wolkenleosen Himmel uoberspannt was. De Anhoichten rundümmeteo un de Stadt laigen där un blenkern in´n Sunnenlechte. De Hahn up´n Kiarkturme recke dän Hals un versoche uober de Anhoichten henwegg in´e Ferne teo käiken. Jümmer wäier draihe hei sick un spiegel met säine Fiardn iut Gold de güllen Stroahlen van´e Sunnen in olle Richtungen. `Ne Stunne konn hei sick rässen[4]. In düsse Stunne hadde hei dän Genuss van de wunnerschönen Stimmung, de in düssen Sunndaggmuorn lagg. De Landschopp, de lüttke Stadt. De ganz äole Kiarken, met de ganz äolen Boime ümmeteo. Os de Kiarkenduürn upgüngen un de „Tempel des Herrn" de Last leos wordde – os woier et met ´n Süchten van

[1] wick: wie (andere Form von wie)
[2] aftoiben: abwarten
[3] Schnoat: Grenze, Grenze eines Flurstückes oder Grundstückes
[4] sick rässen: sich ausruhen („rasten")

säine weltlichen Inwúhners, de där de Hillige Misse hoiert hadden – däa was et met de Riuhe vörbäi. Warme Luft floit met de Masse van Minschen näah biuden. Mannsluüe stellen sick in Gruppen teohäope. De ölleren schüoben üohrn Petten[1] näah achtern un stoppen sick met Behagen üohre lange Päipen, de jüngeren üohrn „Niasenwiarmer" (odder Mutzepäipen[2]). Annere stiaken sick ´ne Sunndaggs-Sigarrn an. De jungen Biuernkerls hadden schwanke uober de Priége van üohrn Sialenheder teo Enne kuüert met „dat häff´n de Paschteor oaber giében", un „Recht hadde hei", un wesseln dänn flott dat Thema. Se fengen an teo kuüern uober dat Hoi maken un vör ollen uober dat Danzen, dat oamds bäi „Rolink" säin soll. Wä olle seo kúmen soll, wecke Pärken man där seo driapen könne, ob et där gesellig teogünge un wä där upspiéle. Düt was niu de Kern un de Häoptsake van üohre Unnerhaltung. Met einen „Diu kümmps doch äok" un „Bring däin Süster met" güngen de Gruppen iud´nanner un tügen näah Hius hen. De Frümsluüe güngen uptakelt met güllen un sülbern Schmuck un stolt up üohre witten „Knipkesmüssen" [3], met Brüsseler Spitze maket, bäi´n Bäcker langes, ümme dat eine odder annere met teo niéhmen. Där, bäi´n Bäcker, teohäope in de greode Küoken an´n Herd, ´n greodet Köppken[4] Kaffe vör sick, wördden dänn de lesten Näahrichten, de för eine Biuersfrübben van Interesse woiern, updischt. Met´n Mundwiark können se ümmegäahn, de Frümsluüe met de „Knipkesmüssen". Un de Koppbedeckungen flattäärn[5] de schönen, runnen Gesichter ganz geod. Et was ´ne Lussen för de Äogen. „Jäo, Dina, ek häbbe´t däi oll jümmer säggt, jübbe öllste Junge, dat es´n hellen Kopp[6]." Sücke Bemiarkungen güngen van einen teo´n annern. Bemiarkungen uober Arn, Hiusholt , dat Pussiern[7] van de jungen Luüe un süss neoh wat. Un seo, met Kuüern un Sapen[8] un helleiut[9] Lachen, güngen se dän Wegg näah Hius hen. Dat Inlaen för Besoike, dat Soiken näah

---

[1] Petten: Schirmmütze, Schlägermütze
[2] Mutzepäipen: kurze Pfeife
[3] „Knipkesmüssen": Twenter Trachtenmütze für Mädchen/Frauen
[4] Köppken: (große) Tasse, Kaffeebecher
[5] flattäärn: schmeicheln, umschmeicheln (sprich: flattäädn)
[6] helle: schlau, klug, aufgeweckt („heller Kopf")
[7] pussiern: poussieren, Liebschaft anfangen, flirten
[8] sapen: quatschen, schwätzen, tratschen („salbadern")
[9] helleiut: lauthals

Arbeiders, ümme teo helpen bäi´n Inhalen van´e Arn, dat Käopen un Verkäopen van´n Stücke Veih un sücke Saken wördden afmaket vör de Kiarken duür de Mannsluüe un bäi´n Bäcker duür de Frümsluüe. Äok in´e Kutschen toig man sunndaggs näah de Kiarken. De Biuer van Modenkotte loit säinen flotten Zossen[1] äok näah Hius draben. Schmückt met ´ne greode güllen Käien, de prunkvull uober säine Westen höng, satt hei heoge up´n Buck. Mieke, wat säine Frübben was, satt binnen. Säine Dochter Marie satt niében üohrn Var, güste seo os olle Biuerndochter schmückt met de bekannten Müssen un schwoaren güllen Ährnschmuck[2]. „Et draff seo säin," dache Dieks. „´N feinet, oll greodet Luüd es´t. De gläiken Ärt os ek. Willenskraft un sick duürsedden küonen sprack iut üohrn ganzen Wiasen. Un doch ´n feinet Luüd ! Jäo, ´ne feine Ärt van Frümsminsche, dat was se."

„Sägg ens Marie, ek häbbe in´e Stadt hoiert, dat där vanoamd Danz es bäi „Rolink". De Roatger sia dat teo mäi. Säine Jungens hädden däruober kuüert. Se wollen, gloibe ek, där hen. Och jäo, so´n Danzoamd es doch schön wat teo´n Iuträssen. Vör ollen niu midden in´e Hoi-Arn. Früher, där kann ek mäi neoh ganz geod up besinnen[3], halen däine Moimen un ek einmoal dän ersten Präis met Walzer danzen. Süss hädde ek mäi där nich seo genäo up besinnen konnt, oaber dat was ´ne besonnere Geliagenheit met besonnere wäitere Folgen." Hei süchte. Där kamm ´n Schmuüstern[4] up säinen Mund, os wenn hei dän Oamd in düssen Äogenblick neohmoals wäier beliébe[5]. Där gung et heoge hiar un et was fröhlich teogäahn. „Jäo, Marie," sia hei wäiter, „de eine Walzer hadde greode Folgen för mäin ganzet wäiteret Liében. Mäin Luüd un ek dächen däamoals, os de Danzoamd teo Enne was un wäi näah Hius güngen, dat wäi nich bleoß wat Walzer danzen angung geod teohäope passen, sonnern för dat wäitere Liében trübben wäi us, well ek moal säggen, teohäope dän Liébenswalzer teo danzen. Jäo, an düssen Oamd froche[6] ek däine Moimen. `N Danzoamd… ´N Walzer… Fräien…" Met ´n Gesichte os van ´ne annern Welt

[1] Zossen: älteres Pferd, Zosse
[2] Ährnschmuck: Ohrenschmuck (Ähr = Ohr)
[3] up besinnen: erinnern
[4] schmuüstern: schmunzeln
[5] beliébe: erlebte
[6] froche: fragte, frug

sia hei dat sinnig vör sick hen. Dänn up einmoal, os woier hei iut´n Dräom upweckt, sia hei: "Diu moss ´er vanoamd oaber hengäahn. Met Walzertalent biss diu woll beschonken. Un wä weit ? Hendrik van de Roatger kaime äok, sia de Äole. Jäo, de Roatger es gar kein schlechten Biuern. Un de Jungens van üohn! Richtige Biuern. De kinnt sick iut met de Arbeid. Nei, gar keine Drüomelpötte[1]. De wiéd´t, wat se wütt. De Hendrik es woll de hellste, es gar kein dummen Jungen. Jäo, diu moss oaber näah „Rolink" gäahn. Et doit däi äok woll geod, so´n Iutflugg in düsse äiligen Täid. Un diu danzes doch gäärn. Diu biss jung, diu wuss fröhlich säin. Niu, Luüd, wat wuss diu neoh mähr!" Marie sia, dat se där äok oll uober näahdacht hadde. Se menne, dat woier ganz schön. Et was äok nich olle Dage Danzoamd. „Var es oaber räibe[2] vandage," sia se. Un se dache: „Bäole updringlich!" „ Jäo, leibet Luüd, diu lötts däi dat geod gäahn. Jugend söch Jugend. Och, woarümme äok nich? Et giff för jeden wat." Hei brumme still vör sick hen. De Anfang was maket. Hadde hei dat nich schön ferddig brocht? Vörsuorge… Jümmer neoh an´n Summen, dreif hei dat Piard an. Met Singen stelle hei dat Piard in´n Stall.

Näah´n Melken, seo bäi´n Iuhr siében[3], achte, konn man de jungen Luüe, met odder ohne Gesellschopp, ollewiagen langes de Pätte un Wiage hengäahn sähn. Olle güngen se näah´n Danzoamd. Met ´n fröhlichen Gruß an Frünne un Bekannte, seo kamm man in´n Danzsaal, woa twei Tuokebuüls[4] üohrn schönen Klang hoiern loiden. „Antrian för de Polonäse, jeder met säinen Luüd," hoier man jümmer wäier, wenn ´ne näie Melodie anfeng. „Antrian för de Polonäse", heide et, obwohl et ´ne Polka odder ´n Schottschen[5] was. Et was jümmer vör jeden Danz – et kamm´er nich up an för wecken – de gewüohnliche Iutdruck. Näah düssen Iutreop: „Antrian" van dän Danzmester, güngen de Paare teon Danz. Et was ein unwäiset Draihen un Ümmedraihen, ein Draben un Hüppkern. Wenn ´ne bekannte Melodie teo hoiern was, sang un summe jeder met, de ´n biéden musikalischet Gefoihl in´e Holschen[6] hadde. Dat broche

[1] Drüomelpott: langsamer Mensch, Trödler
[2] räibe: großzügig, freigiebig
[3] bäi´n Iuhr siében: etwa um/gegen sieben Uhr (alter Ausdruck – „bei einer Uhr sieben")
[4] Tuokebuüls: Ziehharmonikas
[5] Schottschen: früher beliebte (schottische) Tanzform
[6] Holschen: Holzschuhe

mähr Stimmung. Dänn foihl de Saal sick einig. Viéle Bekannte soihg man jümmer wäier up dän glatten Feotboden. Van de Brünger, van Höwerbur, Brookhus, Wiegmann, Schreur. Äok de van de Roatger. De besten Dänzers därvan woiern woll de van de Eschker un van de Brünger. Bäi´n ersten Walzer, dän de Danzmester ankünnige, wordde Hendrik van de Roatger os de bestimmt, de dän ersten Danz anfangen soll.

Hendrik hadde met säinen Var näah de Kiarken ´n Schluüer uober´t Land maket. De äole Roatger hadde dänn äok met üohn uober Geschäfte, Biuernhoff un Fräien kuüert. Läike heriut[1] hadde hei dat teo Sproake brocht. Säin tweite Junge konn woll däan un loaden wat hei woll, obscheon, där woiern natürlich jümmer Grenzen. Oaber dat säin Súhn de uobertrian könne, nei, där was hei keinen Moment bange vör. „Hendrik, Junge," hadde hei säggt, „jäi beide, Jan un diu, gäaht sinnig up de dartig teo. Jan bliff os de öllste läter sümsverstand up´n Huobe. Früher odder läter soll hei sick woll ´ne Frübben in´t Hius halen un dänn es hei wäiterhen de Biuer. Niu kanns diu natürlich äok os Junggeselle bäi üohn in´n Hiuse bläiben, oaber ganz däin eigener Herr biss diu dänn nich, äok wenn diu met üohn teohäope Herr biss. Wenn Jan fräiet, suüht et dänn neoh anners iut. Lesten Ennes woier et för däi dat beste un schönste, wenn diu süms äok wat beschicken[2] könns, meine ek. `N näiet Huüsken hensedden odder ´n Biuernhoff uoberniéhmen es äok nich seo lichte. Olseo woier et de richtige Wegg, wenn diu däi in wat anneret rindenken könns. Gistern Oamd, dat weis diu, kamm Dieks van ten Modenkotte näah us hen. De make sick äok ´n schwoarn Kopp uober de Teokumft, wat säinen Hoff angeiht un äok uober säine Dochter. Ek sägge däi dat güste, wie et es. Dat es dat beste, un dänn wie´we[3], wat we met´n anner hät. Käik ens, Hendrik. Dieks satt, seo os ek säggt häbbe, ümme uober Marie un dän Hoff teo kuüern. Hei kuüer där niu gistern Oamd uober, dat där ens ´n jungen Biuern kúmen mott. Säine Frübben un hei liébet niu beide neoh, un teo wiéden, wä läter dän ganzen Kroam verwalten soll, könne ein Treost säin för üohn uober einige Jäahre. Recht häff hei, dat mott säggt wäärden. De meisten wäärd´t woll keine hunnert Jäahre

[1] läike heriut: gerade heraus, geradewegs
[2] beschicken: etwas schaffen, etwas aufbauen
[3] wié´we = wiéd´t wäi: wissen wir

äold. Niu häff Dieks mäi vörschläan, bäi däi ens ümme de Hüchte teo hoien[1] un däi so´n biéden in Gang teo bringen. Hei woll mäinen tweiten Jungen gäärn säinen Biuernhoff un Marie teogünnen un dat sühge hei süms gäärn seo. Niu denke ek oaber uober dat Fräien nich seo os uober dat Verkäopen van´n Stücke Veih, oaber ek häbbe Dieks doch mäine Teostimmung giében. Diu briuks dat natürlich mäintwiagen nich teo däan, diu biss ganz fräi, wat diu maken wuss. Wenn´t anners löpp, dänn käike ek däi äok nich scheibe an. Buobenbott[2], Marie es´n nettet Luüd, dat weit, wat et well un woa ´ne geoe Biuersche inne sitt un ´ne Hülpe för de Arbeid."

De Roatger schweig un schoif wat achter säine Backen. Hendrik loip ´n Täid lang stille niében säinen Var wäiter. Hei was sick gistern oll wat in Vermeod[3] wian. Dat dat „un seo" van ten Modenkotte wat teo beduüen hadde un dat Kuüern in´e geoe Stuoben. Hei hadde sch´nachts[4] in´n Bedde liagen un sick jümmer draihen mosst. Van dat Simmeliern konn hei nich in´n Schloap kúmen. Niu hadde säin Var üohn dat bäibrocht. Läike heriut, ohne Ümmestänne. Marie was woll ´n feinet Luüd. Et schluüer nich met jeden met. Düchtig was´t äok. Jäo, et könne woll ´ne geoe Hiusfrübben för üohn säin. Oaber met´n Luüd gäahn ? Dat was ´ne Kunst, de hei nich verstond. Met´nanner kuüern, woa där mährere met bäie woarn, dat gung van süms. ´N Witz vertellen, dat gung äok neoh. Oaber met´n Luüd gäahn? Nei, dat gung üohn doch olles teo glatt. Oaber de Öllern können doch nich neoh mähr däan. Nei, günstiger os hei där vör stond, konn et doch woll nich säin. Wä hadde denn oll in vöriut de Teostimmung van de Äolen ? Nich viéle hadden dat. Olle söchen ers ´n Luüd un dänn de Teostimmung. Oaber früher odder läter mott där doch wat van wäärden. Hei moche Marie woll. Oaber Marie ? Woll et üohn ? Seo ansähnlich was hei nich, helle äok nich. Oaber man könne et probäärn[5]. Hendrik sia olseo näah kortter Täid: „ Jäo Var, där sitt ´ne Masse Wäahrheit inne, os diu säggt häss, et woier schön, wenn´t glücke. ´N schönen Biuernhoff, ´ne geoe Frübben. Biater kann´t doch woll nich säin." „Oaber well Marie äok ?", hadde

---

[1] ümme de Hüchte hoien: sich vorsichtig erkundigen, auskundschaften
[2] buobenbott: darüber hinaus, außerdem
[3] sick wat in Vermeod säin: etwas ahnen, vermuten
[4] sch´nachts: des Nachts, nachts
[5] probäärn: probieren (sprich:probädn)

hei froaget. „Dat weit ek nich“ hadde de Roatger teo üohn säggt. „Dat moss diu vanoamd bäi´n Danzen odder bäi ´ne annere Geliagenheit ens probäärn.“

Seo was Hendrik van de Roatger där teo kúmen, dat hei bäi düsse Geliagenheit, de üohn niu anbuon[1] wordde duür dän Danzmester, Marie ümme dän ersten Danz teo froagen. Olle stönnen se där ümme teo. In´n Takt van de Musik klappe man in´e Hänne. Hei foihle sick schlecht. Van dat viéle Knippoigen[2], dat duür´n Saal gung, van wiagen üohn un Marie, wordde hei hibbelig[3]. Wat mosse hei anstellen, ümme an eine Uobereinkumft teo kúmen, weinigstens an eine vörloipige Uobereinkumft, in düsse paar Miniuden, de säin Walzer met Marie diuer ? Unner väer Äogen hadde hei met et, wat hei wusse, neoh nich kuüert. Dänn woll doch dat Rezept, sick rischweg[4] ´n Hartte teo niéhmen, dache hei. Un dänn, ohne wäiter Oam teo halen, stoit hei de einzigen Woier, de hei teo säggen hadde, heriut. „Sägg ens Marie, draff ek däi vanoamd näah Hius bringen ? Draff ek met däi gäahn ?“ Marie keik üohn stumm un baff an. Nich dat et dat komisch fäond, dat hei froaget hadde, et näah Hius te bringen ! Nei, dat fäond et ganz normal, oaber düt höltene[5]: Draff ek met däi gäahn ? Dat güng üohr doch ´n biéden teo flott. Wenn hei se näah Hius brengen woll: ollerbest! Un met üohn einmoal so´n biéden pussiern konn üohr äok egal säin. Oaber däruober niu teo kuüern ! Där was doch neoh Täid geneog, wenn hei se näah Hius broche ! Un därümme hadde se wat därgiégen. Woarümme was hei äok seo hölten un butt[6] ? Wat konn se däan ?

„Niu, Hendrik“, sia se, wäi kuüert met´nanner neoh moal bäi´n lüttken Walzer, nich wäahr ? Dänn kuüer´we wäiter. Dat kümmp doch olles up einmoal !“ Hendrik woll neoh wat säggen, oaber de Danzmester flöttke. Marie loit Hendrik flott leos un soche sick ´n annern Danzpartner. Se namm sick Frans van de Eschker. Dat was ´ne Lussen met üohn teo danzen. Met säine derben Arme drücke hei se met in´e Runne. Dat gung af wie´n Dittken[7]. Man foihl sick

[1] anbuon: angeboten
[2] Knippoigen: Augenzwinkern
[3] hibbelig: nervös, unruhig, fahrig
[4] rischweg: gerade heraus, direkt
[5] hölten: unbeholfen, ungelenk, steif („hölzern“)
[6] butt: grob, unhöflich; stumpf
[7] gung af wie´n Dittken: ging wie von selbst, ging wie geschmiert

in säine Arme seo lichte os ´ne Fiardn. ´N feinen Kerl, de Frans, un äok woll ganz schön. „ Diu danzes dän Walzer gar nich schlecht. Et geiht unwäis geod !" sia Frans met säinen lachenden Gesichte. „Där send äok wecke, de et anners däat. Met däi däa ek et seobutz neohmoal, wenn´t säin draff. Et es ´n Vergnoigen!" Marie froie sick. Se keik üohn näah met ´ne sonnerbare Gleot in´e Äogen un kreig bäole ´n Schrecken, os Bennat van de Brünger se ümme dän naichsten Danz froche. „Dat Hartte verluorn ?", froche hei met ´n Lachen. Marie kreig ´n reoen Kopp. Jäo, se verkloar sick bit uober beide Ährn[1]. Dat üohr dat güste niu passiern mosse. Süss wordde se nie reod. Un niu ? „Och", sia se, „hei kann ganz geod Walzer danzen. Ek ben´er so´n biéden warm van worden." Bennat froche nich wäiter, oaber draihe sick lustig met üohr in´e Runne. Os de Danz teo Enne was, boit hei neoh ´n soiden Likör an. „Gäärdn", gaff se teo Antwärd. Näah so´n paar Runnen up´n glatten Danzboden schmicke dat geod.

„Där kümmp däin Leibester ! Käik däi ens ümme !", was Bennat an´n tiargen[2]. Frans van de Eschker sedde sick met därteo an dän lüttken Disch in´e Ecke. „De naichste Runne es vör mäi", begann hei un trecke sick dän Steohl naihger. Marie keik in´n Saal. Se was wäier reod wordn näah de lesten Bemiarkung van Bennat. Ob Franz dat äok hoiert hadde ? Unangeniéhm könne se dat eigentlich nich fäinen, dache se. Hei was niu moal ´n feinen Kerl, dän se woll moche. Vanoamd neoh mähr os süss. Bennat van de Brünger hoil sick trügge met wäitere Bemiarkungen un Tiargeräie. Näah de Runne van Frans loit hei se olleine an´n Dische. Se fengen an teo kuüern uober dän Danzoamd, wä där olle was, un met wecke Pärken et up Diuer wat wäärden könne. Frans sia ´n paar nette Woier un vertelle ´n paar Witze. Vör ollen dat leste konn hei ganz best. Marie lache sick kaputt. „Jäo, lache diu man", menne de Súhn van Eschkers. „Lachen es gesund, vör ollen up so´n Oamd wie düssen. Un diu kanns muorn wäier an´ne Arbeid, dänn bliff där keine Täid mähr för uober." Et wordde oll late. Oll uober teihn Iuhr. Se danzen neoh ´ne kortte Täid teohäope un vergnoigen sick beide. Se können beide geod teohäope passen un geod met´n anner iutkúmen. Bäi´n Danzen froche Frans: „Hädds Diu wat därgiégen, wenn

---

[1] Ährn: Ohren

[2] tiargen: ärgern, sticheln, kleine Stiche geben

ek vanoamd neoh ´n Stücke up´n Wiage[1] metgünge ?" Wäi hät vanoamd seoviél met´nanner maket, dat et eigentlich nich recht woier, wenn wäi häier oll ´n Enne van maken wütt, indem wäi sägget: „Et es schön wiasen un danke för däine Gesellschopp." „Häss´e där wat giégen ? Marie woll neoh nich seo rechte. Soll üohr Var där wat giégen häbben, wenn se met einen van Eschkers Jungens... Dänn namm se üohrn Kopp in´n Nacken, keik Frans met ´n uopen Blick an un sia: „Gäärn Frans." Woarümme nich, dache se. För einen Oamd met Frans ? Se was´er freoh, unwäis freoh uober, dat se teostemmt hadde, sick duür üohn näah Hius bringen teo loaden. Os se teohäope iut de Duür güngen, soihg se Hendrik van de Roatger dichte bäi de Duür an´n Dische sidden. Niu, leiber gung se doch met Frans, obscheon Hendrik üohr leid dä. Hei was oaber äok seo hölten. Biuden ankúmen gaff se Frans, ohne dat hei wat säggt hadde odder sick wat hadde anmiarken loaden, üohrn Arm. Seo güngen se läise dänne.

Dat eine odder annere van düssen Oamd kamm neoh moal in´t Gedächtnis. In Gedanken schwiaben se teohäope neoh moal uober´n Danzboden odder saiden vergnoiglich teo kuüern un teo lachen an´e Ecke van´n Dische, säi met üohr Gläsken „Soiden", hei met´n Pott Bier. Niu loipen se Arm in Arm duür dän Oamd. Näah ´ne Wäile lia Frans säinen Arm ümme Marie üohre Taille. Se foihle sick niu neoh freoher, glücklicher os iaben. Met lachende Äogen keik se näah üohn up. „Et es woll schön seo," sia se ganz einfach, güste os ´n Käind, dat ´n näiet Spiéltuüg kriégen häff, äok sägg: „Dat es schön." Se hadde där nie greots[2] näah verlanget un neoh viél weiniger an dacht, met´n Jungen teo pussiern. Niu oaber dache se: Soll hei mäi woll äok ´n Soiden[3] giében ? Se verlange där süms näah. `N Soiden van Frans! In stillen Schwäigen, freoh uober dat Teohäopesäin, stützen se sick giégensäitig ornnick af un güngen duür de vergnoigte Stille van dän Sommeroamd. De Stille drücke neoh mähr. Wie[4] se an´n Kruüzweg kaimen, woa de Wiage van de beiden sick scheien mössen, blieben se in´n Schatten van einen Bäom stäahn. Se foihle sick glücklich, oaber woarümme sia Frans niu nicks ? Vanoamd hadde hei einen Witz näah ´n

---

[1] up´n Wiage: auf dem Weg(e) - (alte Dativ-Form)

[2] nie greots: nie besonders, nie in großem Maße

[3] ´n Soiden giében: Kuss geben, küssen („einen Süßen geben")

[4] wie: als (wie kann „wie", aber auch „als" bedeuten !)

annern vertellt, un niu ? „ Jäo, Marie, Luüd, wäi send bäole teohius“, hoier se plötzlich an üohre Säite. Se kreig däa bäole ´n Schrecken van. Gaibe hei mäi doch ´n Soiden ! `N Soiden van Frans. Dat was in düssen Äogenblick olles, wat se verlange.

Frans kuüer wäiter: „Dat ek unwäis freoh ben, dat ek düssen Oamd greotendeils met däi verbringen droffe, dat weis diu. Där ben ek däi dankbar för.“ Marie stond niu vör üohn, de Äogen dalschläan. De Hänne van Frans rässen up üohre Schullern. Säine Äogen keiken up Marie dal. „Draff ek, Marie?“, froche hei sachte. Se buüer dän Kopp näah üohn up un keik üohn met üohre bläoen Äogen an. Dänn gaff hei üohr ´n Soiden. „Marie“, froche hei, „draff ek bäi de eine odder annere Geliagenheit neoh moal met däi iutgäahn ?“ Se packe üohn met üohre Arme ümme säinen Nacken un gaff üohn ´n Soiden trügge. Met Fuüer, met oller Macht, met Hengabe. „ Oh, Frans“, süchte se. Dänn scheien se van´n anner. Frans keik achter hiar. Van Täid teo Täid keik Marie sick ümme un Frans wunk trügge. Dänn gung hei äok langsam näah Hius. Olles, wat hei beliébet hadde an düssen Oamd, gung neoh moal duür säinen Kopp. `N Kerl, de olles uoberdenkt, was hei. `N derben Arbeider, de olles met Bedacht make. Oaber was dat kleok wiasen, de Dochter van einen van de gröttsten Biuern, de Dochter van Dieks van ten Modenkotte näah Hius teo bringen un seogar Afsproake teo maken för ´ne wäitere Geliagenheit ? Ers hadde hei se nich froagen wollt. Et was üohn teo riskant. Doch so´n Drang van binnen hadde üohn därteo brocht, et doch teo däan. Un hei hadde et däan. Richtig Leid däan dä üohn dat nich. Oaber kleok ? Hei, ´n Súhn van de Eschker un säi ? Dat klappe nich met de Regeln van de Kunst, un sicher nich met de Gewúhnheiten bäi de greoden Biuern. Dat hei Marie vanoamd näah Hius brocht hadde, dat gung seo güste neoh. Oaber de Afsproake ! De was doch eigentlich nich recht. Hei moche Marie gäärn läien, hei gaibe viél, wenn nich seogar olles, för et. Oaber wenn man bleoß ´n Súhn van de Eschker, de Súhn van´n lüttken Biuern was, dänn konn man woll met de Dochter van´n greoden Biuern rümme pussiern, oaber et stond eine teo hunnert, dat dat gelingen könne. Un dänn neoh de Froage met de Marken[1]. Dat was jo van früher. Markengrund gaff et jo eigentlich nich mähr. Jäo, de Markendeilung was nich ganz seo gäahn, wie et sick schickt hädde. För de lüttkeren Biuern was et äok woll moal teo´n Näahdeil iutfallen.

Einige van de greoden Biuern hadden dat iutklamüsert[2] un sick dän Fang unner´n Nagel riéden. Dänn sia man woll: „Stuohlen Geot gedeiht nich geod", oaber dat stimme praktisch äok nich jümmer. Nimm man bleoß Dieks van ten Modenkotte. De hunnert Hektar, de hei besatt, hoiern üohn näah Markenrecht äok nich vullstännig. Äok wenn´t keine teihn Hektar säin mochen un äok wenn´t Häen was, hei hadde se os Teogabe kriegen bäi de Deilung däamoals. De Greotvar van Dieks was ´n upweckten Kerl wiasen. Wick dat hei där anne kamm, därümme kümmer hei sick nich greots[3], wenn hei et man kreig. Un hei hadde se däamoals kriegen, obscheon se an dän Eschker hädden afgiében wäärden mosst. „Et kann olles anners kúmen", dache Frans. Oaber hei hadde de Folgen därvan teo beliében. Un de send uoberhäopt nich angeniéhm ! „`Ne ungerechte Welt", grummel hei. „Dat de Urenkel niu neoh de Näahdeile beliébet van´n Sträit tüschen de Urgreotäolen iut frühere Täien. Et was niu doch einmoal seo un kein Minsche veränner där wat anne. Säinen Var satt dat neoh twarss[4]. In de langen Winteroamde satt hei neoh faken un vertelle, wick dat´t bäi de Markendeilung teogäahn was. Dat düt seo ungerecht un nich rechtens teo Wiarke gäahn was, stoier üohn neoh. Därümme keik de äole Eschker dän Dieks van den Modenkotte jümmer neoh seo scheibe an. Frans fäond dat äok ´ne leige Sake. Natürlich. Se hädden süms ´n grötteren Hoff häbben konnt. För säi woier ´ne Vergrötterung met teihn lüttke Hektar ornnick wat wiasen. Dänn hädde hei sick nich seo trügge häolen mosst, wat Marie angünge. Hei hadde sick ganz leige de Finger anbrännt. Tüschen twei Fuüers. Up de einen Säite säin Var met säine uräolen Jammeräie uober de Markendeilung, woa doch nicks mähr anne teo maken was. Dat säin Greotvar

[1] Marken: gemeint sind Flurstücke (gemeinsam genutzte Ackerflächen, Wald, Wiesen etc). Die Markenteilung war eine frühe Form der Flurbereinigung mit weitreichenden sozialen Folgen.

[2] iutklamüsert: ausgedacht, ausgeheckt

[3] nich greots: nicht sehr, nicht sonderlich

[4] twarss: quer (sprich: twass)

un de van Dieks sick däruober an´e Köppe kreigen met´n anner, dat konn hei neoh begräipen, oaber dat säin Var un äok hei süms, Frans, deswiagen neoh boise käiken mössen ? Nei, hei boche[1] sick leiber unner eine Sake, de oll Jäahre lang teo Enne was un woa man doch nicks mähr anne maken konn. Up de annern Säite woier Dieks äok nich güste därför teo häbben, wenn´e nich seogar ganz afwäisend stönne, giégenuober seo ein Verhältnis van üohn met Marie. Et gaibe doch woll Iarger, wenn hei wäiter an Marie fastehäolen woll, dache hei. Hei woll üohr dat naichste Moal nich wäier teo Last fallen. Wäild biuster[2] säin Hartte unner de breiten Borsst[3]. Woarümme soll hei et eigentlich nich ens probäärn ? Marie was et woll sicher wäärt, olle säine Kräfte inteosedden. Oaber was hei nich vöräilig met düsse Saken ? Seo dache hei wäier. Wenn man einen Oamd ´n Luüd näah Hius broche, hadde man doch neoh keinen Verkehr därmedde un neoh weiniger konn man an´t Fräien[4] denken. Wat man gäärn well, dat glöff man äok gäärn. Jäo, seo es´t Frans, sia hei bäi sick süms. Ganz bedroibet gung hei duür de Näienduür[5] in´t Hius. Olles was oll in deiper Riuhe. Hei schonk sick ´n Köppken Kaffe in, iut de Kaffekannen, de in´e Aschen van´n Herdfuüer stond teo´n warm bläiben. Dänn gung hei äok näah´n Bedde. Met säine Gedanken bäi Marie lagg hei neoh lange wach.

An´n naichsten Muarn bäin Melken froche säin Breoer, ob hei sick amüsiert hadde met de Dochter van Dieks. „Ek häbbe däi weggäahn sähn“, sia hei. Frans brumme wat in säinen Bärd. „Es woll ´n schönet Luüd, oaber nicks för däi“, sia hei wäiter. „ Där kümmps diu doch nich medde teogange. Dieks wördde däi in´t Gesichte iutlachen, wenn hei dat sühge. De Dochter van ten Modenkotte met dän Súhn van de Eschker ! Nei, pack däinen Kroam man wäier in un wahr[6] däi, vör dat där Unglücke kúmt. Var es där äok nich geod up teo spriaken, wenn hei hoiert, dat diu Marie näah Hius brocht häss. Hei wärdd woahne[7]. Ha, ha! De Marken, de Marken! Dat weis diu doch iaben seo geod os

[1] boche: beugte
[2] biuster: klopfte, schlug
[3] Borsst: Brust (sprich: Bosst)
[4] fräien: heiraten
[5] Näienduür: große Deelentür (4-teilig) des niederdeutschen Bauernhauses
[6] wahr däi: nimm dich in acht, hüte dich
[7] woahne: wütend, zornig

ek. Faken genoeg, jümmer un jümmer wäier, hä´we[1] düsse Geschichte hoiert. Diu met de Dochter van Dieks! Dieks, dän hei nich iutstäahn un nich sähn kann. Olseo, ek hädde däi för wäiser häolen". Frans brumme, dat hei äok neoh lange keinen Verkehr met Marie hadde. Dat vermuckte[2] Sapen äok. Se spinnt sick einfach wat trechte. Seogar Jan, wat säin eigener Breoer was, kuüer oll seo, os woier hei oll säit Jäahren met Marie gäahn. Wenn man däi bleoß einmoal met´n Luüd soihg, dänn hadds diu festen Verkehr, un dat tweite Moal, jäo, dänn günges diu woll up´t Fräien teo. Dat gung gar nich anners. Seo menne dat nich bleoß säin Breoer, sonnern jeder in düsse Giégend. Et woier woll ´n Wunner, wenn Var dat vandage nich up´e Müohlen hoier. Där was dat jümmer seo eine Wesselstuoben för olles, wat et an Näien gaff. Wenn hei där wiasen was, dänn wusse hei jümmer neoh mähr teo vertellen, os in´n Blae[3] stond. Van dän einen häss´e[4] düt hoiert, van dän annern dat!

Frans hadde sick häiermedde nich verdäan. Os Var iut de Stadt näah Hius kamm, keik hei üohn met´n Gesichte an wie siében Dage Riangenwiar. Se hadden sick muorns neoh nich sähn. Läike heriut sia hei: „Wie kriss diu dat in Himmelsnamen in däinen Kopp, dat diu däi met Marie, met de Dochter van Dieks, van Dieks van ten Modenkotte, up´n Patt maks ? Schiams´e däi nich ? So´n äolen Kerl weit neoh nich woa hei in´e Welt henhoiert. Där send doch annere Luüdens geneog ! Woarümme moss diu niu iutgeriakend güste dat Luüd näah Hius bringen ? Van früher es där oll Krach tüschen us, un dänn neoh so´n sonnerbaren, dummen Sträik iuthecken. Dat geiht uober mäinen Verstand!" Frans sia nicks. Neoh jümmer met sick süms in Twäibel[5] gung hei wegg. Woiern olle düsse Schiareräien dän Spoaß wäärt ? Un ümme van de bedroibeten Gedanken leos teo kúmen, stoide hei sick met oller Kraft in de Arbeid. De äole Eschker loip os so´n Löwen in´n Käfig van´n Hiuse näah de Schoppen[6] un van´e Schoppen näah´n Hius, jümmer vör sick hen an´n brummeln. „So´n greoden Bengel äok! ´N Kerl van bäole dartig. Un de geiht

---

[1] hä´we = hät wäi: haben wir

[2] vermuckte: verdammte

[3] in´n Blae: in der Zeitung (im Zeitungsblatt, „im Blatte"=alte Dativ-Form)

[4] häss´e = häss diu: hast du

[5] Twäibel: Zweifel

[6] Schoppen: Schuppen, Scheune

met de Dochter van Dieks, de Eigentümer van teihn Hektar Land, wecke üohn nich teostäaht. Nei, dat hei sück einen Súhn hadde, dat hadde hei niemoals denken konnt. De ganze Wieken was hei nich iutteostäahn. Jedes Moal wenn hei Frans soihg, mosse Frans sick de Geschichte wäier anhoiern. De Eschker was vergrellt, wie niemoals vörhiar.

Jens (de Knecht) hadde oll jümmer dat giarbte Gesichte van dän Biuern ankiéken. Se woiern teogange met´n Hoi weinen[1], de Biuer, hei un de Dageloihners, wecke de Biuer jümmer anhuüer, wenn ´ne Masse teo däan was. De Biuer harke os ´n Dullkopp[2]. Eine Harken hadde hei oll twarssbruoken[3]. De, woa hei niu met säine derben Biuernfuüste medde hantier, was äok oll einige Tacken läos. Jens schüdde metleidig säinen gräisen Kopp. Uober siébensig was hei oll. Früher hadde hei oll deint unner dän äolen ten Modenkotte, dän Var van Dieks. Säin ganzet Liében hadde hei up dänsülbigen Biuernhuobe teobrocht. Olle Froiden un Dalschliage hadde hei metmaket. Duür de Jäahre was hei met dän schönen äolen Hoff teohäope wossen. Hei was ´n Stücke därvan worden. `N Deil van de Familie. Hei könne woll de Var van Dieks säin. De hadde et nich anners wusst, os dat Jens teo säinen Hoff hoier. De beiden kaimen geod trechte met´nanner. Veriargert was Dieks uober üohn niemoals wiasen, obscheon hei einer was, de sick nicks annamm un metunner strenge met säine annern Arbeiders säin konn. Niu, up säine äolen Dage, hadde de Biuer säggt: „Jens, diu moss häier däine lesten Jäahre teobringen. Et woier minnachtig[4], wenn´k däi niu vör de Duür sedden dä. De Hoff häff däi viél teo verdanken. Bläif man häier. Diu briuks nich schwoarer teo arbeiden os diu dat süms wuss.“ Jens was üohn där dankbar för. Hei hadde dat gäärn annuomen. Woa soll hei äolen Kerl, de nich mähr seo schwoare Arbeid maken konn, up säine äolen Dage äok hen ? Un de Hoff was üohn an´t Hartte wossen. Et woier för üohn ´n hartten Schlagg wiasen, wenn hei hädde Afscheid niémen mosst. Hei klüoter[5] so´n biéden herümme. Häier un där make

---

[1] weinen: wenden

[2] Dullkopp: Dickkopf, starrsinniger und versessener Mensch

[3] twarssbruoken: kaputt (entzwei, „quer“) gebrochen

[4] minnachtig: verächtlich, geringschätzig („minder achtend“)

[5] klüoter: machte ohne Eile im Haushalt oder auf dem Hof etwas, ging mal hier und da etwas machen

hei lichte Arbeiden. Dänn gung hei ens met up´t Land, seo wie niu. Dat Hoi weinen, dat konn hei neoh an´n besten. Dat fell üohn neoh nich seo schwoar. Jedes Moal keik hei up näah dän Biuern. Wat häff de denn bleoß ? Dat passier üohn nich olle Dage. Hei toig ´n Gesichte, os wenn hei Päine[1] in´e Kiusen[2] hadde. Ob Marie woll... Jäo, dat was´t woll. Vanmuorn hadde hei se met´n vergrellten Gesichte iut de Küoken kúmen sähn. `N biéden läter was Dieks achterhiar kúmen. Niu stond hei där met´n Gesichte os de Duibel süms. Marie hadde et woll teo bunt driében, dache Jens. Och jäo, junget Volk.

Met´n Wiar[3] gung et süss ganz geod. Wenn et seo bleif, kaimen se düsse Wiéken ´n geoet Stücke fürddder[4]. Jens hadde an sick geoe Huopnung. Hei keik starr uober dat Land, woa ´n greoden Deil van´n Griase[5] oll afmaihet dal lagg, un dänn wäier in de deipbläoe Luft. De Wäind was ornnick, de Sunnen bränne stark up dat, wat teo Hoi wäärden soll. Jäo, jäo, et wärdd sick geod maken. Un et make sick geod. Wenn ´n äolen Kerl, de jümmer met Wiar un Wäind teohäope arbeid´t hadde, säin Liébedage lang, dänn sia, dat´t Wiar bestännig was, dänn konns´e däi därup verloaden. De ersten Wiéken hadde man et jümmer äilig in´n Hoie. Uoberoll langes de Wiage soihg man de greoden Ringsenwiagens[6], van einen Piard odder van twei Piar tuogen, up´n Wiage näah´n Hoff hen. Mährere Foiers woiern äok näah Modenkotte hen unnerwiages. Heoge uppackt up´n Balken, in´e Hoischuüern un up´e Häilen[7], lagg dat Hoi där un toffe up´n Winter, wenn et wegnuomen wäärden soll, ümme för dat Veih os Feoer[8] teo deinen. `Ne scharpe, prickelnde Rüoke van dän frischen, jungen Hoie, wat seo geod rück, hüng uoberoll woa man hen kamm. Uober de afmaiheten Wische, in´n Hiuse, in´e Schoppen un in´n Stalle. Van de eine äilige Arbeid wessel man seobutz wäier in eine annere. Dat Kärdn was düt Jäahr freoh räip un dat Hoi was neoh nich unner Dack un Fack, däa

[1] Päine: Schmerzen
[2] Kiusen: Backenzähne
[3] Wiar: Wetter
[4] fürddder: voran, weiter („fürder" - veralteter Ausdruck)
[5] van´n Griase: vom Gras („vom Grase" – alte Dativ-Form)
[6] Ringsenwiagens: Erntewagen, Leiterwagen, Heuwagen
[7] Häilen: Stauraum über den Viehställen an der Deelenseite
[8] Feoer: Futter

hoier man oll up de Roggenfeiler dat stumpe „ff, ff“ van de Seißen[1], de, van derbe Arms hantiert, de Späiers [2] duürschnieen. „Seißen klünget, Seißen blenkert, dat Kärdn siust dal…“, hoier man af un teo van achter de heogen Späiers heriut schallen. Flotte Bäiners[3] sprüngen van Garbe teo Garbe un büonen düsse teohäope met einige Späiers. De schwüle, uphitzte Luft, de man up de warme Äärdn[4] danzen sähn konn, güste os ´ne Masse lüttke Fleigen, wordde duür düsse Melodien neoh mähr in Schwingung brocht. Derbe, anstrengende Arbeid was dat. Un dat bäi düsse Hitte! Oaber et gung bestännig wäiter. Jümmer mähr Stäigen[5] met teihn odder twölf Garben stönnen up´n Lanne. Seo langsam konn man et uoberblicken.

Dänn kamm de Dagg, dat de Luft för düt Jäahr teo´n lesten Moal erfüllt wordde duür dän scharpen Klang, dän de Maiher makt, wenn´e säine Seißen kloppt[6]. Äok niu wäier foihern de Wiagens vull un heoge belad´t met Kärdn up dän Hoff van Dieks. Ein Häopen näah´n annern rische[7] sick heog up bäi de Schuüer. De Lagerstäie wordde vullpackt. Met dat Infoihern van dän lesten Foier was ´ne Traditsjeon verbunnen. Dänn hoil man dat seo nömmte [8] „Stoppelfest“. De Biuer spendier dänn ´ne räibe Moaltäid, beguoden met dänn noidigen Schluck Machollern[9], un an geneog Bier feihle et äok nich. Dat was dat Fest för de Arbeiders. Fröhlich drunken un sungen wordde där. Lieder klüngen duür de Lüfte, uober´n Hoff un de Länneräien bit teo´n Horizont. Giégen Oamd versammel man sick up de groede Dial. `N Bund Streoh wordde van´e Häilen halt, teo Häcksel schnieen un uober de Dial iutstroiet. Dat Häcksel deine os Danzpuder. Man konn sick där geod medde behelpen. De Tuokebuül in´e Ecke spiéle dänn eine Melodie näah de annern. Man süng, lache un sprang vergnoigt in´e Runne. Man danze: „Jan met´n Hacken un Grete met´n Teihn“, „Un wenn ek met mäin Luüd näah Hoaksebiargen gäah“,

---

[1] Seißen: Sensen
[2] Späiers: Halme, Getreidehalme
[3] Bäiners: Binder, die das Getreide zusammen binden (zumeist Frauen, Binderinnen)
[4] Äärdn: Erde
[5] Stäigen: Getreidehocke mit ca. einem Dutzend Garben
[6] Seißen kloppt: Sense schärft (Sensenblatt wird mit dem Hammer geklopft)
[7] rische sick: erhob sich, ging in die Höhe
[8] nömmte: genannte
[9] Machollern: Wacholder-Schnaps (in den Niederlanden als Jenever bekannt)

dän „äolen Wiener Walzer“, dän „Driekusmann“ [1] “, „Duütsche Polka“, „Spanschen Walzer odder ´n Hopp“. Dieks hadde olles, wat noidig was för düsse Geliagenheit, halen loaden un de greode Dial van´n Biuernhiuse soihg för dat seounseo viélste Moal in´n Liében dat vergnoigte, helle klüngende Dräiben van de jungen Luüe. Van dän Iaden un Drinken, dat där was, wordde räiklich Gebriuk maket. Einige woiern oll geod teogange. Jens satt up´n Sacke, an´e Wand liént, met de noidigen Dinge bäi sick. An so´n Stoppelfeste hadde hei neoh jümmer greodet Vergnoigen. Gedanken iut früheren Dagen, os hei neoh seo jung was os düsse Biuernkerls, kaimen dänn bäi üohn up. Se woiern früher genäo seo wiasen. „Käik ens Biuer“, sia de äole Knecht teo Dieks, de bäi üohn stond un sick met´n vergnoigten Blick dat Dräiben ankeik. „Käik ens, de häff oll bäole einen sidden[2].“ Jens wäise näah einen van Brüngers Jungens. Düsse junge Kerl, de greot wossen was, was´n schicken Kerl. Vör´n Pintken[3] met Schluck[4] teo de rechten Täid was hei nich bange. Un einen Witz vertellen konn hei ganz best. Niu hadden wecke[5] üohn vanoamd dän Schluck räibe inschonken. Wie se miarken, dat hei schön up Trapp kamm, roipen se: „ Niu oaber, Brünger, up´n Disch!“ `N äolen Disch wordde anschluüert un de Brünger där up buüert [6] . „Wat soll´t säin?“ froche hei. „Hannes in Amsterdam!“, roipen wecke. Dänn feng hei an. De Teoschauers lachen sick kaputt. Et was oaber äok seo unwäis komisch, de Brünger, de oll bäole einen in´e Hacken [7] hadde, up´n Dische met säinen „Hannes up´e Reise näah Amsterdam“. Seo verbroche man dän Oamd, met Danzen, Lachen un Singen, bit dat man ümme elben Iuhr hiuswäärts toig. De meisten güngen olleine. Einer gung Arm in Arm met dän einen odder annern van´e Bäinerluüdens[8] näah ´n stillen Wegg, ümme de Arntäid un dat Stoppelfest teohäope met ´n gemütlichen Schaiperstündken teo beschliuden.

---

[1] „Driekusman“: eine der alten Tanzformen in der Region Twente

[2] häff einen sidden: ist angetrunken, beschwipst („hat einen sitzen“)

[3] Pintken: kleines Schnapsglas

[4] Schluck: Schluck, hier: Schnaps

[5] wecke: welche; einige

[6] buüert: gehoben

[7] bäole einen in´e Hacken häbben: angetrunken, fast betrunken sein („einen in der Ferse haben“)

[8] Bäinerluüdens: Bindermädchen

Danz up de Dial

Jugend well liében. Diu biss bleoß einmoal jung un seolange es´t dän Minschen nich günnt, up Mudder Äärdn rümme teo läopen, dächen se. Woarümme äok nich ? Diu wördds doch äok nich einzig un olleine för´t Arbeiden in´e Weigen leggt ! Näah dat de Arbeid däan es, lött et sick geod rässen un ´n biéden Entspannung, wenn man Wiéken lang derbe un anstrengend arbeid´t häff, was ´n geoet Middel, ümme dän Meod un de Liébenslust teo behäolen. Wie könne man dat biater däan, os ´n nettet Luüd ümme de Taille teo packen un ´n biéden teo pussiern un Spoaß teo häbben. Up düsse Ärt wordde dänn äok van dän einen un annern dat Enne van´e Arntäid un dän Stoppelfeste beschluoden. Dieks make an düssen Oamd de Duür teo un was teofräie. Dat junge Volk hadde ´n schönen Oamd hat un hei hadde met Gottes Siagen un Gottes Hülpe dän Wintervörroat sicher un droige in´n Hiuse. Wat konn de Biuer neoh mähr kräigen, os dat de Erdragg geod was un droige unner´t Dack kamm ? Uober beidet konn hei teofräie säin. Teofräie därmedde lia hei sick an düssen Oamd dänn äok teo Riuh.

Einen Soaterdaggoamd gung Marie wäier näah de Stadt, ümme seo wie gewüohnlich, näah de Kiarken teo gäahn. De Arn was van de Feiler runner un seowäit dat Äoge blicke, soihg se nicks os dat Land, wat ploiget was un woa häier un där oll de Roiben teo Vörschäin kaimen. Seo wie de Feiler, de üohr seo bekannt woiern, niu anners iutsühgen, seo hadde äok üohr Innerstet ´ne greode Verännerung maket. Se foihle et jeden Dagg duller. An dän Oamd, woa se van Frans van den Eschker näah Hius brocht wordde, was se teo dän Entschluss kúmen, dat se üohn leif hadde. Neoh stärker was üohr düt an dän Muorn näah´n Feste kläar worden. Var hadde se froaget, ob se sick amüsiert hadde un wecke olle därwiasen woiern. Se hadde ´ne ganze Räihge uptellt, angefangen met de Jungens van de Eschker bit teo de van de Roatger. Var hadde et unbemiarkt därup anleggt, dat hei so´n biéden up Ümmewiage teo wiéden kreig, wie se un met wän se de Täid, näah dat de Danzoamd teo Enne was, verbrocht hadde. Duütlich hadde hei duürschimmern loaden, dat hei et gäärn sähn hädde, dat se üohre Upmiarksamkeit an Hendrik van de Roaotger schonken hädde. Marie was sick dänn oll so´n biéden wat in Vermeod, dat Hendrik bäi üohn neoh geod in Ansähn stond. Vör dän Danzoamd un näah dän Danzoamd was et jümmer Hendrik un neoh moal Hendrik wiasen. Se hadde üohrn Var platt vör´n Kopp säggt, dat Frans van de Eschker se näah

Hius brocht hadde. Früher odder läter hädde hei et doch teo wiéden kriegen. De Welt van de Luüe was seo lüttk ! Olles Näie interessier de Minschen. Egal woa man henkamm, et heide: „Häss´e dat oll hoiert ?“, un van ´ne Müggen make man hännig[1] ´n Elefanten. Dieks was boise worden. Se hädde doch woll äok met´n annern metgäahn konnt. De Eschker woier doch keine Partie för et. Oll wäier spiéle hei dat Spiél van Katten un Mius. Jümmer gung et uober Hendrik. In Brast[2] was Marie de Duür riut läopen. Konn se denn keine fräie Wahl häbben ? De Belange van de Welt sütt[3] doch nich olles beduüen. Se konn woll üohre Iarfte süms döppen[4]. Se fäond Frans niu moal netter os Hendrik. De leste was woll ´n derben Malocher, ´n Súhn van einen greoden Biuern, ´n geodmoidigen Stoffel, oaber in üohre Äogen bleif hei dänn äok ´n Stoffel, äok wenn man de biateren materiellen Ümmestänne van Roatger säinen Jungen bedache. Un vör ollen Dingen hadde se Frans niu schätzen läärt un was reod worden, os se sick teo üohn bekinne un hadde üohr Hartte an üohn verluorn. Se hadde dat doch nich in Schuld. Dat Schicksal hadde et woll seo vörbestimmt, dat se güste üohn in´e Moite kamm, ümme üohr Hartte teo verleisen[5]. Seo loip se niu in Gedanken dänne. Dat ganze Theater met Var stond in´n Geiste neoh moal för üohr. Et was güste därümme, dat se wisse teo dän Schluss kúmen was, dat se sick in dän Súhn van Eschkers verkiéken hadde. Se hadde neoh nich wäier met üohn olleine kuüert, bleoß woll einmoal sähn. Se hadden dänn jeder de Hand in´e Hoichte buüert un fröhlich „Moin“ reopen.

Wie se iut de Kiarken kamm, gung se iaben neoh bäi´n Bäcker vörbäi. Där drank se neoh ´n Köppken Kaffe un begaff sick dänn met geoen Meod näah Hius hen. Üohr Bichtvadder hadde up üohre Froage säggt: „ Ja, Käind, diu draffs de Stimme van däinen Hartte folgen. Dat es däin geoet Recht, oaber äok häier küont, wie bäi ollen Dingen in´n Liében, Grenzen säin. Oaber wenn´t ümme eine anstännige Wahl geiht, kanns diu wisse däan, wat däin Hartte däi sägg, äok wenn de Verstand in sücke wichtigen Angeliagenheiten äok ´n Wärdken metkuüern soll. Et es lesten Ennes ´n Schritt, de de meisten bleoß

[1] hännig: behende, flink, schnell
[2] in Brast: in Wut, zornig erregt
[3] sütt: sollen
[4] Iarfte süms döppen: Erbsen selbst aushülsen (i.S. v. seine Sache selbst machen)
[5] verleisen: verlieren

einmoal in´n Liében maket un et es ´n Schritt, woa däin eigenet Liébensglücke un äok dat van däinen teokümftigen Mann un van däine Kinner van afhanget. Hannel olseo nich unbedacht odder unvernümftig." De Paschteoer hadde ganz recht, dache Marie. Frans was wirklich ´n netten Kerl, un üohre Gefoihle woiern et wäärt. Oaber gaibe hei där woll Antwärd up ? Hei hadde därteo neoh nicks fräi heriut un duütlich säggt.

Se gung bäi´n Möller langs, os einer roip: „He, Marie, toif ens[1], wenn´t däi nich teo lange uphöllt, dänn gäah ek met däi met." Et was Frans. „ Wenn man uober´n Duübel kuüert, dänn…", dache Marie. Frans kamm up üohr teo. „ Neoh jümmer ´n schlanket un gesunnet Luüd ?", grüße hei. „Et geiht seo." „Suorgen ?", froche hei. „Och nei, et kann joa äok nich jeden Dagg ´n Danzoamd säin", lache se üohn an. „Wäi hät düsse Dage woll ´n schönen Oamd hat." „´N unwäis schönen un fröhlichen Oamd. Met´n passenden Schluss", sia hei neoh. „ Jäo, Marie, et es güste van wiagen dän Schluss, woarümme ek vanoamd seo teo säggen up däi tofft hadde. Ek wusse, dat diu näah de Stadt woiers un liuer[2] bäi´n Möller up däi." Üohr Hartte pucker[3] flotter un ganz upgeregt. Dat Bleod steig üohr in´n Kopp. Se wordde reod bit achter de Ährn. Wördde hei sick woll niu duütlicher iutspriaken ? Se foihle, woarümme et gäahn soll. „ Käik ens, Marie", sia Frans sachte, oaber met Näahdruck teo üohr. „Wäi hät teohäope ´n schönen Oamd hat up´n Danzfeste. Et froit mäi, dat diu där äok seo uober denks, seowäit ek dat iut däine Woier begriépen häbbe. Oaber et sitt bäi mäi jümmer neoh twarss, dat ek däi an düssen Oamd näah Hius brocht häbbe." Marie keik üohn an met ´n Blick, woa Verwunnerung un äok Engeneod[4] inne satt. Se foihle, dat et anners loip, os se huopet hadde. Könne üohr Gläoben un Vertrübben[5] in Frans verkäährt wiasen säin ? Odder hiage hei, anners os se dacht un huopet hadde, nich de Gefoihle för üohr, de se för üohn hadde ? Hei lass in üohre Äogen, wat se dache, un sia dänn: „Luüd, diu briuks nich denken, dat´t mäi wiagen däi moihet[6]. Wat dat

---

[1] toif ens: warte mal

[2] liuer: wartete, lauerte

[3] pucker: klopfte

[4] Engeneod: Beklemmung, innere Angst („Enge-Not")

[5] Vertrübben: Vertrauen

[6] dat´t mäi moihet: dass ich es bereue, dass es mich reut

angeiht, ben ek freoh däruober. Seowäit ek dat süms inschätzen kann, woiers diu dat richtige Luüd för mäi, dat met mäi up mäinen Liébenswegg gäahn soll. Diu häss vellichte woll miarket, dat ek seo uober däi denke, äok wenn ek mäi dat nich anmiarken loaden woll. Komödie spiélen, dat hännt[1] mäi nich. Oaber in ollen Ernst, et woier biater wiasen, ek hädde mäi an düssen Oamd nich seo benuomen, wick dat´t niu oaber de Fall was. Äok wenn ek wat foihle för däi, up jeden Fall mähr un viél mähr os för´n anneret Luüd, där kann nicks iut wassen. De Unnerscheid tüschen us es doch vör ollen anneren Dingen viéls teo greot. Käik, ek meine, dat diu de einzige Dochter biss van´n Biuern, de ´ne Masse teo säggen häff. Diu biss de Dochter van´n greoden Biuernhuobe, van Hoff ten Modenkotte. Un ek ? Ek ben doch jümmer neoh bleoß de Súhn van de Eschker. Dat es wat, Marie, dat kanns diu nich einfach seo iuter Acht loaden. Däin Var gaibe doch för´n Verhältnis met us beide niemoals säine Teostimmung, äok wenn diu et seo gäärn häbben wolls. Dat diu et wuss, där ben ek woll in´n Greoden un Ganzen van uobertuügt, un deswiagen bekuüer ek äok up düsse Ärt uopen un ehrlich, wat mäi up´n Hartte ligg. Ek well däi bäitäien[2] säggen, wie de Hase löpp. Dänn wié´we, wat we an´nanner hät, nich wäahr ? Dat es doch äok viél biater, Marie. Diu moss doch, well ek huopen, süms äok insähn, woarümme et sick draiht, un dat´t nich olleine dat es, wat wäi wütt[3] odder nich wütt, un dat där mähr teo hoiert, ob us dat niu näah de Müssen es[4] odder nich. Un dänn es där neoh jümmer dat Problem met de Marken. De ganze Geschichte well ek däi van´n Halse häolen. Et häff doch keinen Sinn. Diu weis vellichte doch woarümme et geiht?“ Marie schüddkoppe[5]. Nei, där wüsse se nicks van. Dat hädde man üohr niemoals vertellt. „Dat doit äok woll nicks teo de Sake,“ sia Frans wäiter. „Et es jedenfalls niu moal seo, dat düt Problem besteiht. Äok wenn ek´er nicks ümme gaibe, seo giff et doch einen, dän diu met oller Macht van de Welt nich eine Diumenbredde van säine Meinung därteo afbrings. Dat Liében es niu moal wisse kein Spoaß. Et kann manchmoal äok leige säin. Oaber geod, äok wenn de leste Sake nich in´e Welt kúmen woier, dänn können wäi doch iusen Willen gar

[1] hännt mäi nich: geht mit nicht gut von der Hand, liegt mir nicht
[2] bäitäien: beizeiten, rechtzeitig
[3] wäi wütt: wir wollen
[4] ob us dat näah de Müssen es: ob uns das gefällt („nach der Mütze ist")
[5] schüddkoppe: schüttelte den Kopf, verneinte

nich duürsedden. Wenn däin Var, de ohne Twäibel därgiégen steiht, einmaol säin „Nei“ iutspruoken häff, dänn mü´we[1] us där doch medde teofräie giében. Dänn küon´we doch biater dat Sprüoksel[2] heoge häolen: „Vörsuorgen kümmp vör Suorgen!“ Achter Dinge hiarläopen, de lesten Ennes nich dat bringet, wat man häbben well, es teo nicks nütte.“ „Vörsuorgen kümmp vör Suorgen“, dat sia üohr Var äok jümmer, dache Marie. Dat Frans niu äok güste düt säggt hadde. Ganz unrecht hadde hei woll nich. Hei hadde dat geod metkriegen, wick dat et loipen woier, wenn se met´nanner gäahn woiern. Se hadde ja säine Woier os Bewäis an üohrn eigenen Läibe follt. Üohr Var was ja oll boise worden wiagen dän einen Oamd. Un dänn met´nanner gäahn odder vellichte läter neoh sick befräien ? Mössen se niu van´nanner leos loaden ? Dat was´n derben Schlagg. Oaber et woier woll ´n dicket Dingen, wenn se trotzdem üohrn Willen kreigen. Up keinen Fall hädden se därmedde Erfolg. Bedroibet[3] keik se up näah Frans. „Wat mott dat mott“, sia se. „Wenn diu denks, dat et dat beste es, ümme Himmelswillen, dänn es´t seo.“

Frans versoche se ´n biéden upteomuntern, obscheon dat et üohn äok schwoar ümme´t Hartte was. De Ümmestänne woiern för de beiden nich günstig. Dat Leos was hartt. „Marie, Luüd“, sia hei sachte. „Wenn Gott us trotz ollen doch för´nanner bestimmt häff, dänn kümmp et lesten Ennes doch neoh trechte. Bäi Geliagenheit küon´we us doch neoh moal driapen. Wäi briuket us deswiagen doch nich scheibe ankäiken. Dat et seo löpp, es niu moal de Folge van düsse Ümmestänne. Läter küon´we us ja neoh wäiter sähn. Vellichte suüht et dänn ganz anners iut os niu. Wä weit, wat neoh olles passiert ? Et es niu woll dat beste, dat wäi olles neoh moal sinnig[4] bekäiket. Wäi send beide nich befräiet un äok süss an keinen biunen. Un, wie gesäggt, wü´we bäi de eine odder annere Geliagenheid teohäope kuüern odder ´n Schluüer[5] maken, dänn spreck äok

---

[1] mü´we = mütt wäi: müssen wir

[2] Sprüoksel: kurzer Spruch, kurzes Sprichwort

[3] bedroibet: betrübt, depressiv, mutlos

[4] sinnig: bedächtig, mit Ruhe, gelassen

[5] Schluüer maken: kleinen Spaziergang machen, schlendern

nicks därgiégen, äok wenn´t woll biater es, dat nich greots teo däan[1], ümme dat Sapen van´e Luüe teo verhinnern.

Frans schweig. Marie süchte schwoar. Et was olles ´n biéden teo viél up einmoal. Se hadde seo dull huopet, un Verlangen hat. Un niu hadde hei se insähn loaden, dat üohr Huopen un Verlangen up ganz wackeligen Grunne stond. Se konn där nich viél teo säggen. Jäo, se mössen sick därmedde teofräie giében un aftoiben, wat de Teokumft broche. An dän Kruüzwegg, woa se Afscheid niéhmen mössen, gaiben se sick ´n derben Hännedruck. Frans gaff üohr ´n Soiden up´e Stirn. „Stark bläiben, Marie", flüster hei. „Stark bläiben", sia se. Dänn gung jeder säinen Wegg, jeder met säine eigenen Gedanken un Gefoihle. Marie was untoimig[2] in üohrn Hartte. „Woarümme ? woarümme ?" froche se ´n paarmoal. Frans hadde sick därmedde affiunen. Hei dache, dat üohn düt Glücke einfach nich teodacht was. Hei was verdreitlich[3], oaber hei woll et henniéhmen, seo geod et iaben gung. „Man ornnick malochen, dänn geiht´t wegg", namm hei sick vör. Där was ein Leiden mähr in de Welt, näah düssen Driapen van twei Minschenkinnern, de met de Leifte Bekanntschopp maket hadden. Oaber erbarmungsleos mössen sick üohre Wiage scheien. Düsse Gedanken hadde jeder van de beiden. Gaff et denn doch ´n Schicksal ? Wat Früomes[4], wat man nich begräipen konn ? `Ne geheime Macht, de uoberoll was un doch nirns teo sähn was ? Nirns, bleoß in de Frucht van de Soat, de met üohre venäinigen[5] Worddels de Nahrung iut dat Unbestännige riut toig, wat Schicksal nömmt wordde. Oaber, diu „Schicksal", es et denn, wenn´t däi giff, noidig, van düsse twei Minschen de junge Leifte weggteoniéhmen, ümme se in dat greode Miul van dän Stolt teo schmäiden ? Van einen Biuernstolt, de däin Middel es, ümme twei Hartten kaputt teo schläan, de teohäope schmolten send ? Dat es ´n schwoaren Gang näah Hius hen, wenn man sück ´n leiget Driapen hadde. Un met Moihe kümmp de Kopp, woa et seo inne biustert, in´n Bedde teo Riuhe, met Harttepuckern in´n Läibe, in einer Tour. Sück draihe sick Frans in´n Bedde, un sück draihe sick Marie… Schicksal ? Nei, Biuernstolt !

---

[1] nich greots däan: nicht sonderlich viel tun („nicht groß tun")

[2] untoimig: unruhig, aufgewühlt

[3] verdreitlich: verdrießlich, verdrossen

[4] früomes: fremdes

[5] venäinigen: giftigen, bösen

Kapitel 2 - Hiarfst

„Noa, Junge, wick was dat gistern Oamd?" hadde de äole Roatger däamoals an´n Muorn näah´n Danzfeste teo Hendrik säggt. „Häff´t ganz geod glücket?" Hendrik hadde seobutz[1] geod begriépen, wat säin Var menne. Bedroibet hadde hei sick follt. Hei was seo hölten, seo läike heriut wiasen. Hei was niu moal kein geschickten Kerl. Arbeiden, dat konn hei dän ganzen langen Dagg, van sch´muorns freoh bit sch´noamds late. Un ornnick iaden konn hei äok. Man krigg äok keine Kraft in´n Läibe van nicks. Oaber met düt olles was de Kunst, sick up de Leifte inteoloaden, ´n Dingen, woa hei nich medde trechte[2] kamm. Et was för üohn ´ne Froage, wie de annern woll an´e Frübben kaimen. Van süms kaimen de äok nich anläopen. Hei hadde kröcht[3] un schwiegen. Dänn wäier kröcht. „ Niu, Hendrik, es´t schlecht läopen?" hadde säin Var üohn teogange hulpen. `N biéden drüomelig[4] hadde Hendrik säinen Var Bericht giében. Hei hadde et[5] ja woll froaget. Teo Anfang van dän Oamd oll, bäi´n ersten Danz, dän hei met et maket hadde. „Et kamm seo up einmoal, unvermeods," hadde et teo üohn säggt. „Se können dat teohäope neohmoal wäier bekuüern, et mösse ers ens met Geduld gäahn." Oaber hei, Hendrik, was an´n Enne van dän Oamd teo dän Beschluss kúmen, dat de erste Danz met et äok de leste wiasen was. Hei hadde et sick nich mähr teotrübbet[6]. De Meod hadde üohn verloaden un met ´n Glass Bier hadde hei dän Rest van´e Täid duürbrocht, dicht bäi de Duür. Wenn Marie näah Hius günge, hädde hei et neoh moal probäärn konnt. Wie Water up Fuüer hadde et up üohn wiarket, os hei soihg, dat et met Frans van de Eschker Arm in Arm dän Wegg näah Hius gäahn was. Dän Wegg , dän hei met et hädde maken wollt. De Meod was niu ratzekal verschütt gäahn[7]. Hei was olleine näah Hius schluüert. „Et was mäine eigene Dummheit. Ek was viéls teo hastig. Dat send Dinge, woa ek keinen

---

[1] seobutz: sofort

[2] woa hei nich medde trechte kamm: womit er nicht zurecht kam

[3] kröcht: gehüstelt

[4] drüomelig: zögerlich, trödelnd, zu langsam

[5] et: es; sie (über Frauen und Mädchen auch häufig im sächlichen Fall (Neutrum) gesprochen)

[6] teotrübbet: zugetraut

[7] ratzekal verschütt gäahn: völlig (radikal) verloren gegangen, vollständig abhanden gekommen

Verstand van häbbe un woll äok niemoals kräigen soll. Vörloipig fange ek dat ganz wisse nich mähr an. Es dat ´ne Sake för mäi, met´n Luüd teo gäahn? Dat es wat för Schräibers up´n Kontor[1], de met´n Munne un met de Schräiffiardn[2] trechte kúmt, oaber nicks för´n Kerl seo os ek." Hei was up sick süms iargerlich worden. Säin Var hadde üohn beruhigt. „Och, bleoß so eine Anwandlung för einen Äogenblick. Dat geiht oll wäier vörbäi. Rege däi man nich up, et geiht un kümmp doch seo, wie et gäahn un kúmen mott, wenn diu däine Schritte seo geod os möglich maks."

Seo was dat Gespräck verläopen van Var un Súhn an´n Muorn näah´n Sommer-Danzfest bäi Rolink. Niu gung et langsam oll up de Hiarfsttäid teo. De Bliar[3] van´e Boime woiern gial worden un affallen. De Vugelwelt hadde sick verännert. De Sänger woiern näah wiarmere Länner tuogen, de annern woiern blieben. De greoden Tröppe van Winterkraihen künnigen niu oll an, dat äok de Hiarfst hännig wäier up´t Enne teo günge un de Winter bäole vör de Duür stönne. De Wischen laigen kahl un verloaden un vergröttern de Treostleosigkeit van´e Natur. Olles Liében schein wegstuorben teo säin. De Koihe stönnen niu in´n Stalle, woa se wäier ´n halbet Jäahr teobringen mössen. Dat Kliatern van´e Käien, dat Räiben langes de Pöhle, woa de Koihe anne faste biunen woiern un dat Loien[4] stoier af un an de Stille un Riuhe, de uober Hoff un Land höng. Nich lange hiar, däa woiern de lesten Kartuffel un Runkeln in´t Hius brocht odder in´n Kartuffel-un Runkelbult [5] leggt worden, dat se giégen de bittere Kuühle van Küoning Winter beschützt wördden. Niu stönnen bleoß neoh Roiben up´n Feile.[6] Düsse Planten loiden sick duür de jümmer koihleren Nächte nich unnerkräigen un böchen sick heogmoidig dal. Dat kamm duür dat Süchten van dän Hiarfstwäind, de uober de Feiler weihe. Häier un där soihg man de Biuern, wie se met ´n Liuken[7] van düsse Roiben teogange woiern. Düsse Planten woiern ´ne Unnerstützung un Hülpe, ümme dat Veih bäi

[1] Kontor: Büro, Schreibstube (Kontor)
[2] Schräiffiardn: Schreibfeder
[3] Bliar: Blätter
[4] loien: brüllen, schreien; grölen
[5] Runkelbult: Futterrübenmiete (Erdmiete zum frostgeschützten Aufbewahren im Winter)
[6] up´n Feile: auf dem Feld(e) (alte Dativ-Form)
[7] dat Liuken: das Herausziehen, Rübenziehen

Kräften teo häolen. Manchmoal met de eine Hand in´e Taschen, därmedde dat de Hand vör de Kuühle, de de Hiarfstwäind met sick bringen konn, schützt was, un met de annere Hand woiern se an´n Liuken.

Jan van de Roatger, wat de öllste Súhn van dän Biuern was, foiher met einen Wagen vull van düssen Veihfeoer[1] näah Hius hen. Hei kamm an´n Stücke Land vörbäi, woa Dina van den Brünger äok met´n Liuken van so´n Häopen teogange was. „He, Moin Dina! Maggs´e mäi neoh läien?“ „Oh, met jeden Dagg leiber!“ roip se üohn teo. „Dina häff dän Schalk in´n Nacken sidden“, dache hei bäi sick. „ Dat Luüd es gar nich seo schlecht. Wä weit ?“ Jan was äok oll ´n biéden vergrellt van dat Kuüern un Sapen uober Leifte, Fräien un Hochtäid. De lesten Täid was düt jümmer wäier ´n Thema, dat man teohius teo Sproake brocht hadde. Vör ollen näah düssen Buck, dän Hendrik schuoden hadde. „N´Buck“, hadde Jan dat nömmt. Eine unwäis greode Dummheit! Säin Breoer konn olltäid[2] äok seo vermuckt hölten säin. Dat dat ´ne Kunst säin soll, met´n Luüd teo gäahn, seo wie Hendrik dat sia, där was hei gar nich met üohn einig uober. `Ne Kunst! Dat woier wat. Diu quassels einfach un kuüers irgendwat. Ob et wäahr was, kamm ´er nich up an, wenn´t man wat för beide was. Met däinen Luüd in´n Arm schluüers diu dänn in de eine odder annere ruhige Ecke un tuühs äok wäier van´n Liar[3]. Nei, met de Frümsluüe hadde hei sick woll neoh nich seo afgiében, oaber ganz giegen so´n Iutflug was hei äok nich jümmer wiasen. Os hei neoh seo ümme de twüntig, tweientwüntig was, hadde hei manchmoal an´n Enne van´n Danzoamd odder Spinnoamd, un einmoal näah ´ne Hochtäid, de Katten in´n Duüstern kniepen[4]. Düt „in´n Duüstern knäipen“ was woll nich seo schön, oaber wat wuss´e anners maken os düt, ümme nich dat Sapen van´e Luüe teo häbben? Met Sapen un flott neoh wat teodichten woiern de Minschen häier niu einmoal de besten. Dat briuke man üohn nich bäibringen. Van jung an wördden se där - seo teo säggen - medde greot tuogen. Dat Sapen was niu moal ein Näahdeil up´n platten Lanne un in de lüttken Düorper, dat man in Käop niéhmen mosse odder wat man sick

---

[1] Veihfeoer: Viehfutter

[2] olltäid: manchmal, von Zeit zu Zeit

[3] van´n Liar tähn: vom Leder ziehen, aufschneiden, prahlen

[4] De Katten in´n Duüstern kniepen: die Katze im Dunkeln gekniffen (gemeint ist: hatte eine heimliche Liebelei)

van´e Rake[1] häolen mosse duür düt „de Katten in´n Duüstern knäipen". Kortümme, ob in´n Duüstern odder nich in´n Duüstern, hei was niemoals vör de Luüdens bange wiasen. Ha, ha! Dat woier wat! Met Dina van de Brünger hadde hei äok oll seo manchet Moal ´n Ümmewegg maket. Manchmoal seogar in´n hellen Mäandschäin, wecke de ganze Landschopp met sachter Hand uoberguoden hadde met witten Lecht. Idyllisch heide seo ein Oamd, hadde hei woll ens hoiert odder liasen. Oaber idyllisch odder nich, se hadden sick teohäope jümmer geod verstäahn un neoh nie Sträit hat. Ja, hei en Dina, hädden sick jümmer geod verdriagen. Et was üohne sommerdaggs nie teo warm un winterdaggs nie teo käold wiasen, wenn se beide teohäope uober ´n stillen Sandwegg schluüert woiern. Achterhiar hadde hei woll neoh met annere Frümsluüe[2] ´n Oabentuüer hat. Dina hadde üohn oaber van dat ganze Wäibervolk, wie hei sia, an´n besten gefallen. De lesten Jäahre „dä hei keine Anstrengungen maken", sia Jan, wenn man üohn wat froaget hadde, vanwiagen Luüdens un sücke Saken. Niu dache hei där oaber ernsthaftig uober näah, ümme doch ens wäier anteofangen, oaber dänn richtig! Uober dartig was hei oll. „´Ne ornnicke Liébenstäid, ümme där wirklich uober näahteodenken", menne hei. An´n Enne mösse hei doch moal ´ne Biursche up´n Hoff van säinen Var bringen. Früher odder läter wördde hei doch Herr un Mester. „Dina… Dina…" schoit et üohn wäier duür´n Kopp. Un säin Breoer ? Wat dä de ? Günge et doch wäiter met Marie!", wünsche sick Jan. Ek well üohn man ´n Steot in düsse Richtung giében." Met düsse Pläne un Gedanken för de Teokumft foiher hei näah Hius.

Hendrik kamm güste iut de Schoppen, wie hei up´n Hoff foiher. „Ek well dat vanoamd gläiks anspriaken", dache Jan. „ Ek hädde dat oll viél eher däan mosst." An düssen Oamd, ´n schönen sachten Hiarfstoamd, sia hei teo Hendrik: „Gong met, biuden vör´t Hius sedden. Man kann´t niu neoh geod iuthäolen." `N Äogenblick läter saiden se beide vör´n Hiuse up´e Bank unner dän äolen Läinenbäom. De Räok van üohre Päipen steig langsam näah buoben. De Sunne make sick oll ferddig, ümme van dän Dagg Afscheid teo niéhmen un achtern Horizont dal teo gäahn. Met üohre lesten Stroahlen verwannel se de

---

[1] van´e Rake: außer Reichweite, außer Sicht, von sich weg
[2] Frümsluüe: Frauen, Frauensleute

Wolken tüschen Himmel un Äärdn in eine reoe Gleod. So´n sachten Wäind toig duür de Boime, de oll kahl woiern. Et wordde stille. Seo saiden se där ´n Äogenblick teohäope, jeder met säine eigenen Gedanken. Af un an hoier man dat Blieken[1] van ´n Ruüen up dän einen odder annern Biuernhuobe in de Ferne.

Dänn feng Jan an teo kuüern. „Suüh ens[2] Hendrik, ek well däi nich up´e Teihnen trian[3], oaber ek well doch gäärn dat eine odder annere met däi bekuüern." „Mott´t wäier dat Thema säin ?", brumme Hendrik. „ Häss diu vellichte äok oll wat met´n Luüd ? Viél Glücke äok. Lott däi van mäi nich stoiern!" „Man, Kerl", sia Jan, „et mott oll wäier uober düt Thema gäahn. Ek häbbe ´n Luüd an´e Hand un diu biss niu doch´n Hinner för mäi. Wat dat leste angeiht, hinners diu mäi ganz sicher, wenn diu seo drüomelig biss un süms keine Anstalten maks un bleoß teokicks. Diu moss däi äok up´n Patt maken. Dat schinnt mäi biater teo säin." Hendrik luster[4] teo un et was üohn jümmer mähr teowäier. Vör ollen wiagen de lesten Bemiarkung van säinen Breoer. Jan kuüer oaber wäiter. „Diu denks woll, ek make mäi där ´n Spoaß medde, däi in Brast teo bringen. Oaber dänn suühs´e dat verkäährt. De Sake es nämlich seo. Os de öllste Breoer soll ek eines Dages ´ne Frübben up´n Hoff bringen. Teo lange kann ek där nich mähr medde toiben, denn ek wäär jeden Dagg öller. Dat güllt güste seo för däi, wenn diu äok Hochtäidspläne odder seowat van düsse Ärt häss. Lott us doch de Dinge moal seo wie se send bekäiken. Var un Moimen liébet äogenblicklich neoh. Se kúmt oaber oll langsam in de Jäahre, wat diu an´n besten miarks, wenn diu däi süms fröggs: „Wie äold ben ek süms oll ?" De Biuernhoff löpp geod. Teo tweit küon´we de Arbeid man seo knappe schaffen. Düt es äok wäier ´n Teiken, dat Var in´e Jäahre kümmp un nich mähr olles up´e Räihge krigg. Ob wäi et niu wütt odder nich, einmoal wärdd de Dagg kúmen, dat hei där nich mähr es. Dat kann teihn, hoichstens twüntig Jäahre diuern, ek weit´t nich, oaber up olle Fälle nich mähr ´ne ganze Liébenstäid. Dat es äok wat, dat wäi faste in´n Blick häbben mütt. Wenn´t moal seowäit kúmen es, bläibe wäi up´n Huobe trügge. Äok wäi wäärd´t bestimmt kein

[1] blieken: bellen
[2] suüh ens: sieh mal
[3] up´e Teihnen trian: auf die Zehen treten
[4] luster: hörte, lauschte

Minschenliében lang mähr arbeiden odder liében küonen un mütt äok wäier dat an annere afgiében, wat wäi afgiében mütt, nämlich dän Hoff. An´n leibensten däen wäi dat natürlich an einen van iuse Familie giében, neoh leiber an iuse Kinner. Niu häbbe ek praktisch van wiagen einen ungeschriebenen Gesetz dat Recht up dat Hoffiarbe. Ek wäär ollseo, wie ek iaben sia, de Plicht häbben, för´n Näahkúmen teo suorgen un mott ´ne Frübben soiken in nich ollsteolanger Täid, met Rücksicht up de Ümmestänne. Un niu wü´we[1] teo däi kúmen. Et ligg up´e Hand, dat där Froagen send, up de wäi Antwärd giében mütt, wenn ek up´t fräien teogäah. Häss diu denn Lussen os Kerl, de nich befräiet es, bäi mäi teo wúhnen un dat Lichte un dat Schwoare up´n Huobe teo deilen ? Wuss diu vellichte ´ne eigene Familie grünnen ? In düssen Falle moss diu ´n Hoff häbben. Einen teo käopen wärdd wäahrschäinlich nich güste lüttke Bedenken met sick bringen. Irgendwo hen teo fräien woier dat einfachste. Diu könns ganz einfach däinen Andeil in Geld kräigen un hädds wäiterhen keine Malässen[2] därmedde. Äok up düsse Ärt an´n Hoff teo kúmen kann nich seo lichte säin. In däinen Falle schinnt mäi dat de günstigste Lösung. Dat mosse doch süms äok teogiében, nich wäahr ? De Teostimmung van dän Biuern van Modenkotte häss´e teominstens oll, gar nich teo kuüern därvan, met wat för´ne froidige Ärt hei däi os teokümftigen Biuern up säinen Huobe empfangen well. Ob de Metwirkung van säine Dochter niu seo greot es, no ja, dat steiht up´n anneren Blae[3]. Oaber vertell mäi ens ersmoal Hendrik, wat diu an´n leibesten däes, vellichte häier bläiben, odder fräien un ganz de eigene Herr säin. Ek huope, dat düsse Unnerhaltung nich in Uneinigkeit tüschen us iutwassen doit. Dat woier Unsinn un lästig för us ollebeide. Wäi mütt up jeden Fall iuse Äogen up Giégenwärt un Teokumft richten. Seo, wat denks diu, wat diu maken wuss, Junge ?"

Hendrik brumme wat vör sick hen. „Ek mott Jan recht giében, vullstännig recht! Oaber dat was doch ´ne abelige[4] Sake", dache hei. „Un uoberhäopt nich einfach." „Niu dänn", sia hei ´n Äogenblick läter, „diu häss dat olles fein

---

[1] wü´we: wüllt wäi = wollen wir

[2] Malässen: Schwierigkeiten, Probleme, Scherereien

[3] up´n Blae: auf dem Blatt(e) (alte Dativ-Form)

[4] abelig: übel, elend

iut´nanner klamüsert[1] un duütlich vertellt wie et steiht und stäahn soll. Ek mott däi woll recht giében, oaber et sitt mäi doch twarss. An´n leibesten woier ek natürlich mäin eigener Herr. Dänn mott ek oaber fräien. Käik, un dat es´t niu güste. Dat sitt mäi twarss, odder biater säggt, dat ligg mäi up´n Magen. „Marie...", hei toig schwoar an säine Päipen, blois ´n biéden Räok in´e Luft, schoif säinen Petten trechte un kuüer wäiter. „Marie es´n feinet un düchtiget Luüd. Jäo, dat es woll wäahr. Ek magg et woll läien. Bäi´n Danzoamd häbbe ek oaber ´n Buck schuoden un düt well ek nich neoh moal däan. Dat met de Leifte es ´ne Kunst, där verstäah ek mäi nich up. Hei kröche[2] so´n biéden, seo os wenn´e neoh wäiter kuüern woll, doch hei schweig stille un keik vör sick hen. „No ja", sia Jan, „dänn wié´we teominstens wat we an´nanner hät. Uober düt Mallör, wat diu säggt häss, kümmps´e äok wäier dänne. Wenn diu Marie häbben wuss, moss´e se woll süms froagen, dat kann ´n annerer anstandshalber nich däan. Olseo, jümmer munter bläiben un vörloipig niéhme we moal an, dat dat in´e Fissen[3] kümmp. Niu well ek däi äok neoh vertellen, woarümme ek güste vanoamd uober düsse Geschichte kuüert häbbe. Vanmiddag soihg ek Dina van de Brünger up´n Lanne. Dat es, wie diu weis, mäin erstet Luüd wiasen. De lesten Täid hä´k där neoh viél uober näahdacht, woa dat läterhen up teogeiht. Van Dina van de Brunger hä´k jümmer mähr häolen os van annere Luüdens. Ek häbbe jümmer mähr uober et näahdacht. Os ek se vanmiddagg soihg, wie se an Roiben liuken was, gung se mäi nich mähr iut´n Sinn un ek was jümmer an´n simmeliern. Ek well se düsse Dage neoh moal froagen, ob se ´t met mäi wagen well. Deswiagen düt Gespreck. Uober Dina un mäi schwiggs diu natürlich ers moal."

Jan kloppe säine Päipen lieg, satt där un dache neoh moal näah un kuüer dänn wäiter. „Ek wäär Var froagen, dat´e näah Dieks van ten Modenkotte hen geiht. Vellichte kann hei dat met däi teohäope bewiarkstelligen, dat Dieks ´n Spinnoamd[4] teogange krigg. Där kúmt Brüngers dänn äok hen, de send jo äok

---

[1] iut´nanner klamüsern: auseinander sortieren; austüfteln

[2] kröche: hüstelte, hier:räusperte sich

[3] in´e Fissen: in Ordnung, auf die Reihe, fertig (Fissen, hochdt. Fitze = Bindfaden zum Zusammenbinden von Garn)

[4] Spinnoamd: im Originaltext „Spinvisite" („Spinnbesuch"), gemeint ist ein geselliges Treffen im Bauernhaus am Sonntagnachmittag und - Abend. In Westfalen waren solche

Noahbers van üohn. Dänn können wäi an dän Oamd teosähn, da´we dat kräi´t, wa´we[1] jeder gäärn häbben wütt. Dänn probäärs diu, met Marie einig teo wäärden. Mäinersäits well ek met Dina näahhiars kuüern. Wäi können dän Spinnoamd äok häier maken, oaber et könne upfallen - moal annuomen, dat olles geod löpp - , wenn man achterhiar hoiert, da´we ollebeide ´n Luüd kriégen hät an düssen Dage. De Luüe denket sick där hännig wat bäi. Dat Denken es woll nich seo gefährlich, oaber dat Sapen bliff dänn äok nich iut. Et schinnt mäi därümme biater, dat Var näah Dieks hengeiht. Ek wäär dat met üohn düsse Dage moal bekuüern. Bess´e där äok för, da´we´t[2] up düsse Ärt anstellt ? So´n Spinnoamd es doch übrigens äok moal nett. Dat bring neoh maol Afwesslung in iusen Biuernolldagg !" Hendrik soihg met Schrecken up dän Dagg, wenn hei Marie driapen soll. Up eine Geliagenheit, woa hei se froagen mösse, un de einzig un olleine för düssen Zweck maket wärdd. Säinen Breor twarss kúmen woll hei oaber äok nich. Wat üohn angünge, mosse et dänn gäahn, seo os et gäahn woll. Geod odder verkäährt. „Van mäi iut. Ek däa mäin bestet", sia hei teo Jan. „ Lott us man nich wäiter därvan kuüern un när´n Bedde gäahn, dänn kúme we wäier teo Riuhe. Ek wäär ganz abelig van düssen ganzen Untäom[3]. Oaber wat kanns´e maken ?!" Hendrik kloppe niu säine Päipen an´e Bank iut un stond up. Jan folge üohn, lichter ümme´t Hartte, dat hei där vanoamd direkt met säinen Breor uober kuüert hadde. Süss woier iut dän sick vörniéhmen bleoß wäier wie süss äok ein verschiuben worden. „Muorn freoh kuüer ek seobutz met Var uober dän Spinnoamd", sia hei teo sick süms. „Dat met dän Spinnoamd es gar keine schlechte Idee wiasen. Un dänn Dina..." Hei summe vergnoigt, schleot de Näienduür un gung näah´n Bedde. Met säina Gedanken bäi Dina schloip hei in.

Up dän Soaterdagg näah dän Dagg, woa dat Gespräck tüschen Jan un Hendrik van de Roatger statt fiunen hadde, loip Jens van ten Modenkotte teo de Noahbers van Dieks, ümme se inteolaen för dän Besoik an dän därup

---

Spinn-oder Strick-Abende ebenfalls bekannt, wobei die Tradition des Sich-Besuchens fortbestand, als das Garnspinnen längst aufgegeben war (Sonntagsbesuch).

[1] da´we dat kräi´t, wa´we häbben wütt: dat wäi dat kräiget, wat wäi häbben wütt = dass wir das kriegen, was wir haben wollen

[2] da´we´t: dat wäi et = dass wir es

[3] Untäom: Unruhe, Aufruhr, Tamtam

folgenden Sunndagg. De äole Roatger was näah ´n kortten Gespräck met säinen öllsten Súhn näah Dieks poscht[1], ümme uober düt un neoh wat anners teo kuüern. Dieks hadde seobutz un vullkúmen un ganz teofräie teostimmt. „Jäo, jäo, dat es bestimmt keine schlechte Idee, Hendrik. Dat kümp in´e Fissen, där kanns´e däi up verloaden!" Dieks hadde olseo säinen äolen truüen Knecht an düssen Soaterdaggmuorn säggt, dat hei ens teo de Noahbers gäahn mösse, ümme se teo „noidigen"[2] för dän Spinnoamd, dän de Roatger un hei teohäope upstellt un iutdacht hadden. Dat leste kreig Jens natürlich nich teo hoiern. Seo posche Jens olseo met´n dicken krummen Spazierstock dän Wegg langes.

So´ne leige Sake was dat gar nich, dat „noidigen". Mährmoals in säinen Liében hadde hei dat oll däan, os hei neoh ümme de twüntig was, neoh teo de Täid, os de Var van Dieks dän Hoff hadde. Up so´n Gang langes de Verwandten van dän Biuer, de in de Giégend wúhnen, un de Noahbers, kreig man jümmer ornnick wat teo iaden un drinken. Dänn konn man´t biater iuthäolen. Et was äok kein Olldaggswiark. Bäi dän ersten Noahber, „Foihernoahber"[3] van ten Modenkotte, wordde hei dänn äok, wie et Traditsjeon was, begrüßt un met düt un dat versuorget. Och ja, bäi Scheurs woiern se nich seo knappe. Där konn man geod hengäahn. „Dat was dat Henläopen woll wäärt", seo os Jens sia. De Biuersche schonk üohn flott ´n Pintken Schluck in un versuorge üohn gläiks met´n ornnicken Schinkenbotter. „Seo, jübbe[4] Biuer well muorn ´n Spinnoamd maken ? Och ja, seo langsam kúme´we van´n Hiarfst äok oll wäier näah´n Winter hen. För dat junge Volk es´t äok ens wäier wat anners. Dat hät se äok woll verdeint. Et was´n warmen Sommer düt Jäahr. De Arbeid küont se niu woll liggen loaden, ollseo an Täid mangelt et nich. Wäi wütt äok gäärn kúmen, sägge dat man teo Dieks. Wenn´t där up ankümmp, foihlt wäi us äok neoh jung, äok wenn we oll uober sesstig send. Wäi makt neoh geod met, nich wäahr Jens ?!" „Woarümme äok nich", spotte hei. „Dän äolen Buck soll et woll äok näah einen groinen Bladd lüssen[5]!" „Jäo, dat kuüern häss´e neoh nich verläärt.

---

[1] poscht: gestapft
[2] noidigen: nötigen, hier: herzlich, drängend einladen (im Twenter Dialekt: nögen = einladen)
[3] „Foihernoahber": „Fahr-Nachbar", der bei Hochzeiten den Brautwagen stellen musste
[4] jübbe: euer
[5] lüssen: gelüsten, Verlangen haben

Diu biss äok jung wiasen. Biss jümmer ´n lustigen Kerl wiasen. Jäo, jäo, je öller je döller“, gaff de Biuersche van Scheur trügge. „Preost, Biuersche“, sia Jens un kippe dän Inhalt van säin Pintken met´n eleganten Schwung runner. ´N geoen Schluck hadde hei neoh nie iutschlagen. „ Dänn gäah´we man ens wäier up´n Patt. Wenn ek häier bläibe, kúme ek nich wäiter. Wäi säht dänn de Scheurs ollseo muorn Middagg teo´n Empfang“, sia hei un gung näah´n naichsten Biuern. `Ne ganze Räige mosse hei „noidigen“. De Familien van Kolthoff, Lohmann, Garvemann, de Brünger, Tiemann, de Roatger, Broam un Höwebur. Dat was neoh´n langen Wegg.

„He“, dache Jens upmoal. Mosse hei de Eschkers nich inlaen? Hei keik up säinen Ziédel[1]. Nei, där stond de Eschker nich uppe. Komisch es dat! Oaber et woier doch woll in Ordnung. De Ziédel an sick was doch oll ungewüohnlich. Neoh nie hadde man üohn de Namen van de Noahbers upschriében. De kinne man doch ja in un iutwennig, van de Täid, wie man neoh näah de Scheole gung, näah dän Scheolmester met säinen langen gräisen Bärd. Komisch, seltsam was dat oaber. Dat könne neoh wat giében! Wenn de Jungens van de Eschker muorn in´e Kiarken hoiert, dat se nich inlad´t woiern för dän Spinnoamd bäi ten Modenkotte. Se hoiern doch äok teo de ersten Noahbers. Un man was in düssen Dingen jümmer dull up säine Ehre bedacht un woll nich uobergäahn wäärden. „De können süss woll ens „dat Spitt“[2] bringen“, dache de äole Knecht. Unrecht giében konn hei se nich, wenn se dat däen. „Wat könne säin Biuer därgiégen häbben?“, uoberlia hei. „Där was doch woll nicks ?“ Där schoit et üohn oaber duür´n Kopp. „ Jäo, jäo, där drückt de Scheoh“, brumme Jens. „ Natürlich, Dieks konn et nich af[3], dat Frans van de Eschker düssen Sommer moal säine Dochter näah Hius brocht hadde. Niu woll hei üohn keine Geliagenheit bäen, ümme vellichte in säinen eigenen Hiuse dat Spiélken wäiter

---

[1] Ziédel: Zettel, Notiz

[2] „dat Spitt“: „der Spieß, Holzspieß“, in der Region Twente früher ein Racheakt, als Zeichen einer Beleidigung, z.B. wurde ein totes Tier aufgespießt und dem Gegner überbracht (vergleichbar mit einem Fehdehandschuh) Spitt als Bezeichnung für Spieß ist in anderen plattdeutschen Mundarten nachgewiesen, aber im Ravensberger Platt eher unbekannt. Im norddeutschen Platt gibt es auch die Nebenbedeutung Wurstspieß oder Holzstange zum Räuchern, welche ravensbergisch als „Schnuüsen“ bezeichnet wird. Im Übersetzungstext wird die Bezeichnung „Spitt“ beibehalten.

[3] konn et nich af: konnte es nicht ausstehen, nicht ertragen („konnte es nicht ab“)

teo maken. Niu, ´ne Dochter van Dieks met´n Súhn van de Eschker! Dat de Biuer dat nich woll, konn Jens sick geod vörstellen. Geld söch[1] Geld. De Biuer hadde ollseo wäier säin Liébenssprüoke gellen loaden: „Vörsuorge kümmp vör Suorge". Af´n teo woll, oaber lange nich jümmer, süss sia man nich: „de Iutnahme bestätigt de Regel", schmuüster Jens vör sick hen. „Dieks hadde ja süms äok met Giégenwäind säin Mieke fräiet! De Frübben van Dieks kamm bäi Broams iut´n Hiuse. De Var van Dieks droffe dat nich wiéden. Säin Junge met´ne Dochter van Broams ? De hadden doch nicks an´e Hacken![2] Där kamm nicks riut. Van Leifde olleine konn man doch äok nich liében. Hei, de äole van Modenkotte, hadde äok nich olleine iut Leifte fräiet. Un hei kamm doch jümmer geod met säine Frübben trechte. Teohäope hadden se dän Biuernhoff bewirtschaftet un vergröttert. Leifte... „Briuke däinen Verstand, Kerl!" hadde de äole Dieks säggt. Oaber säin Súhn hadde´er sick nich anne stoiert un wusse, wick dat hei säinen eigenen Willen duürsedden konn, obwohl et hartt up hartt gäahn was. Dickköppe woiern de van Modenkotte oll jümmer wiasen, hadde Jens vertellen hoiert. Jäo, seowäit hei se kinnt hadde, kamm dat woll hen. Säin Biuer wusse äok, säinen Willen met Macht teo gebriuken. Äok Marie was in düsse Saken ´ne echte Dochter van ühren Var un loit sick nich bange maken, wenn´t där up ankamm. „Se draff seo säin!" dache hei.

Van einen teo´n annern gung hei un broche de Inladung teo de Familien, för´n naichsten Dagg bäi säinen Biuern. Seo kreig de äole Knecht dän Soaterdaggianern[3] ümme. Giégen Oamd schluüer hei, faste up säinen dicken Stock stützt, up´n Hoff. „Wenn diu so´n biéden öller wärss un diu kriss uoberoll ´n Schluck met´n ornnicken Botterbreod, dänn biss diu näah olle düsse Besoike bäi de Noahbers nich mähr seo ganz faste up´e Beine. Dat Botterbreod was woll ´ne geoe Unnerlage, oaber bäi wecke Biuern bleif et nich bäi´n ersten Schluck un et wordde ´n tweiten un af´n teo äok ´n drüdden inschüdd´t. `N geoen „Bidder"[4] droffe so´n Schluck nich stäahn loaden un dänn toig´e däi up´e Diuer in Kopp un Beine. Wenn diu dänn bäi´n lesten Biuern wiasen woiers un näah Hius güngs, konns diu dän Wegg gar nich mähr

---

[1] söch: sucht
[2] nicks an´e Hacken: kein Vermögen/Geld („nichts an der Ferse")
[3] Soaterdaggianern: Samstagnachmittag
[4] Bidder: Einlader. Mann, der persönliche Einladungen bringt (z.B. Hochzeitsbitter etc.)

seo ganz richtig sähn. Dänn stoide man sick ens an´n Stein up´n Patt odder striukel woll ens in´e Wagenspur, wenn de Feotpatt nich breit geneog was. Dat eine un annere Moal mosse man säogar iut´n Graben van´n Wiage kriupen. Oaber seo leige was´t woll äok olles nich. `N „Bidder" för´n Spinnoamd mosse dat woll uoberstäahn. Jens was´er ganz best medde teofräie. Dieks was säinen Knecht oll ´n Stücke Wiages in´e Moite läopen. Hei ahne oll, dat´e säine Müssen oll up half twölbe stäahn[1] hadde. „Et es olles in´e Fissen, se wütt olle kúmen", sia Jens. „Schön", sia Dieks. Hei namm säinen Knecht an´n Arm, broche üohn in´t Hius un gläiks näah´n Bedde. „Seo, van´e Beine un rässen". Hei wünsche üohn ´ne geoe Nacht un gung riut, ümme de Duür teo schliuden. „Käik an". De Noahbers woiern inlad´t. Wat teo iaden un drinken hadde hei süms middags met de Kutschen afhalt. De Dial was reine fiaget un Mussik soll äok kúmen. Met´n ruhigen Gewiéden konn hei ollseo säinen Kopp teo Riuhe leggen. Olles was räe[2], ümme de Gäste teo empfangen. Säine Dochter hadde hei neoh ´ne Vermahnung up´t Hartte drücket. „Marie", hadde hei middags säggt, „diu weis nich, wat sick muorn afspiélen kann, oaber mak keine dummen Stussen[3], wie lestens in´n Sommer." „Wäi wütt ers man sinnig aftoiben, ob där wat passiert un dänn küon´we wäiter sähn", hadde se teo Antwärd giében. „Lüttke Kinner, lüttke Suorgen, greode Kinner, greode Suorgen", dache Dieks, os hei unner´t Bedde kroip. „ Man kann´er Last medde häbben. Noa dänn! Vörsuorgen…"

An dän Sunndagg, näahmiddaggs (näah Vespertäid) tügen de Biuern, de Noahbers van ten Modenkotte woiern, näah dän Hoff hen. Dieks un säine Frübben begrüßen olle, de inlad´t woiern, van Hartten. „Kúmt rin, kúmt rin un sedd´t jäi dal", sia Mieke. De befräieten ölleren Luüe kaimen niu teohäope in de greode Küoken ümme dän Disch un bäi´n uopen Herdfuüer, dat heoge bränne. Dieks hadde ´n ganz dicket eiken Holtstücke rup schmiéden. „Dat wiarmt an´n besten un dänn briukt man där äok nich seo faken bäi gäahn", hadde hei lachend säggt. So´n Fuüer konn man geod häbben. Et wordde oll ´n biéden käold. Woa niu äok de Hiarfst in´t Land kúmen was! De Biuersche schonk dän

[1] up half twölbe staähn: schief stehen, schief sitzen („auf halb zwölf"), hier: etwas angetrunken
[2] räe: bereit, fertig
[3] Stussen: Streiche; Dummheiten

Luüen, de teohäope saiden, ´ne schönet Köppken Kaffe in met´n lüttken Stücke Keoken. „Dat wiarmt dän inwennigen Minschen un et kuüert sick biater“, fäond se. Jäo, de Biuersche wusse woll, wie se et anstellen mosse, ümme eine gesellige Stimmung teo schaffen, woa man sick seo richtig „unner us“ foihle. Bäole was dänn äok dat Duürnanner van Stimmen, dat ers langsam leosgung, ümmeschläan in ein hellet Kuüern un Lachen. De Biuernfrübbens können ´ne ganze Masse bekuüern, wenn se seo gesellig bäi´nanner saiden teo schniatern. Olle, de man kinne, kaimen an´e Räihge un wördden unner´t Messt nuomen, unner dat scharpe Messt van ´ne Wäibertungen. Bäi einen feng man an, kreig ´n annern därbäi un kuüer van´n annern wäiter, ohne wat van Uphoiern teo wiéden. Et gung uober früher un niu. De jungen Luüe wördden äok ´n Thema. Viél wordde därvan vertellt. „ Hä´je´t oll hoiert ?“,[1] seo feng man met düssen Iutdruck an. „Jäo, de jungen Luüe van vandage [2] ! Früher...früher was dat ganz anners. Jümmer hät se wat Näies un wat äold es dögg [3] nich mähr. Där wütt se nicks mähr van häbben. Dänn send wäi äoldmeodisch un wat nich olle. Jäo, jäo. Sück es dat junge Volk vandage. Up geon Roat wütt se nich mähr lustern, oaber dat Enne mott de Last driagen“[4]. Un dänn de jungen Luüe, de sick up dän Patt van de Leifte begiében hadden! „Rümme pussiern, dat küont se“, sia man met Lachen uober düt jugendliche Vergnoigen odder af un an äok uober´n richtiget Verhältnis.

Bäole entwickel sick dat Gespräck, dat uober düsse Angeliégenheiten gung, teo Saperäie un Quasseläie, bit hen teo Phantasie un Schwarttmoalen, dat man nich mähr wusse, ob et wäahr odder unwäahr was, wat man teo hoiern kreig. Met stöhlern Gesichte, os ´n geläärten Schauspiéler, wusse jeder et ganz genäo un woll biater säin os de annern. Wat man hoiert hadde up annere Spinnoamde, häier odder annerwiagens, wordde neoh moal in ollen Einzelheiten beliébet. Man froie sick, dat man teohäope was, ergänze sick giégensäitig, wenn ´n Satz nich vullstännig was un kuüer, sape un quassel, ümme düsse Ärt, de wecke Frübbens teo eigen was, äok up´n platten Lanne in Ehren teo häolen. Oaber

[1] hä´je´t oll hoiert: häbt jäi et oll hoiert ? = habt ihr es schon gehört ?
[2] vandage: heute
[3] dögg: taugt
[4] dat Enne mott de Last driagen: das Ende muss die Last tragen (etwa: das dicke Ende kann noch kommen)

wat doit ´n Minsche, de Dagg för Dagg van muorns freoh bit oamds late unwäis viél teo däan häff ? Un de duür düsse Ümmestänne weinig odder gar keinen Ümmegang met de anneren Minschen häff, un wenn´e dänn ens gesellig bäi´n Köppken Kaffe ümme dat Herdfuüer sitt, teohäope met säine Frünne un Noahbers ? De Olldaggsdinge iut´n eigenen Liében send hännig bekuüert. Un dänn ? Jäo, dänn feng man an teo kuüern uober frühere Täien, uober de eigene Jugend, un dänn kümmp man van süms teo de Jugend van vandage. No ja, seo verbring man gesellig de Täid met´nanner un vertrübbet de anneren de geheimen Dinge uober annere Luüe an. Man vertellt et ja äok nich wäiter ?! Van Täid teo Täid schonk de Biuersche de Noahbers neoh ens ´n Köppken frischen Kaffe in, deile Keoken iut un Botterbroie[1] met ´ne Trellen[2] Schinken där uppe. `N lüttket Glass met soiden Likör wüssen de Gäste äok teo schätzen. Mieke gung van Täid teo Täid, seo tüschen Kuüeräie, Kaffe un Botterbroie där duür, ollseo met´n Buddel van düssen Drank in´e Runne, ümme de Biuernfrübbens ´n Magenwiarmer inteoschenken. Olles in ollen was so´n Teohäopesäin van de älleren Luüe un besonners van de älleren Biuersfrübbens up so´n Spinnoamd gar nich seo leige. Dat was ´n Ereignis, uober dat man neoh moal ´ne ganze Täid lang näahhiars kuüern konn un up dat man jümmer met Froide un Teofriedenheit trügge sähn konn. Et was joa nich olle Dage Spinnoamd!

In de Täid, woa de Frümsluüe häier seo donne teohäope woiern bäi Kaffe un soiden Likör, midden in de greoden Biuernküoken, amüsiern sick de jungen Biuernkerls ollerbest. Olle woiern se kümen, in Sunndaggstuüg, met blank schuüerte Holschen an´e Foite, met´n derben langen Stock in´e Hand. Up de greoden Weide achter[3] Dieks Schoppen stönnen se, an´n Noahmiddag, teohäope met seo twüntig Mann. „Klootschieten“[4] wollen se. Dat hoier därteo. `N Spinnoamd ohne dat „Klootschieten“ ianerns un ohne oamds ´n lüttken

[1] Botterbroie: Butterbrote
[2] Trellen: Scheibe (Wurst, Schinken etc.)
[3] achter: hinter
[4] „Klootschieten“: traditioneller Volkssport in Twente, in der Grafschaft Bentheim („Kloatscheeten“) und im Emsland. Eine mit Blei gefüllte Holzkugel wird möglichst weit geworfen. In Ostfriesland als „Boßeln“ bekannt.

Danz teo maken, was kein äoldfränkschen[1] Spinnoamd. Seo stond man där, ümme sick in twei Gruppen teo deilen. Os düt passiert was, gung einer van´e jungen Luüe ers met de Pullen[2] rund. Dieks hadde os Gastherr därför suorget, dat de Jungens ´n Liter in´e Bücksentaschen hadden. Niu drank man ers moal up einen geoen Verläop. Dat Pintken make ollseo ´n Rundgang un wordde achternanner duür jeden in einen Zuge lieg maket. Dänn feng man an. De beste „Voorschieter"[3] van de eine Mannschopp dä dän ersten Wurf. Seo wie dat meistentäids[4] jeder Metspiéler dä, toig hei säine Joppen[5] iut, krempel sick de Möbben van´n Hiéme up un stelle säine glatt schuüerten Holschen an´e Säite. De Stock, de Grenzlinie, van woa man de Holtkugel weggschmäiden mosse, wordde dal leggt. Jans späie[6] sick ers ens in säine Hänne, stond met säine Arme teo fuchteln, os wenn hei sick warm maken woll, namm ´n Anläop un loip dänn trügge an dän Platz, van woa hei starten mosse. „Niu, Jans, diu moss wäit schmäiden! Man teo[7], häier mott´e säin! Häier es de Patt hartt!" Seo roip man üohn teo, während man met de Stöcker up´n Boden schloig, up de Stäie, woa man dache, dat de Kugel runner kamm. Jans namm neoh einmoal Anläop un schmeid met´n unwäis derben Schwung van säinen Arm de Kugel van sick dänne. „Hui, hui! Schön! Wäit es´e! Wäit es´e! Schön Jans! Dat es´n geoen Wurf!" roip man ollewiagen, während man achter de Kugel, de där langes rulle, loip, un an de Stäie, woa düsse liggen bleif, ´n Strich up´n Boden toig un där ´n Stock hen lia[8]. Düsse Stock was de Linie, van woa man dän naichsten Wurf däan mosse.

De jungen, kräftigen Vertreter van dän Biuernstanne seo teo sähn, met upkrempelte Möbben, vull met Begeisterung un Fuüer för düssen Spoaß met dän „Klootschieten", was´n Genuss. Dat Fuüer, dat man ganz in düsse Sake upgäahn konn, dat man ´n schönen Wurf van annere metbeliébe! Dänn namm dat Jiuken un Reopen kein Enne. „Häier mott´e säin! Häier es´t hartt! Schön

---

[1] äoldfränksch: altmodisch, „altfränkisch"
[2] Pullen: Flasche, Schnapsflasche
[3] „Voorschieter": „Vorschießer", der am besten werfen kann.
[4] meistentäids: meistens, in der Regel
[5] Joppen: Jacke
[6] späie: spuckte
[7] man teo: nur zu! , jetzt aber!, los!
[8] lia: legte

es´e, Berend! Wäit es´e, Hindrik! Dat es neoh ens ´n schönen Wurf, Jannus". Düsse un annere Iutreope un Froidenschräie schallen uober de Weide. Jümmer drabe man achter de Kugel hiar, schloig met Stöcker up´n Boden, make sick giégensäitig Meod un drank af un an ´n Glässken Schluck, ümme dän Meod teo behäolen. Wecke biéden[1]´n Stücke van´n End Mettworsst af. Dänn konn man wäiter schmäiden! Där kreig man Muck[2] van in´e Arme. Dat make de Muskeln stark. Einer achter dän annern kaimen se an dän Stock ran un maken üohrn Wurf. „Näah vorne, de Kugel, häier mott se hen. Dän ganzen Näahmiddagg bröchen de Kerls de Täid met „Klootschieten" teo, os se dat bäole jeden Sunndaggmiddagg in´n Hiarfste un, wenn´t nich teo käold was, äok winterdaggs däen. „Klootschieten" was ´ne Übung, woa se üohre Kräfte miaden können. Uober ´n wäiten Wurf un besonners geoe Klootschieterkerls können se schöne Geschichten vertellen, up´n Wiage näah Hius un an de langen Winteroamde bäi´n Herdfuüer. De Siege uober annere Noahberdüorper un Orte wördden dänn in bleomenräiker Sproake un met viél Begeisterung un Theater dän annern, de teolustern[3], vör de Äogen moalt. „Et was up´n Sunndaggmiddag..." feng man dänn an. Un dänn de Geschichte uober de Fahne van de Klootschieterkerls, de bäole stuohlen wordde!

Se hadden ´n Wettsträit hat un düssen ehrenvull gewunnen. De Giégenspiélers woiern där oaber nich medde inverstäahn, mössen oaber teogiében, dat´se einen up´n Kopp kriegen hadden, ob se niu wollen odder nich. „Oaber wie et seo kúmen mott", seo vertelle man. „Einen Sunndagg kaimen där ´n paar Kerls up Piar anriéen un staihlen de Klootschieters-Fahne, iuse Fahne! Därmedde siusen se af. Un wie de räien können! Jäo, ...oaber iuse Biuernjungens woiern äok nich schlecht. Seobutz os se et miarket hadden, halen se sick äok de Piar iut´n Stalle un riéen neoh duller os de Duübel achter de vermuckten Deibe hiar. Boise, woahne woiern se, dat de annern üohre Fahne metnuomen, biater gesäggt, stuohlen hadden. De Lüttke[4] van Brookhus was in de Täid ´n unwäis geoen Räiter. Keiner konn met üohn methäolen. Met´n dicken Knüppel dreif

[1] biéden: bissen
[2] Muck: Kraft, Muskelkraft
[3] teolustern: zuhören
[4] de Lüttke: der Kleine (hier: der jüngere Sohn von)

hei säinen briunen Voss[1] – et mott ´ne Pracht van einen Piare wiasen säin – jümmer schneller an, denn et gung ümme olles odder nicks. Et gung ümme üohre Fahne! Wenn se de nich trügge kreigen, woier dat ´ne Schanne, woa jeder in de Giégend uober kuüern wördde. „Vörwäärts! Vörwäärts! Jü! Jü! Teo! Küon´je[2] nich flotter ? De Fahne! Jü!", seo dreif hei säin Piard an. De annern, de met üohn met leos riéen woiern, blieben jümmer mähr trügge. Olleine reit hei vörwäärts, os in´e unwäisen Jagd. Näah de naichsten Kurve soihg hei de twei Deibe met de Fahne plötzlich vör sick. Teo neoh gröttere Schnelligkeit dreif hei säinen Voss niu an. De Fahne in Sicht. Vörwäärts! Vörwäärts! Jü! Jü!. Säin Piard loip, galoppier, sprang, floig in vuller Fahrt wäiter. Räiter un Piard woiern teohäope eine greode briusende Stoffwolke. Jümmer dichter, jümmer naihger kamm de Lüttke van Brookhus an de vör üohn jagenden Räiters. Dänn, an´n Kanoal, reid hei an de annern vörbäi, wenne up moal säin briunet Piard herümme, hoil se an un schloig se met säinen dicken Eikenknüppel, woa hei se man raken[3] konn! „De Fahne! Iuse Fahne!", schrake hei! Met Taddern, Biében un Bölken[4] schmeit de Driager van de Fahne dat Dingen van sick af. Vullstännig baff woiern se. „ Makt, da´je dänne kúmt, jäi Deibe! Teo us briuke´je nich trügge kúmen för dat Klootschieten. Makt jübben eigenen Kroam! De Fahne! Iuse Fahne!" Hei hesche un piuße[5] van dän schnellen Räien un schloig de Piar van de annern up´t Ächterdeil, dat se leosläopen. De Räiters kaiken sick nich mähr ümme.

Met greoder Froide kamm hei dän annern in´e Moite. Bäi Rolinks wordde dänn oamds där einen up drunken. Dat kann man sick vörstellen. „De Lüttke van Brookhus, de de Fahne wäierhalt häff", seo heide et däamoals. „Räien hadde hei konnt un bange was hei äok neoh nie wiasen." Met sücke Geschichten un Begiébenheiten konn man Spoaß häbben. Där gung dat Hartte up! Däruober konn man metkuüern, iut eigener Erfahrung odder eigen Metwiéden. Uober düsse Dinge un uober dän Wettsträit an düssen Noahmiddagg kuüern de jungen Luüe met Froide un güngen dänn oamds näah´n Hoff van Modenkotte.

---

[1] Voss: Fuchs, fuchsfarbenes Pferd

[2] küon´je = küont jäi: könnt ihr

[3] raken: erreichen

[4] met Taddern, Biében un Bölken: mit zittern, beben und schreien

[5] hesche un piuße: keuchte und pustete (war außer Atem)

De, de verluorn hadden, kreigen neoh üohr Fett wegg. Se mössen viél Tiargeräien [1] iuthäolen. Van dän Biuern un de Biuersche wördden de Klootschieters ers moal an´n Disch noidigt, ümme ´n Happen teo iaden. So´n Botterbräod met Schinken gung jümmer up´t Beste rin. De Frümsluüe wollen met greoden Interesse wiéden, wick dat olles seo läopen was. Man sia neoh dat eine odder annere därteo un dänn maken sick de Frümsluüe ferddig, ümme näah Hius teo gäahn. Rock un Heod ´n biéden ornnick maken, dänn was olles trechte. Met lachen un kuüern uober düssen geselligen Näahmiddagg güngen se iut de Duür. De Biuersche broche se näah biuden. „Kúmt us doch äok moal besoiken, Mieke", sia man. Jeder gung niu säinen eigen Wegg, teofräie uober düssen geselligen Besoik bäi Dieks van ten Modenkotte. Oaber güste wie in´n Film odder in´n Beoke dat interessante Enne van de Geschichte ers ganz teoleste kümp, seo kamm äok de eigentliche Froide un de Spoaß ers, os de Frümsluüe wiage woiern un afloist wördden duür üohre Döchter. Jugend söch de Jugend, seo äok häier.

De jungen Biuernluüdens met üohre frischen, gesunnen Gesichter un blenkernden Äogen söchen de annere Jugend, de „Klootschieters". Äok säi kaimen met blank schuüerte Holschen un in schwartten odder bunten Tuüge teo´n Besoik. Se froien sick up dat, wat an düssen Oamd kúmen könne, met´n Lachen in üohre Äogen un ´n biéden hibbelig in´n Koppe unner de „Knipkesmüssen". Os olle vörhiar, seo wördden se äok van Hartten willkúmen heiden van dän Biuern, de Biuersche un van Marie. De leste make düt kortt, ümme de Luüdens ers moal wat anteobäen[2], bevör dat man näah de Dial gung. Ohne ´n Köppken Kaffe met´n Stücke Keoken un ´n soiden Likör konn man doch nich anfangen teo danzen. Häier was de Kaffe un de Likör geod för de Liébenslust un för flotte Beine un äok süss geod, ümme dat gesellige Kuüern, seo richtig unner us, lichter teo maken. De eine un annere Qualität van düsse Getränke wördden dänn äok räiklich iutnutzt duür de Gastgiébers. „Ers ´n biéden geoe Stimmung maken, dänn ´n biéden Mussik teo´n Danzen un de Rest kümp dänn van süms", hadde Dieks teo säine Frübben säggt. Met´n Schmuüstern hadde hei teo üohr knippoigelt un keik verstuohlen in de

[1] Tiargeräien: Sticheleien, Seitenhiebe, Neckereien
[2] anteobäen: anzubieten

Richtung van säine Dochter. De Moimen hadde stille vör sick hen lachet un dän Kopp schüddelt. Üohr Kerl hadde dat woll neoh geod in´n Sinne behäolen. „Aftoiben", hadde se säggt. „Man kann kein Äisen met Hänne briaken". "Dieks könne dat woll teo flott teogange kräigen. Aftoiben. Geduld"... Dänn hoier man van´e Dial de schönen Klänge van´n Tuokebuül. „Niu oaber, junge Luüe, niu küon´je woll ens ´ne Runne maken", sia Mieke. „Danzen!" „Danzen! Danz up´e Dial!" roipen se niu olle teohäope un de ganze Tropp[1] make ´n Afgang iut de Küoken un gung näah de Dial hen. Jens, wat de Knecht was, hadde Häcksel schnieen van´n paar Bund Streoh iut de Häilen un hadde dat uober de Dial iutstroiet. Man wusse sick bestens teo behelpen un danze där lustig up leos, äok wenn man ´n Leihmboden hadde un kein Danzpuder. Wenn man de Kunst van´n Danzen up so´n Boden, woa man sick behelpen mosse, nich verstond, dänn konn man dat doch äok nich up´n richtigen Danzboden. Wenn man´t konn, un de meisten van de Luüe häier können sick därmedde geod redden[2], dänn gung et äok häier bestens. Buobenbott danze man met witt schuüerte Holschen nich up´n richtigen Danzboden, woll oaber up´e Dial. Up so´n Besoik briuke man för düsse Ärt van Vergnoigen nich in Sunndaggsstoat[3] teo kúmen, met ´n heogen Heod un blitzblanke Scheoh. Frisch putzte Scheoh toig man bleoß an, wenn man näah de Kiarken gung un bäi ganz besonnere Angeliagenheiten. Häier kamm man in Holschen hen. Un wat make dat denn oll, för de Biuernjungens un Biuerndöchter? Wenn´t där up ankamm, foihlen se sick met üohrn hölten Scheohwiark viél biater un kommeoder[4]. Därmedde woiern se upwossen un teohäope wossen, un se sütt se woll äok üohr Liében lang driagen.

Jens satt in´e Ecke bäi de Mussik un bekeik sick de Pärken, de vörbäi danzen. Hei soche un keik, ob hei de Jungens van dän Eschker där nich doch neoh bäi soihg. De Biuer könne se vellichte achteran neoh inlad´t häbben. Hei hadde üohn froaget vanmuorn, ob dat nich ´n Irrtum wiasen was. „Diu biss´er doch woll nich hengäahn ?", hadde Dieks froaget. Jens hadde „Nei" säggt. De Biuer was iut´e Küoken gäahn un hadde üohn ahnungsleos stäahn loaden. Jens soche

[1] Tropp: Gruppe, Haufen, Truppe
[2] sick redden: klar kommen, sich zu helfen wissen
[3] Sunndaggsstoat: Sonntagszeug, festliche Kleidung
[4] kommeoder: bequemer, angenehmer (kommode = bequem)

un keik un keik in´e Runne. Nei, olle woiern se där. De Luüe van Kolthoff, Brünger, Lohmann, Garvemann, Tiemann, Broam, Höwerbur, Roatger, Scheur. De van Eschkers woiern oaber an keiner Stäie teo sähn. „Olseo doch“, dache hei. „Ek ben gespannt, ob se vanoamd neoh ens güste dän Kopp duür de Duür stiaket. Unmöglich schinnt mäi dat woll nich. Se send in düssen Dingen ganz schön up üohre Ehre bedacht, wat äok nich verwunnern kann. Se send joa güste seo geod Noahbers os de annern! Noa geod, wäi wütt moal sähn. Ben gespannt, wick dat aflöpp vanoamd. Mäinen Siagen hätt´se. De Hoff häff et doch woll so´n biéden üohretwiagen verdeint.“ Sück dache hei bäi sick süms. Stickum toffe hei af[1], dat där wat passiern könne un de Eschkers neoh kaimen. Seo satt de äole Knecht där met´n Glass Schluck, luster näah de Mussik un keik met säine Äogen genäo dat junge Volk an.

De Biuer gung seo af un an, wenn de Tuokebuül schweig, met Buddel un Glass rund. De Stimmung steig, de Fröhlichkeit un dat wialige Dräiben wördden grötter, je mähr Täid vergung un räiklich van de anbuon Getränke Gebriuk maket wordde. Jan van de Roatger danze säine erste Duütsche Polka, eine van viélen, de oll spiélt woiern, met Dina van de Brünger. „Häbbe ek däi, dänn kräige ek däi“, spiéle de Tuokebuül. Jan fäond düt woll ´ne geoe Geliagenheit, ümme met Dina ´n korttet Gespräck van privater Natur anteofangen. „Ja, Dina“, sia hei dänn teo üohr, „früher hä´we us woll moal hat, ümme et seo teo säggen. Äok up so´ne Besoike, nich wäahr?“ Dina kreig ´n reoen Kopp, seowäit dat neoh möglich was, weil se oll ornnick reoe Kloare hadde van dän soiden Likör un dat Danzen. Jan sia wäiter: „Lange draihe ek mäi nich mähr där ümme. Wäi kinnt us van früher geod geneog un de Täid van´ne Polka es bleoß kortt. Wenn´e mäi niu nich direkt ´ne Antwärd giében wuss[2], up de Froage, de ek däi gläiks stellen well, dänn denke där neoh uober näah un sägg et mäi an´n Enne van düssen Oamd, wie diu dat menns. Ek draff däi doch gläiks näah Hius bringen ?“ Dina nicke. Üohr Hartte kloppe in üohre Borsst. Dänn kuüer Jan wäier: „Käik ens Dina. Ek woll däi froagen, ob diu et met mäi wagen wuss, oaber dänn för jümmer. Met annere Woier: Ob diu dän Meod un de Leifte hädds, ümme Biuersche teo wäärden up dän Biuernhuobe van de

[1] stickum toffe hei af: heimlich (still und leise) wartete er ab
[2] wuss: willst

Roatger. Denk där ens uober näah", sia hei neoh flott, weil de Musik schweig, ümme dän Pärken de Geliagenheit teo giében, sick ´n annern Partner teo soiken. Hendrik van de Roatger hadde oll einige Moale de Ehre hat, met de Dochter van dän Gastgiéber teo danzen. Teo ein besonneret Gespräck met üohr was hei neoh nich kúmen. Hei keik där jümmer neoh met Angest un Bangen vör. Wie Jan met Dina kuüert hadde, hadde hei säinen Breoer ´n biéden anstodd´t un stillken[1] säggt: „Hässe´er oll medde kuüert?" Met´n starren Blick hadde Hendrik üohn ankiéken. Jan hadde begriépen. „Niu odder nie", hadde hei brummelt.

Niu stond Hendrik ´n Äogenblick an´e Säite un keik teo, ümme teo Riuhe teo kúmen un Meod teo kräigen för dän lesten schwoaren Schritt, dän hei niu seo geod odder schlecht os et gung, vanoamd neoh unnerniéhmen mosse. Seo in Gedanken versunken kreig hei van wäiten de Stimme van säinen Breor teo hoiern, dat Marie güste ´ne näie Pullen iut de geoen Stuoben halen soll. „Niu odder nie", dache hei un beit de Tiahne teo. Flott loip hei achter de annern vörbäi un näah dän Versteck, woa hei wusse, dat Marie där inne was. Hei schloit de Duür achter sick. Säine Äogen sühgen Marie vör dän gliasern Schapp stäahn un wie se uober üohre Schullern keik ümme teo sähn, wä rin kúmen was. „Marie, draff ek moal met däi kuüern", feng Hendrik an. „Lange well ek et nich maken. Däamoals bei Rolink häss´e mäi nich viél Geliagenheit giében, dat ek olles säggen konn, wat ek up´n Hartten hadde. Achterhiar hä´k däi nich wäier olleine sähn. Noa, egal, vanoamd ben´k häier hen kúmen, ümme met däi teo kuürn. Wie diu iaben häier rin güngs, ben´k achterhiar gäahn. Wat ek säggen woll es düt. Bäi Rolink häbbe ek däi däamoals froaget, vellichte ´n biéden teo flott un äok met Woier, de för däi woll ´n biéden komisch woiern, ob ek däi an düssen Oamd näah Hius bringen droffe. Wat ek däi däamoals froagen woll, well ek niu däan. Marie, könns diu nich ´n lüttket biéden för einen Suohn van de Raotger foihlen? Wuss´e mäi fräien? Dat iuse Öllern där nicks giégen hät, där twäibel ek keinen Äogenblick anne." Et was ´er riude un hei schweig. De Stille was schwoar, wie näah einen drückend heiten Sommerdagg, kortt vör´n Unwiar[2]. Neoh mähr säggen konn hei nich. Et was,

[1] stillken: leise; still

[2] Unwiar: Unwetter, Gewitter

os wenn hei dumpet[1] wordde duür irgendeine geheime, unsichtbare Gestalt, de man nich packen konn un de duür de Kamern schwiabe. Säin Hartte kloppe bit an´e Kiahle. „Wat dache se woll? Wat sia et butz?“ Marie hadde sick dacht, dat´er früher odder läter irgend seowat van düsse Ärt van Hendrik kaime. Vör ollen näah dän Danzoamd bäi Rolink. Se hadde där ens uober näahdacht, oaber was nich teo einen Entschluss kümen. „Wenn där ens wat passiert bäi de naichsten Geliagenheit, dänn mak bleoß keine dummen Saken“, hadde üohr Var däamoals säggt, wiagen dat Iutgäahn met Frans van de Eschker. Oaber met Hendrik gäahn un läter fräien, was dat denn keine dumme Sake? `N leigen Kerl was hei nich, de Suohn van einen van de öllsten Hüobe, un ´n derben Malocher. Wat dat Ansähn angung, där konn se sick met üohn woll wäisen loaden. Var woier där bestens medde teofräie. Wenn Frans doch niu nich so´n plötzlichet un endgülliget Enne maket hädde met üohrn Verhältnis, dat jümmer enger wordde. Oaber dat was vörbäi ! ´N schönet Gesichte hadde Hendrik äok nich seo recht. Dänn schoit üohr de Satz van üohrn Var duürn Kopp: „Vör´n schönet Gesichte köff man nich viél.“ Recht hadde hei woll. Nei, seo leige woier et nich, Hendrik os Mann teo kräigen. „Ober soll hei niu de echte un währhaftige Josef vör mäi säin?“, sia üohr Hartte. Met ´ne reseliuten [2] Bewiagung van´n Koppe verjage se olle wäiteren Gedanken. Se hadde dän Entschluss nuomen.

Et wordde Hendrik neoh mähr benott[3] un donne ümme´t Hartte, os Marie anfeng teo kuürn, näah ´ne kortten Wäile, de üohn bäole os Jäahre odder ´ne Ewigkeit vörkamm. „Es geod, Hendrik. Diu biss kein schlechten Kerl. Diu häss mäin Wärd.“ Et klüng för üohn, os wenn´t van wäit wegg kamm. Hei soihg dat Beld van Marie, os woier et in Niébel verhüllt un gung up üohr teo. Einen Arm schloig hei ümme Marie un up säine Ärt gaff hei üohr ´n Soiden. Niu was´t säine Verluobte. Marie gaff üohn ´n Soiden trügge un hale üohn wäier in´t echte Liében. „Ek mott näah de Dial“, sia se teo üohn un hal ´ne Pullen iut´n Kassen. In düssen Äogenblick gung sachte de Duür up un Dieks stond up´n Süll[4] un make de Duür wäier teo. Hei hadde sick vergnoigt de

---

[1] dumpet: erstickt, stranguliert
[2] reseliut: resolut, beherzt
[3] benott: beklommen, eng
[4] Süll: Türschwelle

Hänne rieben, os hei dän Suohn van de Raotger in de geoen Stuoben näah Marie hengäahn soihg. Os hei dache, dat se lange geneog Geliagenheit hat hädden, ümme sick einig teo wäärden, was hei näah de Duür läopen un hadde güste hoiert, wie säine Dochter sia, dat se wäier näah de Dial mosse. Dänn was hei äok in de Stuoben gaähn. „Seo, jäi jungen Luüe, ers ´n biéden kuürt? Was där wat besonneret, da´je[1] de annern up üohr Glässken toiben[2] load´t?" feng hei diplomatisch an. Marie kreig ´n reoen Kopp un Hendrik verkloar sick witt. „Jäo, Var, där was wat besonneret. Hendrik häff mäi froaget üohn teo fräien", sia Marie. „Seo, ... un?" sia Dieks, inwennig gespannt os´n Flitzebuogen. „Un ek häbbe teosäggt", sia se. „ Kerl, wär hädde dat dacht ! Van´n Sunndaggsbesoik näah de Hochtäid ! Van einen Feste teo´n annern ! Mäinen Siagen hä´je un van Hartten mäinen Glückwunsch äok", lache hei un drücke beiden de Hänne. Inwennig wünsche hei sick äok Glücke. Hei droffe sick süms woll äok gratuliern. Hadde hei dat nich fein iutheckt? Et was ´n unwäis geoen Infall van de Roatger wiasen, dat met dän Sunndaggsbesoik. „Där mü´we einen up drinken ! Där mü´we up anstoiden", sang hei. „Man teo, verleifte Luüe, näah de Dial !" Där danze man neoh jümmer unwäis dull in einer Tour. „Wenn ek däi packe, dänn...", klüng de Tuokebuül wäier. Jan van de Raotger hadde äok sähn, dat säin Breoer verschwunnen was un foihle sick lichter, os hei soihg, dat´e met Marie un dän Biuern wäier teo´n Vörschein kamm. De Biuer nicks os Lachen in´n Gesichte. „Dat häff klappet", dache hei. In säinen Innersten wünsche hei sick Glücke met düssen Afläop. „Getz[3] ek neoh", dache hei un keik näah Dina.

Dieks hadde flott säine Frübben socht un ers moal Bescheid säggt van wiagen Marie un Hendrik. „Mak olles ferddig för Kaffe un ´n extra Buddel Schluck in de geoen Stuoben", sia hei teo säine Frübben. „ Wäi küont dänn met de Noahbers ein „Lange sütt se lieben" anstemmen. Där es´t gemütlicher os up´e Dial. Man teo, wenn´t geiht, et es oll bäole late." Schöne Köppkens un Pintkens henstellen was hennig däan un näah´n kortten Äogenblick sia Mieke üohrn Kerl oll, dat olles in´e Fissen was. „Neoh einen Danz, un dänn häbbe ek

[1] da´je = dat jäi: dass ihr
[2] toiben: warten
[3] getz: jetzt

neoh de näieste Näahricht vör jäi“, künnige hei dat an. Jeder, de neoh keine Afsproake makt hadde, make dat niu un soche niu flott dat richtige Luüd vör düssen Danz iut. Dänn schweig de Tuokebuül un Dieks noidige olle metteogäahn in de geoe Stuoben. Os se olle gesellig met´n Glässken teohäope saiden, näah dat se ers Kaffe drunken hädden, stond de Biuer van ten Modenkotte up. Greot stond hei där, os´n Biuern van´n Huobe, de sick sähn loaden konn, un batt ümme Riuhe. Olle schwiegen stille. „Wat hädde Dieks woll teo säggen?“ „Priagen däa´k nich, dat kann de Paschteor un de Afkoade[1] maken. Ek ben jümmer ´n Kerl met weinig Woier wiasen. Vandage ben ek oaber geod teogange un well jäi gläiks inlaen, teo eine Hochtäid teo kúmen un niu teohäope iuse Gliaser lieg[2] teo maken teo Ehre van mäine Dochter, de up düssen Sunndaggsbesoik met Hendrik van de Raotger einig worden es“, sia Dieks un stemme teo´n Schluss van düsse ersten Rede in säinen Liében ein „lange sütt se liében“ an.

Olle süngen se iut vuller Borsst met. Man make de Gliaser lieg teo de Ehre van dat teokümftige Briudpaar un gratulier äok gläiks. „Wäi sütt se oaber neoh moal vull maken“, sia Mieke. „Seowat passiert nich olle Dage“, nicke se in de Richtung van üohre Dochter. Olle buüern se üohr Glass, os plötzlich de Duür upgung, irgendwat duür de Stuoben siuse un met Kafiss[3] midden up´n Dische lanne. Gliaser un Köppkens kullern van´n Dische un de Pullen make ´n Kopsterbolter[4] un fell in Scherben iut´nanner. „Dat Spitt, dat Spitt!“, roipen se olle un wäisen up de deoe Katten, de met Möttke[5] beschmiert tüschen de Scherben up´n Dische lagg. Einige junge Kerls sprüngen up un loipen näah biuden hen. `n Tucken[6] läter kaimen se trügge un tügen de Schullern heog. „Nicks mähr teo hoiern un teo sähn. Et es stickenduüster[7] biuden“, sian se. „Et woier süss ´n Spoaß wiasen, wenn se unner de Waterpumpen rümme hampelt

---

[1] Paschteoer un Afkoade: Pastor und Advokat (Rechtsanwalt)
[2] lieg: leer (ledig)
[3] Kafiss: Wucht, Schwung, Schlagkraft
[4] Kopsterbolter: Purzelbaum
[5] Möttke: Matsche, Modder, Dreck
[6] ´n Tucken: ein Augenblick, kurzer Moment, kleines bisschen
[7] stickenduüster: stockdunkel

hädden. Un dat Droigen vör´n Herdfuüer in de greode Wannen[1] ! `Ne schöne Afwesselung woier dat wiasen.“ „Däat de Gliaser man wäier vull maken, dänn geiht de Schrecken woll wäier vörbäi“, sia Jens. De Biuer, dankbar, dat säin Knecht üohn in düsse vertrackten Lage teo Hülpe kamm, gung butz up düssen Vörschlagg in un brack flott ´ne annere Pullen an. „Jäi hadden doch güste uober „dat Spitt“ kuüert“, sia Jens. De Biuer keik bange teo üohn. „Könne hei niu doch neoh de Sake verderben, dän Teostand neoh schanierlicher maken?“ Doch bäole foihle hei sick wäier ganz geod, wie hei hoier, woaruober et gäahn soll. Jens kuür wäiter: „Dat lött mäi wäier an wat denken, an dat „Spitt bringen“ bäi de „Witten Wäiber[2]“.

>> „Ek was seo ümme de twüntig Jäahr äold, wie we[3], güste os vanoamd, up Besoik woiern. Dat was bäi Winkelhus. Wäi woiern gesellig teohäope. Et wordde geod giéden un drunken un de ganzen Täid lang wordde danzt, os wenn et ümme olles odder nicks gung. Wie et niu up´t Enne gung un wäi neoh gesellig teohäope bäi´n Schluck saiden un kuürn, kamm düt Kuüern teofällig up de „Witten Wäiber“ un up dat „Spitt bringen“. „Wä häff dän Meod, näah de „Witten Wäiber“ „dat Spitt“ teo bringen?“ froche einer. Keiner sia wat. De „Witten Wäiber“ up dän „Wittewiefkesbiarg“ (seo os dat där heide) woiern för olle ´n Schrecken. Där mosse man sick biater geod met stellen. Wä weit, wat se einen andäan küonen, wenn man in üohre Hänne fell ?! Un dänn äok so´n duüstern Oamd! „Noa geod, ein Liter Schluck vör dän Kerl, de dän Meod häff, dän Ritt näah dän „Wittewiefkesbiarg“ teo unnerniéhmen.“ „Es dat nicks för däi“, seo buür man dän Knecht van Winkelhus, de jümmer so´n biéden bange was, up´t Piard. „Diu biss doch ´n ganzen Kerl ! Wenn diu se in´e Finger kriss, dänn bräcks diu se twei[4].“ Duür dat Vergnoigen met dän Schluck an düssen Oamd hadde hei ´n biéden Hitte kriegen un seo sia Gerrit Jan Frans, wat de

---

[1] Wanne: Kornschwinge (großer wannenartiger flacher Korb)

[2] „Witte Wäiber“: weiße Weiber, hier: der Knecht erzählt - wie es bei solchen Treffen abends häufig üblich war- eine Sage aus alter Zeit, die hier in der Region Twente spielte. Erstaunlicherweise finden sich ganz ähnliche Inhalte in ostwestfälischen Spukgeschichten mit Verfolgungsjagden durch geisterhafte Gestalten.

[3] wie we = wie wäi: als wir

[4] twei: entzwei, kaputt

Knecht was, dat hei sick woll trübbe[1], düt Unnerniéhmen teo riskiern. „Hal dat Piard man iut´n Stalle !“ Man buür üohn niu met´n paar Mann up dat Piard un gaff´n „dat Spitt“ in´e Hand. Seobutz verschwäond Gerrit Jan Frans in´n Duüstern an düssen Hiarfstoamd näah dän „Wittewiefkesbiarg“, woa de heidnischen Wäiber üohre Wúhnung hadden. Niemoals in üohrn Liében dröffen[2] se fräien odden wat met´n Mann teo däan häbben, süss wördden se up´n Scheiterhäopen ümmebrocht.

In de Täid, woa wäi in´e Küoken töffen, drabe de Knecht van Winkelhus wegg, twarss uober de Länneräien, näah dän „Wittewiefkesbiarg“ hen. In säinen Hartten hadde hei ´ne deipe Afschuü vör düsse geheimen Gestalten, de sick där uphoilen. Hei was där ümme seo mähr bange vör, weil hei viél hoiert hadde, wat van üohre Leigheiten[3] kuüert wordde. Je naihger hei teo de Stäie kamm, ümme seo grötter wordde säine Angest. De Angestschweit brack üohn iut. Wenn üohn niu dat passier, wat annern oll passiert was? Olle de Geschichten, de man üohn vertellt hadde un de einen bange maken, stönnen üohn niu vör de Äogen. Neoh hunnert Schritte, neoh ein Hinnernis, dänn was´e där. In fleigenden Galopp reid hei dichte an de Kiuhlen[4] langes, woa de sagenhaften Gestalten wúhnen un schmeit, ohne henteokäiken, „dat Spitt“ van sick af in de Kiulen. Ein hellet Schraken[5] duürbrack de Stille van de Natur. Eine Stimme, de sick anhoier, os van so´n uobernatürlichen Gedäärt[6], bölke üohn teo, dat düsse Schanne rächt wäärden mösse. Ein Bibbern gung dän Knecht duür säinen Läif. Hei drücke säine Knei neoh faster giégen dat greode schwartte Piard un met säine Hacken dreif hei et an. Dänn hoier hei plötzlich dat Riuschen van Kläer[7] . Hei keik uober säine Schullern un soihg so´n Niébel, de där langes schwiabe, ´n wittet Wäif, dat achter üohn hiar kamm, met´ ne Bärdn[8] in´e Hand. Met Schraken un Jäbbeln kamm et achterhiar. Dat et jümmer naihger kamm, make üohn Angest. De Afstand bit an´n Biuernhoff schein üohn wie ´ne

---

[1] trübbe: traute
[2] dröffen: durften
[3] Leigheiten: schlimme Taten, boshafte Dinge
[4] Kiuhlen: Vertiefung, Senke im Erdboden
[5] Schraken: Kreischen
[6] Gedäärt: Geschöpf, Getier, Wesen, Ding
[7] Kläer: Kleider
[8] Bärdn: Beil

Unendlichkeit. Ob hei et raken könne? Jümmer flotter, jümmer flotter dreif hei säin Piard an. Met Schniuben flüchte et met säinen Räiter uober de Feiler. Dat Dier räok dän Stall un säin Instinkt gaff´n dat Gefoihl, dat där Gefahr was. `N grötteren Ansporn briuke et nich. Dänn kamm et in unwäisen Galopp naihger an´n Hoff, an´t Hius un an´e Schoppen. Däa kamm et dän bangen Gerrit Jan Frans, de sick nich trübbe ümme teo käiken, seo vör, os ob se neoh naihger krüopen[1]. Hei foihle ´ne unsichtbare Hand, de sick van dän Unheil, dat naihger kamm, näah üohn hen iutstrecke. De klamme, käole Angestschweit stond üohn vör´n Koppe un make Arme un Beine stäif. De Näienduür stond bleoß buoben uoben. Met´n lesten unwäisen Sprung loit hei säinen truüen schwartten Wallack uober dän unnersten Deil van´e Näienduür[2] ruober springen un hei süms loit sick met lesten Meod vertwäibelt van dän Piarrüggen runner up´e Dial fallen. Dänn `n derben kortten Schlagg in´n Duürstänner[3]. Ein Biében van de Bärdn, de häier inne faststiake. Henschmiéden[4] duür de Hand van dän Witten Wäibe. „Wenn ek ´n Scheoh fiunen hädde, bevör dat ek ´n annern teobiunen hadde, dänn woiers diu ´n Bräan[5] wiasen !“, seo klüng et duür dän Oamd. Ein lestet Schraken un dänn was´t däoenstille.

---

[1] krüopen: krochen

[2] dän unnersten Deil van´e Näienduür: den untersten Teil der großen Deelentür, - hier wird natürlich wie in vielen dieser alten Spukgeschichten aufgebauscht, denn die beiden unteren Türen der vierflügeligen Deelentür waren mindestens 1,70 m hoch, das wäre schon rekordverdächtig.

[3] Duürstänner: Türständer, Mittelpfosten der Deelentür

[4] henschmieden: hingeworfen, hingeschmissen

[5] Bräan: Braten

De Ritt in´e Nacht

De Biuer un wäi olle teohäope woiern in´e Küoken gäahn, wie Gerrit Jan Frans dänne riéen was. In de Küoken wordde met üohn un de „Witten Wäiber“ Spott driében. Plötzlich hoiern wäi dän Krach van dän Piare[1], dat met´n Sprung up´e Dial lannet was, dän Schlagg van de Bärdn in dat hartte Eikenholt un dat Reopen un Schraken van dän Witten Wäibe. In´n naichsten Äogenblick stönnen wäi olle up´e Dial, woa wäi sühgen, dat dat Piard ruhig in´e Ecke stond un de Knecht donne bäi[2] de Duür up´n Boden lagg. Hei was bedusselt van dän Falle un ganz duürnanner van dän Oabentuüer an düssen duüstern Oamd. De Bärdn in´n Duürstänner un dat Schraken was för us ´n richtigen Bewäis, dat de Knecht nich ohne Grund seo teostond.[3] Lange kuüern wäi an düssen Oamd däruober un äok läterhen neoh faken. Gerrit Jan Frans was niu de Held in düssen Äogenblick, weil hei „dat Spitt“ teo de Witten Wäiber van´n „Wittewiefkesbiarg“ brocht hadde.“ <<

Jens schweig. Olle höngen neoh an säine Lippen, obwohl se üohn öfter seo hoiert hadden. Eine Geschichte, de seo lecker un met Spannung vertellt wordde, mosse doch äok för jeden interessant säin. De besonnere Stimmung in düsse Biuernstuoben gaff äok woll üohr Deil därteo. Dat Flackern van de Flammen, de greode Schadden up Muüern un Balkendiake schmeit. Dat Hiulen van´n Hiarfstwäine in´n Schottstein. De äole Jens, dalbucket[4] , dat Gesichte un de Stirn met Rimpels[5] un Fäolen[6] van Wäind un Wiar. Säine lüttken lüchtenden Äogen, de bäole jeden Teolusterer, seo schein et, ankiéken. De Bewiagung van säine Hänne, de in de Luft de ganzen Geschichte, woavan hei kuüer, vertelle. De ganze Perseon süms packe einen. De äole Knecht, de et wunnerbar schafft hadde, de drückende Stimmung, de där bäole kúmen woier, afteoweinen, nippe niu an säinen Gliase un keik uober´n Rand därvan in de Runne van de Noahbers.

---

[1] van dän Piare: von dem Pferd(e) (alte Dativ-Form)
[2] donne bäi: nahe bei, dicht bei
[3] teostond: zustand, sich in dem Zustand befand
[4] dalbucket: niedergebückt, herunter gebeugt
[5] Rimpels: (grobe) Hautfalten, Runzeln
[6] Fäolen: Falten

„Dat häss diu ganz fameos vertellt. Kinns´e nich äok ´n Vertellsel[1] van dat „Spitt bringen“ odder seowat van de Hunnenburg?“, sia de Biuer. „Jäo, jäo“, roipen se olle. „Vertell neoh ens wat van „dat Spitt bringen“, dat geiht güste neoh, bevör da´we gäaht.“ De äole Knecht keik met´n Schmuüstern up näah dän Biuern un loit üohn säin lieget Glass sähn. Kulant schonk Dieks et seobutz wäier vull. Näah dat hei güste ´n lüttken Schluck därvan met Genuss drunken hadde, feng de äole Knecht an.

>> „De Geschichte van de „Hunnenburg“ sian jäi, nich wäahr? Där kümmp eigentlich kein „Spitt bringen“ inne vör. Un doch häff´t wat met „dat Spitt“ teo däan. Jäi kinnt natürlich olle dän Hoff Scholten-Linde. Früher, in de Täid wie de Hunnen sick häier uphoilen, wúhne up düssen Huobe ´n Biuer, de heide Olbers. Düsse Biuer hadde ´n Súhn, de wordde Weender nömmt, un ´ne annuomen Dochter, de heide Barta. Düsse Barta was´n Findelkäind. Biuer Olbers hadde dat Luüd fiunen, achtteihn Jäahr, bevör de Geschichte met „dat Spitt“ passier, odder biater: et höng met „dat Spitt“ teohäope, seo wie jäi wütt. Se was olseo achteihn Jäahr äold. De Hunnen woiern früher besiegt duür dän Kaiser van Duütschland un häier hen flüchtet. Se woiern van dän Stamm der Magyaren un kaimen näah de Schlacht iut´n Osten[2] un wollen sick häier dalloaden, in de seo nömmte Hunnenburg. Düt was ´ne befestigte Stäie, bäi dän Biuernhuobe „Hunnenbecker“, dän jäi ja woll kinnt. De Anführer van de Magyaren was Arpad, ´n jungen Kerl van adeligen Bleoe. Düsse hadde sick in Barta verkiéken un et in üohn. Os Arpad bäi Olbers ümme üohre Hand anhoil, wordde hei oaber afwiésen, denn Olbers woll, dat Weender, säin Súhn, Barta fräien soll. Else, dat Maged van Olbers, hadde oaber üohr Hartte an düssen Weender verluorn un schüllige Barta an, met dän Duübel un met dän „reoen Landvermiater“ in Verbindung teo stäahn. De „reoe Landvermiater“ was de Geist van so´n leigen Minschen, de sick früher up unrechte Ärt Land unnern Nagel riéden hadde un niu keine Sialenriuh fäinen konn. Düt Maged noime de annuomen Dochter van üohrn Mester ´n Duübelskäind. Et stall de Dochter sch´nachts ´ne Halskäien, woa ´n prächtigen Edelstein anne höng un namm

[1] Vertellsel: (kleine, kurze) Geschichte, Anekdote, Begebenheit

[2] verweist auf eine historische Schlacht. Die Hunnen wurden 933 in Thüringen von den Sachsen besiegt.

üohr äok ´n lüttket Kleid dänne. Düt lüttke Kleid droig et akkuroat up üohrn Hartten, weil et menne, dat de Leifte, de Weender för Barta hadde, up et uobergünge. Niu liébe där in düsse Täid ´ne äole Frübben, de wordde „Liska“ nömmt. In´n Volksmunne noime man se oaber „Anneke-Beppe“, odder äok „Greotmoimen“. Düsse Anneke-Beppe wordde, weil se ´n sonnerbaren Minschen was up üohre einsamen Wúhnstäie, wiagen Zauberei beschülligt. Säi was et oaber wiasen, de früher dat Käind Barta stuohlen hadde van dän Grafen van Kleve. Se hadde et stuohlen för üohr Süster, dat üohre einzige lüttke Dochter duür ´n Unglücke verluorn hadde. Bäole däanäah starf äok üohr Süster un Anneke-Beppe toig dänn in düsse Giégend, woa se dat Käind os Findelkäind iutsedde. Biuer Olbers fäond dat Luüd. Buobenbott was Liska de Scheolmestersche[1] van Arpad wiasen, dän se niu met de Geschichte van säine leiben Barta bekannt make. Up ´n Driapen tüschen düsse beiden, dat Anneke-Beppe teogange brocht hadde, sia Barta, dat se giégen ´ne Hochtäid met Arpad woier, de ja ´n Heiden was. Un dat nich bleoß, weil säi Christin was, sonnern äok, weil üohre Öllern et wünschen, dat se dän Súhn (Weender) os Mann naihme. In de Nacht niu, wie Else, wat dat Maged was, de Halskäien van Barta stall, kamm et teo einen dullen Sträit. Else hadde nämlich Weihwater metnuomen näah de Schloapkamern van Barta. „Wenn se met´n Duübel in Verbindung steiht, dänn kann se de Weihwaterpreobe nich duürstäahn“, dache Else. Barta wordde niu up einmoal wach, un wie se dat Maged bäi sick in´e Kamern soihg, stodde se vör Schreck dän Napp met Weihwater ümme, woarup Else helle teo schraken anfeng. „Suüh, se kann de Weihwaterpreobe nich duürstäahn un därümme es se ´ne Hexe“, sia se teo Biuer Olbers un säine Frübben. Düsse lichtgloibigen Luüe woiern ganz einig met üohr un wollen üohr annuomen Käind bäole midden in´e Nacht iut´n Hiuse jagen !“<<

„Wie grübbehaftig[2] un leige“, roip Santje van Lomann, dat Luüd, wat süss jümmer seo stille was.

>> „Oh, troiste däi“, sia Jens, „ denn se hadde einen Beschützer, dän diu, wenn diu bäole in´t Kleoster geihs, nich briuks. Denn Weender konn un woll nich gloiben, wat man van Barta sia. Hei namm se in Schutz. Oaber dänn

[1] Scheolmestersche: Schulmeisterin, Lehrerin
[2] grübbehaftig: grauslich, grauenhaft

kamm plötzlich ´ne Gestalt met Hoierns up´n Koppe teo´n Vörschäin, de Barta heog buüer[1] un metnamm." <<

„De Duübel, de Duübel!" roipen se olle met einer Stimme.

>> „Weender oaber, vull van Meod duür de Leifte, de hei för Barta foihle, siuse näah biuden un hoier wäit in de Ferne dän Heofschlagg van´n Piare, de jümmer wäiter verschwäond. „Et mott doch woll de Duübel wiasen säin", dache hei, wie hei dän greoden Ruüen soihg, de ruhig an´e Käien vör de Ruüenhüdden lagg. „Wenn´t ´n annern wiasen woier, hädde dat Dier bestimmt anschlagen." Meodleos un bedroibet uober dat geheimnisvulle Verschwinnen van säine Briud, loip hei wäier rin. Biuer Olbers un säine Frübben sian nicks uober dat, wat passiert was. „Et häff doch keinen Sinn", dächen se. „Barta mott doch woll ´n Handlanger van´n Duübel wiasen säin. `N Duübelskäind un ´ne Hexen wü´we nich wäier in´n Hiuse häbben. Wat för´n Unheil könne där süss neoh van kúmen?!" Un doch bediuer de Biuersche, dat üohr annuomen Käind verschwunnen was. Else, dat Maged, konn lange nich seo geod met de Arbeiden in´n Hiusholt trechte kúmen. Ganze Häopen met Wulle laigen där niu, de jümmer grötter wördden. Düt ganze Wiark, dat Reigenmaken un Spinnen van de Schoapwullen un dän Flass, hadde Barta jümmer met fläidige Hänne däan. Keiner konn dat biater. Wat säi in´e Hand hadde, där briuke ´n annerer nich mähr bäie. Einen Muorn oaber kamm de Biuersche met Schrecken därachter, dat de Hälfte van de Wullen verschwunnen was. Üohr erster Gedanke was, dat dat „Witte Wäif" düsse stuolen hadde. Dat´n Minsche, ´n Deif, düt däan hadde, konn se sick einfach nich vörstellen. Där hadde man däamoals neoh nie wat van hoiert. Jeder was ja met säinen bescheidenen Iutkúmen teofräie un verlange süss nicks teo besidden van dat, wat anneren teohoier[2]. Dän naichsten Muorn stelle Friu Olbers faste, dat´er wäier einer nachts in´n Hiuse wiasen was. Et schein üohr, dat de Wulle, wecke teoers verschwunnen was, reine un spunnen trüggebrocht was un de annere Hälfte, de neoh nich ferddig was, wiage[3] was. Düsse lesten Wulle wordde dänn in de naichsten Nacht reine un spunnen trügge giében duür dän heimlichen Gast.

---

[1] heog buür: hoch hob

[2] teohoier: gehörte, zustand (Besitz)

[3] wiage: weg, entfernt, weggenommen (statische Adverb-Form von weg)

Olle up´n Huobe van Scholten-Linde glöffen, dat dat eine odder annere „Witte Wäif" odder ´n geoen Geist düsse Dinge make. In de naichsten Täid diuer düt Verschwinnen van de Wulle, de neoh nich ferddig was, jümmer neoh an. Man kinne et dänn lestens nich mähr anners un Biuer Olbers un säine Frübben stellen keine wäiteren Näahforschungen an, vanwiagen dän richtigen Grund van düssen sonnerbaren Verschwinnen un Erschäinen. Weender woll oaber säine Näischierigkeit[1] nich länger up´e Preobe stellen. Eine Nacht, os olles in deiper Riuhe was, schleik hei sick iut´n Bedde un postier sick up´e Dial. Dat Toiben diuer lange un hei woll sick oll wäier näah säine Lagerstäie begiében, os plötzlich un sachte de Näienduür upgung un ´ne witte Gestalt up´e Dial tratt, de sick stracks näah de Schloapkamern van säine Öllern begaff. Där bleif de Gestalt vör de Beddstäie stäahn un keik ehrdeinig[2] un fründlich up de beiden, de in deipen Schloap versunken woiern. Dänn bucke se dal, neige dat Häopt un drücke sachte ´n Soiden up´e Stirn van de Eheluüe, de där schloipen. Dat läise Kniatern van de Küssen schrecke Weender iut säine Gedanken. Os woier hei an´n Boden faste nagelt, seo stond hei där un keik näah dän witten Schimmer. Niu schoit et üohn plötzlich duürn Kopp, wä et was, de sick där bäi säine Öllern in de Schloapkamern uphoil. „Barta! Barta!" roip hei iut. De Gestalt, de hei ankuürt hadde, verjage sick unwäis un sprang trügge un loip uober de Dial näah biuden. Weender achterhiar. Bäi de Näienduür rische sick oaber iut´n Boden ´ne greode, mächtige Gestalt vör üohn." <<

„Wäier de Duübel?!", sia de teokümftige Nunnen met unnerdrückter Stimme. „Häol doch däinen Mund! Nimm dän Läop van de Geschichte doch nich vörwegg!" knuffe dat Luüd, dat ´er bäie satt, met´n Ialbuogen[3].

>> „ Geduld, Santje!" „Geduld!", sia de äole Knecht sinnig un vertelle wäiter. „Met strengen Äogen keik üohn de Riese an, sprang up dat Piard met de witten Gestalt un verschwand in´n Schutze van de duüstern Nacht. Näah dän Klang van dän Heofschlagg van düssen Piare, de duür de Stille teo Weender kamm, menne hei, dat de Kerl näah de Hunnenburg reid. „Barta in de Hunnenburg? Nich kuüern, sonnern wat däan!", dache hei. Hei namm dän Ruüen van´e

---

[1] Näischierigkeit: Neugier
[2] ehrdeinig: ehrerbietig, mit Ehrfurcht
[3] Ialbuogen: Ellenbogen

Käien un jage üohn up de flüchtenden Gestalten. Säine Verwunnerung was oaber greot, dat dat Dier, wie et dat Piard inhalt hadde, met fröhlichen Bliéken niébenhiar renne. „Döskopp“, schull[1] Weender sick süms. „Dat es Doltschoff, de Hunne, woa wäi dän Ruüen van kofft hät. Kein Wunner, dat dat Dier helle blieket.“ Butz hale hei dat Piard iut´n Stalle un sprang met „dat Spitt“ in´e Hand därup. Bäi de Hunnenburg ankúmen, fäond hei de Biudenpoarden[2] un äok de Binnenpoarden afschluoden. Hei biuster därgiégen. „Barta! Barta!“, roip hei helleiut un ruckel an dän Gitter van de Poarden.

Näah ´n langen Wäile wordde de binnenste Poarden upmaket un eine Gestalt, stolt un edel, kamm vör dat Gitterfinster teo´n Vörschäin. Et was Arpad. „Weender, geoe Fründ“, sia hei. „Wat wuss diu häier?“ „Barta! Barta well ek, de diu entführt un üohrn Öllern weggnuomen häss!“ „Barta wordde wisse[3] entführt!“, sia Arpad, „oaber in dän Äogenblick, os üohre Öllern güste teogange woiern, üohre annuomen Dochter vör de Duür teo sedden un ohne Iutkúmen van´n Huobe teo jagen. Gong trügge! Et es teo nicks nütte, häier neoh länger teo toiben, denn Barta es mäine Frübben. Fräiwillig häff se mäi üohr Hartte schonken!“ Ganz bedroibet un met Bieben un in Brast roip Weender: „Barta däine Frübben?! Barta!“ „Diu säggs et“, sia Arpad. Lott us oaber nich vergrellt iut´nanner gäahn. Äok diu häss Barta ens leif hat, dat weit ek. Un äok weil diu et olleine woiers, de Barta verteidige un sick för Barta insedde, wie se jeder ´ne Hexen noime un se in´e Bedrulje[4] was. Därvör ben ek däi dankbar un well däi de Hand räiken, därmedde kein Twist odder Feindschopp tüschen us besteiht.“ Arpad strecke Weender säine rechten Hand hen. Weender oaber, bäole verrückt vör Leid un Erbarmen, stack „dat Spitt“ in de Hand van dän Magyaren, anstäie üohn de Hand teo räiken. Niu wordde äok Arpad boise, un unwäis in Brast boche hei met säine kräftigen Hand de Spissen van dän Spitt krumm. Hei roip: „Dat es ´ne hartte Hand, de diu mäi räiks.“ Dänn make hei eine Bewiagung, ümme de Duür up teo maken. Weender soihg niu in, wie dösig un dumm hei hannelt hadde. De Kraftbewäis van dän Magyaren jage üohn unwäis Angest in. Hei dreihe dat Piard ümme un siuse

[1] schull (andere Form: schail?): schalt, schimpfte
[2] Biudenpoarden: Außenpforte
[3] wisse: gewiss, tatsächlich
[4] Bedrulje: Bedrängnis, Notlage, missliche Lage (franz.: Bredouille)

näah Hius hen. De Hunne ´n biéden läter in jagenden Galopp achterhiar. In körttester Täid wordde de Afstand van de Hunnenburg näah dän Hoff van Scholten-Linde trüggeleggt. Ratzfatz make hei dän buobensten Flügel van´e Näienduür up, weil hei keine Täid hadde, de ganze Duür up teo maken, denn Arpad satt met de Lanze in´n Anschlagg achter üohn. Dat Enne van düsse Geschichte es ungefähr dat sülbe wie dat met „dat Spitt bringen" duür Gerrit Jan Frans bäi de „Witten Wäiber". Äok Weender was in´e Bedrulje, wie de Hunne unheimlich flott jümmer naihger kamm. Hei loit sick uober de ünnersten Duür van de Näienduür van´n Piare herunner up´e Dial fallen, güste os de Lanze van Arpad met einen Bieben in´n Duürstänner siuse. Dat was dänn de Geschichte van „dat Spitt van de Hunnenburg". <<

Jan schweig un packe sick säin Glässken. „Oaber där es doch neoh mähr van teo vertellen", sia de Biuersche. „Wäi wiéd´t niu neoh nich ens, wie dat läter met de Hunnen un met Weender un de annern wäiter gung." „Noja", lache Jens. „För ´n vullet Glass däa ek ´ne ganze Masse." Wäier kreig hei säinen Willen un hei vertelle wäiter.

>> „Wat ek jäi dänn neoh vertellen kann, häff nicks mähr met dän „Spitt" teo däan, dat geiht bleoß därümme, wie de Bewúhners van de Hunnenburg weggtuogen send. De Suohn van Scholten-Linde, odder biater säggt van Olbers, vertelle dän annern Dagg, wat üohn passiert was. Wie Else dat hoier, wat hei beliébet hadde, hadde se Metleid un dache: „Hei häff Barta jümmer neoh leif." Seobäole dat se met de Hiuswiarke ferddig was, äile se näah Anneke-Beppe hen. „Wat wuss diu denn häier?", froche düsse un was ganz verdattert, dat se Else soihg. „Ek woll gäärn ´n Leiftesdrank häbben, dat de Leifte van Weender för Barta up mäi uobergeiht." „Es de dumme Junge neoh jümmer in dat Luüd verleift? Se es för üohn ja doch verluorn! Dösköppe send jäi olle! Wie hä´je mäi un Doltschoff bäi de Entführung van Barta in de Koarden spiélt! Un läter dächen jäi in jübbe Lichtgloibigkeit, dat de „Witten Wäiber" de Wulle weghalen un för jäi spunnen. Ha, ha! Un dänn sick iutdenken, dat de fläidige Barta up de Hunnenburg Dagg un Nacht in eine Tour arbeide, ümme düt för üohre Flegemoimen in´e Fissen teo bringen. Un Doltschoff was jübbe Duübel. Ha, ha! Doltschoff, ´n einfachen Magyaren, un de os Duübel!? Dat es teo´n Deodlachen. Oaber, ümme up däine Froage trügge

teo kúmen: Häss´e vellichte dän einen odder annern Krimskroams odder ´n Kläerstücke, dat Barta driagen häff, un wenn möglich äok ´ne Häarkrüllen van Weender?" „Beidet droig ek oll lange bäi mäi", sia Else un räike de Saken an Anneke-Beppe. Düsse bekeik sick dat lüttke Kleid, dat Else üohr giében hadde un sia verwunnert: „Es düt ´n Kläerstücke, dat Barta driagen häff?" Dat Maged gaff teo Antwärd, dat düt de Fall wiasen was, wie Biuer Olbers dat Luüd fiunen hadde. Dänn sia Anneke-Beppe: „Diu biss güste neoh bäitäien kúmen. Muorn woiern wäi nich mähr där wiasen." „Woarümme?", froche Else. „Därümme, dat de Magyaren un äok ek met üohne dat Land verload´t, weil wäi et verloaden mütt! Doch ek well´t flott maken. Wat´n besonneren Teofall, dat diu mäi güste vandage düt lüttke Kleid brings, woa doch de Fräiherr van Kleve up Duürreise in düsse Giégend es", sia Liska (Anneke-Beppe) wäiter un beäile sick, dat se dat lüttke Kleid metnamm un Else verdattert achter sick trügge loit.

Dat äole Wäif was up´n Wiage näah de Hunnenburg, os Doltschoff in´e Moite kamm. De vertelle üohr, dat de Fräiherr van Kleve up´n Huobe van Biuer Olbers was un dat Barta där äok was. Barta, de nich richtig Bescheid wusse, hadde van Arpad Teostimmung kriegen, dat se van üohre Öllern Afscheid niéhmen könne, beför se dänne güngen. Arpad toffe in´e Naichte[1], bit dat se trügge kamm. Intüschen vertelle Weender dän heogen Besoik up´n Huobe, dän Herrn van Kleve, de Geschichte van de Entführung un wat där achterhiar kamm. Fräi heriut gaff hei teo, dat de gröttste Schuld bäi üohn liagen hadde. Hei verteidige säinen Rivalen met olle Woier, de hei hadde. Dänn kamm plötzlich Barta, in einen schwartten Mantel hüllt, ´n lüttket Käind an´e Borsst drücket, up´n Hoff. Üohre Öllern begrüßen se ganz fründlich, os Weender oll aftuogen was. Barta vertelle, dat üohr Gatte dän christlichen Gläoben anniahmen woll un sick van dän Paschteor iut´n Kleoster doipen loaden woll un wie se van Arpad Teostimmung kriegen hadde, ümme üohn teo´n lesten Moale Liébewohl teo säggen, os hei duür einige Soldoaden van dän Herrn van Kleve up´n Hoff brocht wordde. Düsse Soldoaden hadden üohn fiunen, os hei toffe, dat säine Frübben trügge kamm. Tüschen dän Anführer van de Magyaren un dän Fräiherrn van Kleve gaff et niu Sträit un de leste woll güste Befell

[1] Naichte: Nähe

giében, de Hunnen anteogräipen, os Anneke-Beppe up´n Hoff siuse un helle roip: „Lott dat säin! Lott dat säin!“ <<

„Där mosse oaber ers moal Meod för häbben!“, roip dat wackere Luüd van Broams. „Jäo, jäo“, sia Jens un nutze de kortte Pause up säine Wäise. Dänn feng hei wäier an:

>> „Säi stelle sick tüschen beide Parteien, keik dän Feldherrn an un sia teo üohn: „Balderik van Kleve, wenn jäi mäine Broiers, de Hunnen, in Riuhe load´t, dänn wäär ek jäi ´ne Näahricht säggen, dat jübbe Hartte vör Froiden springen doit.“ Balderik lache minnachtig. Wat könne ´n äolet Wäif üohn vertellen, dat säin stoltet Soldoadenhartte vör Froiden springen könne?! „Lott däine tuchtleosen Horden de Waffen dalleggen un ek well mäi anhoiern, wat jäi mäi teo säggen hät.“ Stolt keik hei näah säinen Tropp Soldoaden, de sick in akkuroater Räihge achter üohn stelle. „Noa geod“, sia Anneke-Beppe teo üohn, de heoge up´säinen Piare satt. „Där was ens ´n Dagg, niu niégenteihn Jäahre hiar, dat där irgendwo in einen Appelgärden ´n lüttket Luüd spiéle, donne bäi so´n lüttken Duorpe bäi Sondershausen, woa de Magyaren giégen de Truppen van dän duütschen Kaiser verluorn hadden. An üohrn Halse blenker ´n Edelstein. Düsse Edelstein make mäi ganz hibbelig. Ek namm dat Käind in mäine Arme un loip van där dänne, ümme et näah mäin Süster teo bringen, dat üohre einzige Dochter duür dän Deod verluorn hadde. Nich lange läter starf äok mäin Süster. Dänn namm ek dat Luüd wäier teo mäi un gung met de Magyaren met, de näah de Schlacht bäi Sondershausen uoberblieben un niu näah Westen tuogen woiern. Där lia[1] ek de Lüttke os Findelkäind hen. `N Biuer fäond dat Luüd un toig et greot.“ Se wäise näah Biuer Olbers. „Dat Luüd kamm in dat Oller, woa man fräien konn, kreig et met de Leifte teo däan un fräie dän Kerl, dän se van Hartten leif hadde.“ Se nicke met´n Koppe un wäise näah Arpad. „Düt Luüd“, sia se un üohre Äogen söchen de Äogen van Barta, „es jübbe Dochter, Herr Balderik.“ „Säi es mäine Dochter?!“, roip de Feldherr. „Was se denn nich verdrunken in´n Rhein? Wordde se an´n Oiber[2] van´e Ijssel os Findelkäind henleggt un häier greot tuogen? Bewäise! Bewäis mäi dat!“ De ganzen Täid woiern säine Äogen up Barta richtet. „Briukt hei woll neoh ´n

---

[1] lia: legte

[2] Oiber van´e Ijssel: Ufer der Ijssel

Bewäis ? Kümmp dat Luüd nich up üohre Moimen riut un häff de Äogen van üohn ?" „Käik ens häier", sia Liska un wäise dat lüttke Kleid, dat se van Else kriegen hadde. „Düt lüttke Kleid es dat Kleid, woa ek se vör niégenteihn Jäahre inne os Findelkäind iutsedd´t hadde. Un dänn de Edelstein. Sü´je[1] dän woll kinnen?" „Dän Edelstein häbbe ek van üohr stuohlen. De ligg niu in de Kleosterkapellen", sia Else met Schrecken. „`N kostbaren Amethyst, met griechische Figuren där inschnittket", sia de Herr Balderik. „Jäo, dat es´e", sia Else. Leibe Täid, un säi hadde dacht, et woiern Runen! „Wat briuke ek neoh mähr", roip de Fräiherr. Hei loip up Barta teo un namm se sachte in´e Arme. „Aleide, mäin Käind", flüster hei. „Niu soss diu bit an mäin Liébensenne ´ne Bleome säin, de van Näien upbloihet es." Dänn sia Aleide: „Käik ens, mäin Mann. Dän Wegg, dän hei geiht, wäär ek äok gäahn." „Dat es ´n Bund, de nich rechtens es un nich van´e Kiarken beschluoden", gaff Balderik teo Antwärd. Dänn buüer Arpad säin Käind in´e Hoichte un sia: „Düt es däin Enkelsúhn, Herr Balderik! Was dat Bleod van dän Magyarenfürsten nich wäärt geneog, sick met jübben Bleoe[2] teo vermischen?" De, de anspruoken wordde, toig de Schullern heog, ümme anteoduüen, dat et üohn teo viél Moihe woier, sick därümme teo sträien. <<

De Äogen van Jens, dän äolen Quasselkopp, keiken ´n Äogenblick lang näah Marie üohrn interessierten Gesichtsiutdruck. Säin Mund vertelle wäiter.

>> „Verbannung un ein Liében vull met Elend", sia hei. „Un dat well ek met Arpad deilen", sia Barta achterhiar. In de Stille, de niu folge, konn man dat bedroibete Näahdenken van dän Herrn van Kleve hoiern. Dänn sia hei: „Gong met üohn met, wie et däin Hartte well. Oaber verlott däinen gräisen Var nich." Dänn namm hei säine Dochter wäier in´e Arme. Väer Wiéken näah düsse Geschichte up Hoff Scholten-Linde wördden Arpad un de Enkelsúhn van dän Fräiherrn van Kleve dofft[3] un de kiarkliche Hochtäid häolen tüschen Arpad, dän Magyarenprinzen un Barta. De frisch befräieten jungen Luüe güngen met Fürst Balderik met un met üohne äok de Hunnen. Läterhen wordde Arpad duür dat, wat hei met Meod un Lebennigkeit teowiage broche, Herr van

[1] sü´je = sütt jäi: sollt (solltet) ihr
[2] met jübben Bleoe: mit eurem Blut(e) (alte Dativ-Form)
[3] dofft: getauft

Redichem, ´n berühmtet Geschlecht, dat jümmer neoh bekannt es duür de starken Näahkúmen, de där van afstammen. Else, dat Maged, starf kortte Täid näah düsse Begiébenheit up´n Huobe van Biuer Olbers, weil de Flamme van üohrn Hartte dumpet was duür de Hochtäid van Weender met ´ne schönen Biuerndochter. De wordde för üohn ´ne geoe Hiusfrübben.“ <<

Wäier gung de Hand van Jens an dat Glässken. Verdeint hadde hei dat! Van olle düt Vertellen kreig man ´ne droige Kiahlen, vör ollen, wenn man uober siébenßig was. „Schön häff Jens dat vertellt. Un met sücke schönen Woier! Dat hadde hei früher äok oll dään! Hei hädde Avkoade[1] odder Paschteoer wäärden mosst“, sia einer van de Gäste. Olle stimmen van ganzen Hartten teo. Wenn se dröffen, kaimen se neoh moal up´n Oamd vörbäi, ümme säine Geschichten anteolustern. Se hädden där viél van häolen. Un dat hei dat olle neoh seo genäo un akkeroat wusse! Biuer Olbers briuke där nicks anne verbiatern. De äole Knecht hadde et vertellt, os wenn hei där süms met bäie wiasen woier. Jens wenke olles, wat üohn teo Luobe säggt wordde, met eine Handbewiagung wegg. Vertellen, jäo dat dä hei niu moal gäärn, dat was seo säin Steckenpiard. Un met´n Schluck in´n Gliase was dat ´n angeniéhmen Täidverdräif. Ein Blick van einen van de jungen Kerls up de gräode äoldholländische Iuhr schrecke üohn up un hei roip: „Oll seo late! Et wärdd hoichste Täid sick up´n Patt[2] teo maken, Luüe!“ Där was niu plötzlich nicks os Untäom. Stoihle wördden näah achtern schuoben, Joppen un Mäntel antuogen, un de Müssens kreigen dän richtigen Kniff. Näah dat se dän Biuern un de Biuersche van Hartten Dank säggt hadden för dat Vergnoigen, dat se met Genuss hat hadden, verschwünnen de jungen Luüe met einen „schloap geod“ un „kúmt moal bäi us vörbäi“ in dän Oamd. De Mäand kamm güste achter de Feiler teo´n Vörschäin os ´ne natürliche Lüchten för de, de näah Hius güngen. Bäi de Infahrt näah Hoff Modenkotte scheien[3] de Noahbers un tügen in verschiedene Richtungen af, wecke olleine, wecke met´n Luüd.

Äok Jan van de Roatger un Dina van de Brünger hadden sick flott fiunen, os se biuden woiern. Os ein einziger Schatten, de Arme jeweils ümme de Taille leggt,

[1] Avkoade: Advokat, Rechtsanwalt
[2] up´n Patt maken: auf den Weg (Pfad) machen
[3] scheien: schieden

güngen se langsam dänne uober dän Patt, de näah Brüngers Biuernhoff toig. „Häss´er uober näahdacht, Dina?“, froche Jan. Oaber där kamm keine Antwärd. Schwoar hale se Oam[1] un gung an säiner Säite. „Häss´e dat vellichte neoh nich beschliuden konnt? Was et teo flott odder häss´e för mäi nich mähr seoviél uober os früher?“, sia Jan wäier. „Doch, ek magg däi neoh jümmer seo gäärn läien, Jan. Et häff mäi oaber doch uoberrascht. Där seobutz medde ferddig wäärden fell mäi schwoar. Ek wäär warm met dän Gedanken.“ „Noa dänn, Luüd, wenn olles bäi´n Äolen blieben es, kanns´e dänn nich teo ´n Beschluss kúmen? Käik mäi ens an.“ Se stönnen stille, Hand in Hand. De Mäand steig jümmer hoiger un schmuüster uober dat Paar där unnen up säine Friu Noahbersche[2], de Äärdn. Met einen Knippoigen keik hei kortt näah de beiden un wünsche geoen Meod. Jan boche Dinas Kopp vörsichtig heog. Se hoil üohre Äogen dalschlagen. Dänn froche hei sachte: „Dina, wuss diu Biuersche wäärden up´n Huobe van Roatgers? Wuss´e mäi fräien?“ Se schloig üohre Äogen up un keik üohn an. „Gäärn, Jan“, flüster se. Dänn fäond de Jugendleifte de Leifte för´t Liében met einen innigen Ümmebackveln[3]. Einen Äogenblick blieben üohre Arme neoh ümmeschlungen, dänn keiken se einanner deip in dän Speigel van üohre Siale. Där stroahle ´ne stille Froide in dän Glücke van jeden, dat se sick näah Jäahren fiunen hadden. Där was Frieden in üohrn Hartten. Met Schwäigen güngen se dänn näah´nanner wegg.

De Siale was teo vull van düssen Gefoihl, seo dat se dat nich einfach in Woier iutdrücken können. De Stille van de Landschopp, de uobertuogen was met dän Lechte van´n Mäand, de hoiger an´n Himmel kleiet[4] was, de sprack dat för de beiden iut. Met einer Sproake, de üohre Hartten neoh flotter un duller puckern loit, weil se üohre Jugendleifte leste[5] fiunen hadden. Bäi de Infahrt van Brüngers Biuernhoff sprang de Ruüe met freohen Bliéken an üohn heog, os wenn dat kleoke Dier wusse, dat säine junge Herrin üohr Liébensglücke fiunen hadde. „Säi stille, Hector“, sia Dina un stuüer dän Ruüen näah de Ruüenhütten. Dänn sia Jan: „Wäi hät us niu glücklich fiunen un us iuse Wärd giében. Die

---

[1] Oam: Atem

[2] Friu Noahbersche: Frau Nachbarin

[3] Ümmebackveln: Umarmung, das in-den-Arm-nehmen

[4] kleiet: geklettert

[5] leste: zuletzt, schließlich

moss niu däine Öllern vörbereiden, dänn kúme ek gläiks Sunndagg ganz offiziell, dat ek ümme däine Hand anhäole. Ek well ´er ´n biéden Druck achter maken. Je eher dat ek froage, je eher ben ek ´er van abe[1]. Dänn hä´k dat achter mäi. Däine Öllern sütt ´er woll nich ganz giégen säin, denks´e nich äok Luüd ?"
„Ek wäär dat däan, seo os diu dat wuss, un se muorn Bescheid säggen. Dat kümmp up´e Räihge", sia Dina. Dänn keiken se sick neoh ens in üohre verleiften Äogen un gaiben sick ´n Geoe-Nacht-Soiden. Ein flottet Kliatern van Holschen, dat Uobengäahn un Teoschläan van de Näienduür, un de frisch backte Verluobte stond olleine un keik näah de Duür, woa säin leibet Luüd duür verschwunnen was. Dänn gung äok hei näah Hius, met ´ne greoden Leifte un Wiarmte in säinen Hartten, dat seo untoimig kloppe unner säine breiten Biuernborsst. De Woier van einen lüttken Gedichte, dat hei vör kortten liasen hadde, schüoden in säinen Kopp. (De Inhalt van dän Gedichte was ungefähr seo:)

„Säi kamm üohn ens in´e Moite, de Fee iut säine Jugend un van säine Droime. Se wordde för üohn dat Hoichste un hei woll teo üohr kúmen. Säi kamm üohn in´e Moite, de Drang van olles, wat in säinen Innersten was. Bäole was där dat soide Verleiftsäin un de Weihdage[2] van dän greoden Verlangen. Doch hei kamm jümmer naihger an düsse Bleome un säin Hartte was Fuüer un Flamme. Ob hei se woll jemoals kräigen konn? Oaber där was de Leifte, de lestens wunnen hadde. Dat Liében kreig ´ne Liébenssunnen duür Venus üohr Harttensband."

De Schräiber hadde dat lüttke Gedicht „In´e Moite kúmen" nömmt. Et schein üohn, os wenn de Kerl **säin** Liében vör Äogen hat hadde un düsse Gefoihle bleoß för üohn schriében hadde. Güste os in dän Gedichte was et met üohn gäahn. In säine Jugend was hei met Dina oll teohäope wiasen un niu hadde hei se os säine Briud kriegen. Hei hadde met greoden Verlangen näah dän Äogenblick kiéken, dat dat passier, met bangen Toiben, un hei keik Dina äok os säine „Liébenssunnen" an. Met üohr un duür säi woll hei dän Liében de Tiahne wäisen un teohäope met Dina glücklich wäärden, seowäit ´n Minsche häier up Äärdn Glücke kräigen kann. Met geoen Meod stappke hei uober de Dial un begaff sick näah säine Beddstäie. Olles was oll in deiper Riuhe. De

[1] abe: ab, statische Dativ-Form von af=ab. där van abe säin: davon ab sein, es los sein
[2] Weihdage: Schmerzen („Weh-Tage")

ganze Familie schloip oll eine Stunne lang dän Schloap van de Gerechten, ümme näie Kraft teo halen för dän naichsten Arbeidsdagg. Jan schoif de Gardäinen an´e Säite un gleit[1] unner dat dicke Fiardnbedde. „Dat Liében kreig ´ne Liébenssunnen duür Venus üohr Harttensband“, dache hei neoh. „Dina…“, dänn schloip hei teofräie[2] in.

„Wat ´n Hassebassen[3], wat ´n Hassebassen dat wärdd. Naichsten Sommer twei Hochtäien. Seo eine Begiébenheit. Seo ein Fest !“, sia Roatgers Moimen dän naichsten Muorn, wie se olle an´n Dische saiden. Se was ganz in üohrn Element. Düsse Jungens ! Wä hädde dat dacht, dat sick beide an einen Oamd verluoben däen ?! Jan met Dina van de Brünger, ´n hübschet Luüd, woa se sick geod medde verstäahn konn. Un dänn de stille Hendrik met Marie, met Marie van ten Modenkotte. Seo ein Läisepatt[4] “, sia se met ´n Lachen. „Seo faken biss´e doch woll nich met düssen schmucken Luüd in´n Mäandschäin rümme schluüert, odder? Un dänn wärdd einfach tüschen twei Happen säggt: „Ek fräie Marie van ten Modenkotte“, os wenn dat dat gewüohnlichste van´e Welt woier un ohne dat Gesichte teo vertähn. Moss´e ens sähn, wie de där sitt, de Brüobm[5]! Häss´e vellichte Tiahnekellen[6]? Un de well fräien! Käik doch moal fröhlicher, Kerl.“ Seo schniater se wäiter, os wenn se van ´n Enne maken nicks wiéden woll. Et was joa äok kein Klacks. Twei Hochtäien in´n Sommer. De Biuer satt där sinnig un att säin Breod. Et hadde üohn äok uoberrascht, wie hei dat teo hoiern kreig. „Seo, de Plan was glücket. De Verschwörung hadde wat teogange brocht. Et was ganz fameos, seo os dat läopen was. Hei hadde et kium huopen konnt. Dieks soll sick woll unwäis froien. Oaber twei Hochtäien? Met einer hadde hei met geoen Gewiéden riakent. Oaber tweie? Hei keik näah Hendrik. Was dat niu ´n Beniéhmen van einen, de in dän Hafen van´e Ehe stuüern woll? Et schein woll bäole, os wenn hei gistern Oamd oll butz Krach met säine Briud hat hädde! Seo ein langet Gesichte! Wenn säin Súhn oll up düsse Ärt anfeng, dänn konn man där neoh wat kúmen sähn. Aftoiben, ruhig

[1] gleit: glitt, rutschte
[2] teofräie: zufrieden
[3] Hassebassen: Hetze, Zeitknappheit, Eile
[4] Läisepatt: Leisetreter, stiller Mensch
[5] Brüobm: Bräutigam
[6] Tiahnekellen: Zahnschmerzen

käiken, wat där woll neoh passiert“, dache hei. „Twei Hochtäien? Et schinnt mäi, da´we us met einer woll teofräie gieben mütt“, dache hei wäiter un keik neohmoal näah Hendrik. „Oaber man kann´t nich wieden. Et könne biater glücken os dacht odder äok garnich glücken.“ Dänn sia de äole Roatger: „Wäi wütt dän Sommer man einfach kúmen loaden un där ´n paar fröhliche Dage van maken. Twei Döchter därbäi ! Ganz wisse keine Kleinigkeit. Oaber där sütt iuse Jungens woll för suorgen ! Us wärdd nicks feihlen för düsse Festdage. Wat menns´e Moimen?“ Düsse was oll teogange, de ganzen Luüe van´e Familie un de Noahbers teo bedenken, de inlad´t wäärden mössen. Se dache där oll uober naäh, sick hännig ´ne näie Müssen maken teo loaden. Jäo, un düt mosse neoh ferddig maket wäärden un dat mosse näahkiéken wäärden. „Wat´n Hassebassen! Wat´n Hassebassen“, süchte se un kuüer in einewegg uober dat wat kúmen soll, seolange man neoh an´n Dische satt.

Jan make säine Arbeid met greoder Froide un was teofräie, mähr os hei jemoals wiasen was. Sch´muorns stond hei met Dina in säine Gedanken up un sch´noamds stond hei an säine Schloapstäie, ümme üohr in Gedanken ´n Geoe-Nacht-Soiden teo gieben, seo os Moimen früher, os hei güste dat Lecht van´e Welt ankiéken hadde. „Dat Lieben was doch gar nich seo leige un wäärt, dat man et liebe“, dache hei. Un Hendrik? Hei wusse süms nich, wat met üohn leos was. Teofräie, jäo teofräie foihle hei sick woll. Marie hadde üohn, anners os wat hei dacht hadde, üohr Ja-Wärd gieben. Mettertäid[1] wördde hei ollseo Biuer wäärden van ten Modenkotte un ein Kerl met Ansähn. Hei moche Marie gäärdn un wusse äok teo schätzen, dat se ´ne fläidige Biuersfrübben was. Doch hei hadde sick dat met dän verluobt säin anners vörstellt. Nich bleoß up ´n Gefoihl van teofräie säin hadde hei tofft, sonnern äok ´n Gefoihl van stürmische Froide in sick. Seo wat, wie hei dat früher kinnt hadde, wie hei säine fäierliche Heilige Kommunion hat hadde. Un dat feihle. Deswiagen foihle hei sick eigentlich mähr bedroibet os freoh. Et was üohn teomeode, os wenn hei, anstäie dat hei ´n Luüd odder ´ne Frübben afkriegen hadde, güste ´n Verlust beliében mosse un dat verluorn hadde, wat hei socht hadde. Sicher, Marie was ´n feinet Luüd un ´ne geoe Frübben in´n Hiuse. Biuer up´n Huobe van üohrn Var teo wäärden was äok nich teo verachten. Oaber nei, un trotz olledem: hei

[1] mettertäid: mit der Zeit

stelle sick süms met Twäibel de Froage, ob met düssen Luüd un up düssen Huobe säin Liébensglücke teo fäinen was. Wenn hei bäi Marie was, make hei sick jümmer de gröttste Moihe, üohr teo gefallen un sick van säine besten Säite teo wäisen, oaber seo ganz kommeode foihle hei sick bäi üohr nich. Vör ollen wenn hei olleine met üohr was feihlen üohn faken up de Lippen de Woier, de hei teo üohr kuüern woll. „Där gewüohnt man sick anne", troiste hei sick dänn. „Mettertäid wärdd düt äok Gewúhnheit un Marie doit äok üohr Bestet för mäi. Et es un bliff doch jümmer neoh ´ne Kunst met ´n Luüd teo gäahn", simmelier hei manchmoal, wenn hei oamds bäi säine Briud up Besoik wiasen was. Dänn was hei afgünstig[1] up säinen Breoer, de sick met sücke Dinge uoberhäopt keinen Kopp make un därvan kuüer un däruober lache, os wenn dat de gewüohnlichste Sake van´e Welt was. För Jan was et dat äok. De kamm jümmer met´n fröhlichen Flöttken[2] trügge van Brüngers. Up so´n Oamd was´t biater, leiber nich in säine Naichde teo kúmen. Dänn tiarge hei seogar säinen Var un säine Moimen met de ganzen Luüdensgeschichten iut säiner Jugend, woavan hei jemoals wat hoiert hadde. Up so´n Oamd kuüer hei van „Päil un Buogen" un uober „Venus üohr Harttensband". Nei, dat was ´ne Sproake, de hei nich verstond, un dat säinen Breoer, de gäärn lass un in olle äolen Boiker rümme nüsche[3], uoberloaden woll. Hadde hei wäier wat entdeckt, dänn kreig man dat woll teo hoiern, wenn hei bäi Dina wiasen was. De twei verstönnen sick unwäis geod. De äole Brünger hadde Jan teo de Täid dänn äok van Hartten säinen Siagen giében un de beiden Glücke un Erfolg wünschet. Dat hadde man üohn met´n Hännedruck un ´n Wärd van Hartten äok giében, os hei Marie fiunen un kriegen hadde. Doch hei hädde sick woll ´ne ganz verkäährte Vörstellung van Glücke vör de Äogen moalt, wenn man´t recht bekeik.

„Olles kümmp trechte", kloppe de äole Roatger säinen Jungen up´e Schullern, os hei miarke, dat hei wäier an´n Simmeliern was. „Toif man ers ens sinnig af, bit dat näie Liébensgefoihl, dat däi uobern Wegg läopen es, teo Riuhe kúmen es. Mak däi keine Suorgen vör düsse Täid !" Äok vandage was Hendrik ´n biéden bedroibet un säin Var hadde üohn in´n Vörbäigäahn geoen Meod

[1] afgünstig: neidisch
[2] flöttken: flöten, pfeiffen
[3] rümme nüsche: herum schnüffelte, herum suchte

teonicket. „Nich simmeliern un däi dän Kopp kaputt briaken uober Dinge, de üohrn Läop niéhmt. Olles kümmp trechte!“ Hendrik was därmedde teogange, de Piar teo börssen un ´ne Keoh ´n schöneret Iutsähn teo giében. Muorn wördde de Kirmesmarkt van düssen Jäahre in´e Stadt häolen. „Dänn man wäiter. De Suorgen an´e Säite un wäi niéhmt neoh eine ran“, brumme hei vör sick hen. Muorn freoh näah ´n Markte un Sunndaggoamd näah de „Käole Kirmes“[1] kümmp man wäier up annere Gedanken. Hei versoche seogar, bäi de Arbeid ´n bekanntet Kirmeslied teo summen. Niu Corrie neoh ´n paar Schleifen in´e Mähne un dänn was olles trechte. Met´n Klaps up´n Rüggen dreif hei de Diere wäier in´n Stall. Se schmeiden üohr Achterdeil heog in´e Luft iut liuter Liébensfroide. „Et es bäole seo, os wenn se wüssen, dat´er Kirmes es“, dache Hendrik. „Diere send doch faken neoh kloiker os Minschen.“ Met´n Knall schloig hei de Stallduür teo un soche sick anner Wiark.

Annern Muorn stönnen in lange Räihgen Koihe un Piar, an´n Bölken un Wiehern langs de Tuüne un Boime up einen Platze van de lüttken Stadt, de „Holbleke“ nömmt wordde. Manchmoal loiden se wat achter sick fallen, woa man leiber ´n Buogen ümme make. Läise kamm de Mussik van dän Karussel ruober in dat Dräiben up´n Markte. Van wäit hiar un donne bäi[2] kaimen de Luüe näah einen van de twei greoden Märkte, de in de Stadt afhäolen wördden. In´n Froihjäahr de Froihjäahrsmarkt un niu in´n November de Markt up de „Käole Kirmes“. De Marktluüe stönnen in üohre Buden odder tüschen Kissens un Kuffers un büon[3] met Bölken üohre Waren an. Düsse hadden se olle duür´nanner up´n Boden iutspräet[4]. De Joppen iuttuogen, met upkrempelte Möbben un üohrn Petten näah achtern up´n Kopp schuoben, seo gaiben se Geschichten teo´n Besten, de se an Stäien upgoabelt hadden, woavan man dän Namen neoh nie hoiert hadde. Metunner fengen se an ´n Sprüoksel teo vertellen in dän einen odder annern sümsmakten Kauderwelsch. Wecke sian, dat woier woll Chinesisch odder Arabisch. Därmedde sapen se dänn wäiter. „Je mähr Krach, ümme seo mähr näischierige Luüe“, was üohre Parole. Wenn

[1] „Käole Kirmes“ (in Twenter Mundart: Kôlde Karmse): Kirmes zu später (kalter) Herbstzeit
[2] van wäit hiar un donne bäi: von fern und nah
[3] büon: boten
[4] iutspräet: ausgebreitet

dänn geneog Publikum rundümmeteo[1] stond, fengen se an met´n greoden Ümmewegg ümme de halben Welt üohre Saken anteopräisen. Niu was üohre Parole: „Es´n schlechten Käopmann, de säine Waren nich anpräist." Met üohre flotten Tungen wüssen se in einer Tour häier ´n Wärd van teo säggen, met olle Körperdeile, de därför deinlich woiern, an´n rümmehampeln. Met Achtung sühgen de Luüe van´n platten Lanne teo sücken gewaltigen Wäiseprättker[2] up. Oaber an üohrn Geldbuül güngen se woll doch nich seo lichte. Se köffen sick nich de Katten in´n Sacke! Tüschen Koihe un Piar un de Räihge van Lakenwiagens met quiekende Fiarkens[3] gung de Marktkommissjeon där duür. Met greoden Prunk droigen se ´n farbiget Band an üohrn Mantel un güngen würdevull os Stadtväter duür dat Gewoihl. Dän einen odder annern bekannten Minschen nicken se teo. Häier un där blieben se stäahn, ümme ´ne Keoh odder junget Rind, ´n Piard odder Feohlen teo mustern. N´Piard wordde met kunnigen Blicke in´t Miul kiéken odder man loit et vördraben. De Schwiaben[4], de äok so´n Bändken hadde, knalle un siuse, un seo loip einer van de Kommissjeonsluüe achter dän Dier, dat man mustern woll, hiar. Dänn stönnen se met wäise Gesichter un viéle Rimpels up´e Stirn teohäope un tügen schwoar an üohre langen Päipens, ümme dän Präis un de Qualität van de Diere teo bekuüern. In einen Gasthiuse, an de Holbleke geliagen, uoberräike de Vörsitter giégen Middagg de Präise, de gröttstendeils in ´ne „natte Runne" ümmesedd´t wördden.

De Hiarfstmarkt was för de Luüe in düsse Giégend ´ne wichtige Begiébenheit. De normale Marktdagg, de süss olle väerteihn Dage afhäolen wordde, broche bäole keine Afwesslung. Där stönnen hoichstens väer odder fäif Koihe un ein Wagen met Fiarkens niében einen Deokverkoiper un ´ne Schlickerbude[5]. Näah´n Hiarfstmarkt kaimen se van ollewiagen dänne. Iut Posselhoek[6], iut de Grafschopp Bentheim un van olle ümmeliggenden lüttken Düorper un

---

[1] rundümmeteo: rundherum, drumherum

[2] Wäiseprättker: schlauer Redner, jemand der übertrieben „weise" oder besserwisserisch redet

[3] Fiarkens: Ferkel

[4] Schwiaben: Peitsche

[5] Schlickerbude: Verkaufsbude für Süßigkeiten

[6] Posselhoek:Bauerschaft bei Ootmarsum (heute: Postelhoekweg)

Biuerschoppen. Dänn was et ein Hanneln un Anbäen van de, de kaimen un de, de güngen. Biuern in üohrn bläoen Marktkiédel loipen hen un hiar. De Frümsluüe kaimen, wie de Markt seo richtig teogange was, un fröchen üohre Kerls ens, ob se oll wat kofft odder verkofft hädden un dänn däen se inkäopen bäi de Deokverkoipers un fleigenden Händlers. Kinner stönnen met beide Hänne faste bäi üohre Moimens an´n Schlappe[1] un bekeiken sick äok düt wialige Dräiben, de Äogen wäit upspäärt, odder se dröffen sick an´e Schlickerbude för´n paar Penge wat Soides halen. Jede Familie was ornnick teogange, wenn düsse Marktdagg anfangen was. Giégen Middagg woiern, güste seo flott wie olles kúmen was, Minschen, Veih un Buden äok wäier butz verschwunnen. De Biuern güngen wäier näah üohrn Hoff trügge, met ´n Lakenwagen odder teo Feode, ´ne Keoh an´n Stricke un met Vörfroide up dän naichsten Froihjäahrsmarkt. Man vertelle sick neoh viél achterhiar van düsse Begiébenheit. De eine hadde säine Keoh verkofft, de annere hadde sick ´n Kiusentahn[2] tähn loaden, van Jaap Hollander, dän fleigenden Quacksalber, de för olle Qualen Roat wusse. Hadde man teoviél Keoken giéden bäi „Keoken-Jan“ un quiale ein Tahn dän kranken Minschen, dänn loip man näah üohn hen. „Wat ´n Würmken, wat´n Würmken“, sia Jaap Hollander dänn un wäise dän verdutzten Patienten dat lüttke, witte Stücke Watte, dat hei up dän leigen Kiusen häolen hadde. Pötte un Pannen hadde man wäier repariern loaden van de ungarischen Kiadelflickers, de sick därmedde geod iutkinnen. De Hiarfstmarkt was olseo för olle ´ne wäahre Froide un ollerhand Saken wördden ferddig brocht.

Oaber de eigentliche „Käole Kirmes Dagg“, odder biater säggt, Oamd, mosse neoh kúmen. Sunndagg, dänn ers make man sick ´n bunten Oamd un hadde ers dän rechten Genuss van ollen Plesier, dat düt Fest met sick broche. Muorns näah de Kiarken froche man Frünne un Bekannte oll, ob man an düssen Oamd met üohne riaken könne. Wä ´n Luüd hadde, hadde oll lange vörhiar ´ne Afsproake maket. Oll Wiéken vörhiar hadden se teohäope olle Vergnoigungen in Gedanken beliébet, de se niu schmicken können. Ganze Tröppe van jungen Luüen tügen up dän eigentlichen Kirmesoamd näah de Stadt, oll an´n Käbbeln

[1] an´n Schlappe: am Rockzipfel, am Saum der Kleidung
[2] Kiusentahn: Backenzahn

uober Angeliagenheiten van düt un dat, besonners oaber uober dat Rümmepussiern. Up´n Marktplatze, de Holbleke, woa de Häoptstroaden hen gung, konn man kein Bein an´e Äärdn kreigen wiagen de Masse Minschen, de hen un hiar loip. De engen Stroaden woiern vull met Kirmesklänge. Dat eintönige Klingen van de Draihorgel an´n Karussell, dat Reopen van de Kirmesgäste un de fröhliche un helle Gesang van de Besoikers – dat broche de Luft teo´n bieben. „Einmoal in´n Jäahr es bleoß Kirmes. Wä dänn kein Vergnoigen häff es´n Döskopp", dächen de jungen Luüe. Näah de Arn in Sommer un Hiarfst hadden se et woll verdeint, sick teo verhalen. Därümme gaff man sick äok unwäis Moihe. De Grafschopper güngen met üohrn „Wicht"[1] an´n Finger, de iut de annern Noahbergiégend güngen met üohre Leibeste Arm in Arm. De ersten hoilen ´ne „Knipkesmüssen" niu för unnüdden Kroam un hinnerlich, de lesten keiken met Lachen unner üohrn Koppschmuck up näah üohre Jungens.

„Leos, niu gäah´we in´t Karrussel." Et was Jan van de Roatger, de düt iutroip. Hei met säinen Breoer un üohre beiden Luüdens woiern äok näah de Kirmes tuogen. Olle teohäope güngen se in eine Gondel. Dat Piard sedde dat Karussel in Gang. De Orgel spiéle dat Stücke „Konstantinopel". De Gondel gung up und al. „Där sidde´we niu olle teohäope wie in einen Hochtäidsboot", sia Jan un keik näah Dina un tiarge se därmedde. Olle süngen fröhlich dat Lied van´e Orgel met. Oaber Hendrik satt met´n geodmoidigen Gesichtsiutdruck un schüddel säine Arme un Beine, seo wie üohr „Hochtäidsboot" up und al gung un keik langwäilig iut´e Wäsche. Hei foihle sick an´e falschen Stäie. Näah einigen Runnen kleien se wäier „an´t Oiber", wie Dina dat iut Spoaß sia. `N Äogenblick läter stönnen de beiden Luüdens där un bekeiken sick, wat de barbarsche Muck[2] van üohre Fräiers teowiage broche bäi Hau-den-Lukas". Näah so´n barbarschen Schwung siuse de schwoare Hamer up dän hartten Kopp un de beiden Sportsluüe loipen ´n biéden läter met Proahlen un ´ne unwäis greode Reosen up üohre Borsst näah´n Telt van „Schießbuden-Jan" un van där näah „Keoken-Jaap". Där spendiern de Jungens ´n Keoken. „Häier,

---

[1] Wicht: Mädchen (im Münsterländer und Grafschafter Platt)
[2] barbarsche Muck: gewaltige („barbarische") Muskelkraft

Biuer, frett up“, boit Jaap met Gneisen[1] dat an, wat se häbben wollen, os hei met so´ne lüttken Bärdn einige Stücke afhackt hadde. Man wordde jümmer kulant bedeint bäi üohn. Nich ümmesüss schmolten de greoden Häopens van Keoken os Schnei in´e Sunnen, ümme in viéle Miagens teo verschwinnen. Miarkwürdige Woier sia Jaap af un an un hei hacke säinen Keoken, anstäie ´n Messt teo briuken. Oaber geoe Qualität, un wat för´n Stücke kreig man! „Häier es Jaap met dän Keoken! `n halben Groschen“, seo stond hei där un präise säinen echten Holländischen Keoken an, extra backet för de leigen Biuernkerls. An Kundschopp feihle et üohn niemoals.

Van Jaap iut begaiben sick iuse väer näah einen Gasthius hen. Uoberoll wordde danzt. De Tuokebuül odder de Draihorgelmussik klüng dän Besoikers entgiégen, wie se rinkaimen, un was heller os dat Duürnanner van Stimmen, van Lachen un Singen. De Kroiger[2] loip hen un hiar un säine Frübben stond achter de Theke. Se sedden sick in eine Ecke bäi ´n paar bekannte Luüe, de se liuthals där henreopen hadden. „He, kúmt man hiar. Häier es´t geod.“ Os se neoh nich moal Täid hat hadden, neoh ´n Steohl teo halen, wördden se oll van drei, väer Säiten met Froagen teoschüdd´t. „Wat soll´t säin? Brannewäin met Zucker odder ´n Machollernschluck ?“ Seobutz achterhiar bestelle man ohne Oam teo halen: „Twei Machollern un so´n lüttken Brannewäin met Zucker.“ „Niu vertellt ens, Luüe. Hä´je oll ´ne Runne in´n Karussell draihet? Sen´je oll bäi Hau-den-Lukas wiasen?“ Seo feng man ´ne lebennige Kuüeräie an. Jan wusse ´n Wärd met teo kuüern. Häier foihle hei sick teo Hius. „Junget Volk söch junget Volk“, dache hei. Ein Witz näah´n annern kamm van säine Lippen. In de Kunst van Spoaß maken un Witze vertellen was hei greot. An üohrn Dische was ´ne geoe Stimmung. Dat Lachen namm kein Enne. De Draihorgel, de so´n biéden hoiger in´e Ecke stond, feng met´n näien Walzer an. „Sü´we äok moal ´n Runne maken?“, batt Jan Dina teo´n Danz. „Wäi makt olle met“, roipen se. De ganze Gesellschopp draihe ´n biéden läter jümmer wäier üohre Runnen uober dän glatten Danzboden. De Luüdens wördden bäole duür de starken Arme van de Dänzers van´n Boden heog buüert, weil se in´e Runne

[1] gneisen: Grinsen
[2] Kroiger: Gastwirt

triéseln[1], os wenn et de leste Danz in´n Liében woier. Marie kamm jedesmoal giégen de Foite van Hendrik, de met´n schwoarn Gefoihl in säinen Koppe säin Bestet dä, ümme güste seo geod os et in de Danzkunst teo säin. Met ´n Sücht un ´n biéden lichter ümmet Hartte broche hei se näah ´n paar Dänze trügge up üohrn Platz. „Was dat ´n Arbeid! Man kann woll biater up´n Feile stäahn un Roggen maihen. Bäh, wat ben´k dusselig!“ Flott drank hei wat, ümme säin Hartte teo stärken un bestelle ´ne näie Runne för olle an´n Dische. Se blieben sidden. Näah Brannewäin kamm Bier, un näah Bier kamm Schluck. Se wördden jümmer fröhlicher. Jan feng met säinen berühmten Vertellsel an: „De Reise näah Amsterdam“. Man lache iut vullen Halse, packe sick an´e Arme, schunkel hen un hiar un sang: „Scheppe foihert up de See“. Et wordde jümmer läter. Doch wollen se ers neoh ´n anneret Danzlokal besoiken, ümme där neoh einige leste Dänze teo maken. Met Danzen un Springen güngen se näah biuden un met Danzen un Springen kaimen se in dän annern Danzsaal rin. Up Hendriks Bidde hen soihg Marie leiber van ´n Danz af. Se drünken iut einen Gliase[2], un keiken teo, wie de annern sick amüsiern. Näah eine lesten Runne van Jan teo´n Afschluss van´e „Käole Kirmes“ süngen se neoh einmoal uober dat ganze Kirmesgelänne. Dänn scheien se van´nanner un jeder gung säinen Patt. „Diu suühs mäi gläiks woll wäier teo Hius un süss muorn freoh“, sia Jan teo säinen Breoer. „Ek bringe Dina ers näah Hius. Jäi sütt dän Wegg woll äok olleine fäinen. Viél Spoaß!“, un wiage was hei, säinen Arm ümme Dina schlungen. Säin Breoer un Marie blieben trügge.

Där stönnen se niu teo tweien. Hendrik hadde doch seo huopet, dat se teohäope wäier näah Hius hen güngen, seo os se äok teohäope kúmen woiern. Wat soll hei niu dän ganzen langen Wegg met Marie kuüern? Marie toig an säinen Arm. Willig os so´n Hampelmann folge hei achter üohr un reike üohr säinen Arm. Dat einzige, wat hei se froagen konn, was: „Häss´e Spoaß hat vanoamd, Marie?“ „Ek fäond dat ganz gesellig“, gaff se teo Antwärd. Wat se nich sia, was, dat hei woll ´n biéden fröhlicher hädde säin konnt, un hei teosähn mösse, dat hei de Danzkunst ´n biéden biater teowiage bröche. Et was kein Vergnoigen, wenn man van üohn seo näah´n Danzboden tuogen wordde.

---

[1] triéseln: kreisen, kreiseln, herumeiern
[2] iut einen Gliase: aus einem Glas(e) – alte Dativ-Form

Niu was´e äok neoh seo stille. Hadde hei üohr denn nicks, uoberhäopt nicks teo säggen? Wenn man met´nanner gung un äok fräien woll, droffe man doch teominstens up ´n Harttenswärd toiben, wenn man moal teohäope was. Se hadden doch oll wiékenlang nich olleine met´nanner kuüert! Se was doch nich iut Stein! Un dänn was et ja äok neoh Kirmesoamd! Seo gnüoter[1] se inwennig uober dat Schwäigen van Hendrik. Hadde hei denn gar keine Wünsche? Hei was doch äok ´n jungen Kerl un was doch nich ohne Gefoihle! Dän ganzen Wegg oaber, bit an dat Hecke van Hoff Modenkotte, bleif Hendrik stur in säinen Schwäigen. Hei make säinen Mund nich up. Niu, bäi dat Hecke, keik hei Marie hülpeleos an, wünsche üohr geoe Nacht näah so´n anstrengenden Oamd un gaff üohr, weil Marie üohre Lippen anboit, güste seo hülpeleos un hölten os ´n lüttket Käind, ´n Soiden. „Seo moss´e dat däan", sia Marie un gaff üohn ´n fuürigen Soiden. Dänn loip se untoimig dänne un loit üohn trügge. Hei was unwäis baff. De Näienduür schloig derbe teo. „Ek verstäah dat olles nich! Et es ´n Kunst un ek läär dat niemoals!", seo brumme hei un schull sick süms iut. Dänn, de Schullern heog tuogen, gung hei os so´n kaputten Minschen up´n Patt näah Hius hen. `Ne Stunne läter wordde hei wach, weil de Ruüe blieke. Jan kamm näah Hius.

[1] gnüoter: nörgelte, maulte

Kapitel 3 - Winter

De äiligen Dage van´n Hiarfst woiern vörbäi. De kiarklichen un weltlichen Fäierdage seo os Ollerhilgen, Ollersialen, de „Käole Kirmes“ un de Markt teo Sunne Martten[1] hadden se achter sick. De gewüohnlichen Dinge van´n Olldagg naihmen wäier üohrn normalen Läop. De lesten Dage in´n Hiarfst woiern neoh schön wiasen. Et hadde dän Minschen seo schiénen, dat där van Kuühle un Frost nicks teo Sproake kaime düt Jäahr. Doch up einen Muorn, os man sick säine moien[2] Äogen breif[3], soihg man, dat Küoning Winter, anners os de Wiarpropheten dat vöriutsäggt hadden, säin Regiment antratt. De Feiler laigen där met ´ne Loage van hellen, witten Schnei uobertuogen. De Diaker van´e Biuernhüobe, de Büsche un Boime woiern dünn bedeckt met Riufrost. Äistappen hüngen an´e Dackrennen. `Ne Dompwolken kamm iut´n Luftschacht van´n Stalle näah biuden und dreif dänne duür dän Zugg van dän bitterkäolen Eostwäind. Et was Winter worden un dat ornnik. Nich lange, dänn kaimen Äis un Wintervergnoigen. Dat Daschen van de Garben loit man düssen Muorn bäole up olle Hüobe säin. Süss hoier man van wäiten uober de Feiler jümmer dän Klang van de Fliagen[4], oaber dütmoal nich.

Seobutz näah´n Melken tügen de Biuernkerls up´t Feild, ´ne Messfuorken unnern Arm. „Kanäinkens soiken“ was üohne leiber os daschen. De neoh ganz frische Schnei gniuster[5] unner üohre Holschen. Dän Kragen van üohre dicken Wulljoppen heogschlagen, giégen dän dullen Wäind, de uober de Feiler weihe, dän Petten deip uober de Äogen tuogen, söchen se met scharpen Blicke up de büobersten Loage van´n Schnei näah de Spurn van wäile Kanäinkens. Hadden se so´ne Spur sähn, dänn feng ´ne wäahre Dräifjagd an, ümme dat Versteck van dän Dier teo fäinen, met Hülpe van düsse Spur. In jeden Busch, woa de Spur inne verschwäond, stack man met de Fuorken rin. Wenn et seo iutsoihg, dat dat Dier oaber säinen Wegg duür de Hüchte[6] wäiter nuomen hadde, gung man

[1] Sunne Martten: Sankt Martin, Martinitag (11.Nov.)
[2] moien: müden
[3] breif: rieb
[4] Fliagen: Flegel, Dreschflegel
[5] gniuster: knirschte
[6] Hüchte: Sträucher, kleine Büsche

achter de Spur hiar. Teoleste, wenn man achter de Spurn rümme tabert[1] hadde, entdecke man de Hucht, woa dat Kanäinken sick in´e Kiuhlen unner´n Schnei inbuddelt hadde. Vörsichtig kamm man naihger an dat Versteck, de Fuorken ferddig teo´n Stiaken. `N Äogenblick läter ´n hellet Quieken, ´n Schlagg achter de Ährn, un dän Kanäinken säin Liébenslecht was iude. Viéle van düsse quicklebennigen lüttken Diere wördden up sücke Jagd uoberlistet. Vör ollen Dingen an´n ersten Muorn, wenn de Schnei neoh frisch was. Et naihmen jümmer ´ne Masse Luüe deil an düssen Kanäinken-Upspürn. Dat Jiagersbleod, dat in de Oadern van´e Biuern floit, konn dänn stillt väärden . De Jungens van de Eschker, Mannus van Holtweik, Gerrit Jan Smithus, Bartus Westenoge, Jan un Hendrik van de Roatger, Hindrink Getkotte, - olle woiern där hentuogen. Kamm man sick in´e Moite, dänn froche man: „Hä´je oll eint, odder häff´t neoh nich glücket?“ Dänn bleif man teohäope stäahn, ümme dän Fang anteopacken un teo befoihlen. „Wat´n lichten! Dänn mü´je düssen foihlen“, hoier man dänn säggen un ´n lüttket Dier wordde unner de Joppen dänne tuogen. Sch´noamds bäi´n Herdfuüer, näah sücken Dagg met Spürjagd, wördden Geschichten un Jiagerlatäin vertellt van früher. `N Jiager mosse äok moal dicke däan[2], dache man. Getruü näah düssen Motto wordde sapet un räiklich spunnen. Ein Vertellsel, dat jeder in de Giégend kinne, was dat van de Hasen, de Koarden spiélen. Düt was kein Jiagerlatäin, sonnern de vulle Wäahrheit, wat man van de viélen äolen Jagdgeschichten meistendeils nich säggen konn.

„Up einen Sunndaggmiddagg saiden in einen Gasthiuse ein Kerl un annere an´n Dische bäi´n Glass Bier“, seo feng meistens de an, de dat vertelle. „Einer därvan was de äole Scheur. Dat was´n Jiagersmann, de woll gäärn ´n Schluck moche un dänn Schlaggsäite kreig. De Duür van´n Gasthiuse gung up un Berend Assink, ´n Kerl, de där äok nich inspäie[3], kamm rin. „Niu gäah´k dänne. Wenn de Kleokschäiter där bäi kümmp, geiht´t verkäährt.“ „Och, bläif doch sidden“, sia Berend, „dänn wäär ek däi wat vertellen, wat mäi neoh nie passiert es.“ Scheur bleif sidden un Assink vertelle wäiter:

---

[1] rümme tabert: herumgeirrt, ziellos herum gelaufen

[2] dicke däan: aufschneiden, dick auftragen, übertreiben

[3] nich inspäie: nicht hinein spuckte (= der den Schnaps nicht verachtete)

„Vanmiddagg, et was mähr os Teofall, loip ek där dän Dusinkswegg langes un keik so´n biéden rümme. Güste bäi de Weide van Gaits Jan, keik ek uober einen Wall. Där soihg ek, schön up´e Achterbeine sidden, väer Hasen teohäope an´n Koarden spiélen. Twei äole un twei junge. De eine äole schmeit güste Piek Väer, wie einer van de jungen Hasen sia: „Käik Var, där kümmp äok ´n Jiager hiar. Mü´we nich wegg?“ De äole Hase keik uober säine Schullern hen näah dän Jiager, de oll ganz naihge was. Dänn sia hei, met säine Schullern heogtuogen: „Och, Jungens, wäi hät woll neoh Täid. Wäi küont einfach neoh ´ne Runne Koarden spiélen, et es man bleoß de äole Scheur.“ De ganze Gesellschopp lache sick kaputt uober düsse Geschichte, de ganz wisse ´ne Beleidigung was för dän äolen Scheur. Düsse was woahne, dat man met üohn Spoaß maket hadde. Hei sprang, ohne ´n Wärd teo säggen, up un stodde[1] dän Steohl achteriut. De Duür floig met´n Schlagg achter üohn in´t Schlott.“

Sücke un annere Vertellsels vertelle man an´n Herdfuüer. De langen Oamde eignen sick dänn äok besonners därför, düsse Geschichten upteodischen, in de mähr odder weiniger geheimnisvullen un märchenhaften Stimmung van de greode Biuernküoken. Lecht brenne där nich. Woaför äok? De Flammen van´n Herdfuüer, de heog upflackern, gaiben Lecht geneog! Spoikhaftige Schimmer danzen up de Kacheln an´e Muüern. De Wäind huüle duür de kahlen Boime un bölke in dän greoden Schottstein, woarunner an dän „Holboom“ [2] ´n greoden kuopern Waterkiédel höng. Met de Foite up dän warmen Boden, ´ne Päipen met geoen Tabak un´n Köppken Kaffe met Twäiback, woiern de Winteroamde seo leige äok nich. Duür sücke Oamde wordde dat Sprüoksel wäahr: Näah de Arbeid es´t geod Rässen. Doch nich bleoß uober Jagd un Wilderäie kuüer man an sücke Oamde. Et wordde äok kuüert van Äis, uober Wettsträid un Schlittscheoh-Läopen, uober Iutflüge näah dän Gasthius „De Konjer“ un uober dat eine odder annere Vertellsel, seo os dat van de „Witten Wäiber“.

---

[1] stodde: stieß, schubste

[2] „Holboom“ (Twenter Dialekt): hölzerner drehbarer Rundbalken, an dem Kesselhaken und Kessel hingen. In Westfalen auch als Wendebaum (Wenneboum, Wäinebäom etc.) bezeichnet.

Düt Jäahr gung et unwäis flott, dat dat Äis hoil[1]. Et hadde güste seo väer Nächte fruorn, os man oll näah de gladden Stäien gung, ümme teo probäärn, ob man dat Schlittscheoh-Läopen neoh nich verläärt hadde. Jäo, Küoning Winter regier met strenger Hand. De Frost kroip seogar in de Kartuffelbülte. Seobäole man et miarket hadde, bedecke man de met ´ne dicken Loage Sand. Man hadde oll einige Dage lang Spoaß up´n Äise hat. Dänn vertelle man up einen Soaterdaggmiddagg ollewiagen, dat dän annern Dagg Schlittscheoh-Wettläopen woier up „dat Brook". Man konn sick för düssen Wettsträit inschräiben bäi Gasthius Rolink.

Dän annern Sunndaggmiddagg können de Teokäikers sick därvan uobertuügen, dat man bäi´n Inschräiben nich trügge staähn woll. `Ne Masse Luüe, de metmaken wollen, stönnen teohäope bäi dän Telt up de wäiten Äisfläche. Man konn met düsse Geliagenheit up´n Äise bestens teofräie säin. Seo wäit dat Äoge räike soihg man vör sick de gladden Stäien up dän uoberschwemmten Lanne. Et was ´ne wunnerbare Geliagenheit, ´n richtiget Äisparadies un ein Lustgärdn. De lüttken Büsche un dat Schilf, de dat Land schmücken däen, gaiben dat rechte Iutsähn för düt Winterbild. Lange Schlidderbahnen tügen duür dat met Schnei bedeckte wäite Land. Unner de viélen Luüe, de sick för dän Wettsträit met Paarläopen uober eine lange Strecke anmeld´t hadden, woiern äok Hendrik van de Roatger un Marie van ten Modenkotte. Hendrik hadde se froaget, weil hei wusse, dat se dat seo unwäis gäärn dä, obscheon hei süms nich geod up´e Beine was, wenn´e up Schlittscheoh stond. Oaber wat was teo maken! Irgendwat mosse hei doch an üohr häbben. Ümme väer Iuhr kaimen Hendrik un Marie dänn äok an de Startlinie. De Fahne gung met´n Ruck dal un olle Schlittscheohloipers siusen leos. Seobutz woiern se iut de Äogen verschwunnen. „Links, rechts, Hoi, Streoh, links, rechts…" Äisspliaters floigen heog van dän Äisen unner de Scheoh. Marie loip vöriut, Hendrik achterhiar. Ers gung et neoh, oaber achter de naichsten Kurve kreigen se Giégenwäind. Met Moihe konn hei Schritt häolen met Marie vöriut. Se wördden langsamer. Wecke Pärken, de ers achtern woiern, siusen vörbäi. „Kumm teo! Flotter! Se halt us in", roip Marie uober üohre Schuller. Hendrik konn nich flotter. Hei was an säine Grenze kúmen. „Links, rechts, Hoi, Streoh, links rechts", roip

[1] hoil: hielt (d.h. dick genug war)

Marie wäier. Se toig wat se tähn konn, oaber et hulp nich. Bäi de tweiten Runne woiern se de lesten. Teo´n Schluss loipen se man bleoß met Moate[1] un ungefähr ´ne ganze Runne achterhiar in´t Ziel. „De lesten", verkünnige einer van de Veranstalters. Düt „de lesten" konn Marie nich verkniusen[2]. „Däine Schuld", rätze[3] se. „Flotter läopen! De lesten! De lesten, häss´e dat hoiert ? De lesten!"

„Nicks anne teo maken! Pech kann jeder häbben", hoier se ´ne Stimme säggen. Et was Frans van de Eschker, de dat sia. Hei stelle sick där met teo. „Oaber jäi hät neoh eine Chance. Dat es de Schlussrunne", sia hei, ümme se upteomuntern. Marie toig de Schullern heog un keik näah Hendrik, de där stond un triurig iut´e Wäsche keik. „De Schlussrunne, neoh seo eine Blamage", dache hei. Dänn keik hei näah Frans un et kamm ein Lüchten in säine Äogen. „Sägg ens, Frans, dois diu nich metmaken? Diu kanns doch geod Schlittscheoh läopen. Vör twei Jäahrn häss diu doch dän ersten Präis halt bäi dän Läop an´e Koppel", sia Hendrik teo üohn. Frans lache vör sick hen. „Och nei, woarümme soll ek dat? Mäine beste Täid es doch vörbäi, un met wän soll ek woll läopen?", sia hei dänn. Säine Äogen güngen van Marie näah Hendrik. Düsse kamm niu oaber iut sick heriut: „Man, Kerl, dat verläärs diu doch in twei Jäahrn nich! Un ein Partner? Där send Luüdens geneog, de met däi ´ne Runne läopen wütt. Wuss´e mäi nich ´n Gefallen däan? Dänn moss diu de Schlussrunne för mäi uoberniémen un met Marie läopen. Diu häss där doch nicks giégen, Luüd? Es för däi doch äok schöner. Met mäi geiht dat neoh moal scheibe un dat verdeint ´n Loiper os diu nich. Wenn ek met däi läope, dänn wärdd dat nicks, dat hä´we doch woll iaben miarket. De lesten bleoß", froche hei Marie. Un Marie keik up näah Frans van de Eschker un toffe oll up säine Antwärd. Marie sia: „Van mäi iut". In üohrn Hartten kloppe et unwäis, woavan se sick in düssen Äogenblicke gar nich bewusst was. Frans keik in de Äogen van Marie, de vull Verlangen woiern, un sia: „Inverstäahn! Wäi läopt teohäope de Schlussrunne. Oaber wäi mütt us beäilen, da´we dat teo dän Veranstalter sägget, süss sen´we teo late." Butz was´e verschwunnen, ümme de Ännerung bekannt teo maken. `N

[1] met Moate: mit Maß, in Maßen, mäßig
[2] nich verkniusen: nicht verwinden, nicht akzeptieren
[3] rätze: keifte, schimpfte (laut)

Äogenblick läter was´e äok oll wäier där. Hei toig säine Joppen iut un stack de Bücksenbeine in´e Söcken. Dänn was hei ferddig. „Wäi sütt oaber niu oll näah dän Startplatz hengäahn. In fäif Miniuden fäng de leste Runne an, sia de Veranstalter. Et woier sück olles bestens", sia Frans. Dänn loipen se teo drütt näah de Äisbahn. „De Deilniéhmers för de leste Runne an dän Start!", klüng et duür de Flüstertiuden. Twölf Paare stönnen proat. „Niu oaber ran!", roip Hendrik teo Frans. Dänn gung de Fahne dal. Met´n derben Ruck stodde Frans sick af. „De lesten mütt de ersten wäärden!", roip hei teo Marie. „Links, rechts, Hoi, Streoh, links, rechts…" In vullen Ernst kamm et uober säine Lippen. Üohre Beine schlügen teo gläiker Täid iut un sedden up dän sülbigen Moment wäier up. Üohre Schritte woiern lang un kräftig. Se foihlen sick bäole seo os ein Läif. Met derbe Beinschliage naihmen se de erste Kurve, bäole ohne dat se langsamer wördden. Bäi de ersten fäif Paare woiern se. Fäif Runnen mössen se läopen. „Nummer eins inhalen!", roip Frans. Säine Hänne in´n Rüggen van Marie, seo schoif hei se vöriut. Säi loip vör üohn un toig met oller Kraft. „Links, rechts." Dänn, näah einer Runne, schüoden se an dän lesten Paar, dat üohne vöriut was, vörbäi. „Tweite Runne dat tweite Paar!" roip Frans wäier. Äok düt Moal halen se üohre Vörgängers in. Neoh ein Paar! Neoh eine Runne! „Leos Marie! Leos Frans! Niu oaber ran, Eschker!", klüng et langs de Strecke.

Dänn oaber, in einer Kurve, ´n Schräi, ´n hartten Schlagg, un beide laigen up´n Äise. „Vermuckte Riéte[1], de was´er iaben neoh nich!" schull Frans. Twei Paare schüoden an üohne oll vörbäi. „Wäiter?", froche Frans. „Läopen!", klüng et kortt. „Links, rechts, Hoi, Streoh, links, rechts!", klüng et niu neoh duller, bäole met Schniuben. „Drei Paare! Neoh nich moal ´ne ganze Runne mähr!" „Leos Frans! Leos Eschker! Man teo, Marie!", bölke man niu wäier langs beide Säiten van de Strecke. De Teokäikers günnen üohne van Hartten dän ersten Präis. Ganz knappe, dänn woiern se vorne wiasen. Un dänn so´n Unglücke. „Niu oaber ran!", schrake man bäole, wie man soihg, dat de Pechvügels wäier an ein Paar rankúmen woiern. `N halbe Runne neoh! Twei Paare neoh vöriut! „Man teo Marie! Twei Paare!", bölke Frans teo üohr hen. Wäier ´ne Kurve. Dänn dat leste läike Stücke. Se briuken üohre ganze Kraft, jeder Muskel was anspannt. Seo floig dat Äis met´n Siusen unner üohre Foite vörbäi. Dänn bleoß neoh

[1] Riéte: Riss, Ritze, Spalt

einige Meter. Neoh ein Paar! De Teokäikers bölken, drieben se liuthals an. „Marie! Eint neoh!", schrake Frans met schwoarer Stimme. Met Heschen, iuter Oam, briuken se üohre leste Kraft. Frans schoif, Marie toig. Neoh´n paar Beinschliage… „De ersten", klüng et iut de Flüstertiuden. „Hurra, hurra", roip de Masse van Minschen. Met Schniuben un Piußen, reod van de Upregung uober den Erfolg, naihmen de Gewinner van de Schlussrunne de Glückwünsche un Hännedrücke entgiégen. „De lesten… de ersten", sia Frans met schwoarn Oam. Marie foihle sick wialig un freoh. „Ek danke däi, Frans", sia se.

„Dat was gewaltig!" Hendrik drücke dän beiden äok de Hand. Hei keik weihmoidig un met´n Blick, os wenn üohn dat nich interessier. Dänn sia hei wat, oaber met´n Gesichte, seo fröhlich wie et üohn möglich was, vanwiagen dän Gedanken, de üohn quiale: dat hei säin Luüd för de leste Runne an´n annern afgiében mosse, weil et för üohn süms dat Beste was. „Wat häbbe ek däi säggt, Frans? In twei Jäahrn verläärt ´n Schlittscheohloiper os diu de Kunst van Wettläopen nich. Jäi hät seogar dän ersten Präis halt! Wä kann jäi dat näahmaken?" För Marie was hei uober düssen Sieg freoh. Hei günne üohr dat van Hartten. Oaber woarümme mosse niu güste ´n annern…? In´n Tropp van Noahbers un geoe Bekannten güngen de Gewinners un Hendrik näah Rolink, woa de Präisverleihung was. De Vörsidder van de Wettläop-Kommissjeon richte säine Woier met´n greoden Loff an Marie un Frans. „Et kümmp nich faken vör, dat einer, äok wenn´t in verschiedenen Jäahrn es, mährere Moale dän ersten Präis halt. Wat dat Gewinnen van vanmiddagg angeiht, draff ek woll düt säggen: Wenn jemoals ´n Sieg halt wordde, wecke teo hunnert Prozent verdeint was, dänn es dat woll in düssen Wettsträit van vandage wiasen." Unner dän Klang van „Lange sütt se liében" naihmen Marie un Frans dän Präis entgiégen.

Düt „Lange sütt se liében" van de Gäste verbäister[1] einen in´n Saale. „Dat et för Marie sungen wärdd es ganz best! Woarümme mott ek oaber jümmer un jümmer wäier so´n Pechvugel säin un woarümme kann dat freohe Singen nich

[1] verbäister: verdutzte, verwirrte

mäi un Marie anbelangen, sonnern mott Marie un ´n annern geilen[1] ?“, dache Hendrik. För üohn was de Spoaß vanmiddagg oll vörbäi wiasen. Wat hädde hei äok süss anners däan konnt, os dat üohn de Geliagenheit teo Bade kamm[2], Frans teo froagen? Dän Präis günne hei Marie un äok Frans. Oaber Marie was säine Briud. Dat satt üohn twarss. Met dän fröhlichen Dräiben, met Singen un Danzen, hadde hei nicks teo maken an düssen Oamd. Säin Blick was lieg. Seo satt hei stille an´n Dische bäi de Duür un gaff sick teofräie met´n Glass Bier. Seo geod odder schlecht wie et gung, broche hei där de Täid duür. Hei toffe met Verlangen, dat düsse Oamd bäole ´n Enne namm. De Platz, woa hei satt, was för üohn äok Quialeräie. Hadde hei där nich oll moal früher ´ne ganze Täid lang met Toiben teobrocht? Woiern hei un de lüttke Disch nich oll van früher geoe Bekannte? Et kamm üohn vör, os wenn et lange Jäahre hiar was, wie Marie dänn kamm un üohn froche, ob se nich doch gäahn sollen. Hei schaffe et nich, man bleoß ein Wärd teo kuüern up´n Wiage näah Hius hen. Äok Marie schweig. Üohre Gedanken woiern wäit wegg van dän Kerl an üohre Säite. Se dache neoh an dän greoden Wettsträit, de erste teo säin up de Äisbahn van „dat Brook“. Se hoier neoh dat Gniustern van´e Schlittscheoh bäi düssen unwäis flotten Wettläop. Se foihle neoh de Hänne van Frans in üohrn Rüggen, de se met Manneskraft vöran schüoben. Se soihg neoh säin Gesichte, vull met Willenskraft, wie hei, näah dat se düur de Riéte fallen was, froche: „Wäiter?“ Se soihg neoh säine Äogen, de fuürig blenkern un se bäi´n Afscheid niéhmen vanoamd met unwäis greoden Verlangen ankiéken hadden. „Frans“...... „Hendrik“... Met´n Ruck van üohrn Kopp versoche se düsse Gedanken afteoschüddeln. An Hendrik hadde se doch woll geneog! Hendrik, de doch jümmer dat Beste för se däe. Jäo, säinen geoen Willen wäise hei, oaber was dat Resultat näah säinen besten Willen? Gaff hei üohr, wat se van üohn verlange, wat se van üohn verlangen droffe? Was hei wirklich de wäahre Josef för säi? Nich met Afsicht was se niu teogange, Hendrik un Frans met´nanner teo vergläiken. Hendrik was de Súhn van de Roatger, ´n Biuer, de wat in´e Mialke teo plocken hadde[3]. Frans de Súhn van de Eschker, ´n Biuer, dän man

---

[1] geilen: gelten

[2] teo Bade kamm: zu Nutzen kam, zur Hilfe kam

[3] wat in´e Mialke teo plocken hadde: etwas zu bieten hatte, wohlhabend war („etwas in die Milch zu brocken hatte“)

ollewiagen moche, oaber de nich met weltlichen Gütern siangend was. Hendrik was för jeden Hendrik van de Roatger un de Súhn van de Eschker was man bleoß Frans. In düsse Hensicht mosse de Súhn van Eschkers dän Körtteren tähn giégen dän van Roatgers. In olle annern Fälle hale hei, seo os vanmiddagg up Schlittscheoh, dän Sieg. Üohr Hartte feng an flotter teo kloppen, wie se an üohn dache un (in Gedanken) dän Namen hoier. „Frans?"...... Se schrecke iut üohre Gedanken, weil Hendrik stille stäahn blieben was. Se woiern oll an´t Hecke van ten Modenkotte kúmen. Hendrik loit üohrn Arm leos, keik se an un wünsche üohr met´n Hännedruck geoe Nacht. Süss hadde hei üohr jümmer ´n Soiden giében, niu bleoß ´n schwacken Hännedruck. Doch düt was Marie an düssen Oamd garnich upfallen. Wie van süms wünsche se üohn äok „schloap geod" un gung rin. In üohre Gedanken keik se oll wäier näah dän Schlittscheoh-Helden. De was äok ´n Held in düssen Spiél uober de Leifte, äok wenn´e dat nich süms woll, und dreif dän Namen van einen annern Kerl iut de Gedanken van einen Luüd. Os wenn Engelchöre dat süngen, klüng un schalle där niu jümmer säin Name met soiden Melodien, bit dat et ein Jubeln van Harmonie was un Siale, Hartte un olle Gefoihle in üohrn Läibe in Schwingung kaimen. „Frans"...... Up düssen Winteroamd bloihe dat Froihjäahr in üohrn Hartte. Iut Fründschopp wordde Leifte, de bäole met üohre Worddels ümme sick greip un Feoer soche, ümme dat teo stillen, wat seo sinnig in üohr teo liében anfeng un wat se niu neoh nich recht miarke.

De Frost diuer met Macht an un woll van Verschwinnen nicks wiéden. Dat Äisvergnoigen make neoh jeden Middagg richtig Spoaß. Dänn kamm dat schönste Fest in´n Jäahr, Wäihnachen. Oll Wiéken vörhiar hadden de „Middewinterhorns"[1] de freohe Täid ankünniget. Sch´muorns ganz freoh, inne Uchte[2], sch´noamds, wenn´t duüster wordde, wenn de Sunnen dän Dagg verloaden hadde un de Nacht in´e Moite kamm, klüngen freohe un jubelnde Töne uober dat wäite Land, bit an´n Horizont. Et was ´ne Masse Schnei van´n Himmel runner wirbelt un ein Teppich, bäole ganz reine, toihg sick uober de

[1] Middewinterhorns: Traditionelle Holzhörner in Twente, werden im Dezember geblasen
[2] Uchte: Morgengrauen, kurz vor Tagesanbruch

Äärdn. Dän Dagg vör de Geburt van dän Heiland luüen[1] met Jubelklang de Kiarkenklocken in´e Stadt un mellen de Freohe Kunne van de greode Begiébenheit, de naihger kamm. In´e Uchte van´n Wäihnachtsmuorn woiern se jümmer wäier teo hoiern, ümme de Minschen näah de Freohmisse teo reopen. Uober de witt bedeckten Wiage flackern un danzen lüttke Lechter. Dat woiern Wäihnachts-Latüchten[2], de dän Luüen dän Wegg wäisen näah dän Stall van Bethlehem, wie däamoals de Stäärn iut´n Eosten. In de Wäihnachtsmisse kamm Frieden in´t Minschenhartte. „...et in terra pax hominibus: ...un Frieden up de Äärdn.“ Os so´n Siagen kamm dat in´t Gemoide un Hartte dal. Wäihnachen! Friedensengel!

Näah düsse schönen Dage kamm de Äoldjäahrsoamd un de Näijäahrsdagg. An düssen Dagen näah Christi Geburt was de Stimmung, de fäierlich, ruhig un bäole benott wiasen was, nich mähr där. Dat diube [3] Ballern van de Donnerbüssen dä se verjagen. Dat äole Jäahr met olle säine Suorgen un verdreitlichen Saken, met säine Froiden un de Dageslast, mosse man ja weggschäiden. Up düsse Dage met de Näijäahrskeokens[4], de man in greode Waffeläisen uober´n Herdfuüer backe, kamm Dreiküoninge teo´n Schluss van düsse ganzen Räihge Feste in düsse Jäahrestäid. Näijäahr was teogläik de Dagg teo´n Iutgäahn för de Miagede [5] un Knechte, de an düssen Dage üohr Öllernhius besöchen. Et was van äolenshiar seo Briuk, dat se dänn teo´n „Keoken“ güngen. Met´n Stiuden iut Roggen un Rosienen un ´ne Mettworsst unner´n Arm güngen se näah de Kiarken näah üohrn Öllernhius hen, dat se där dän Ianern un Oamd teohäope vergnoiglich teobröchen. Duür düssen Keoken-Briuk sühgen de verschiedenen Verwandten sick weinigstens einmoal in´n Jäahr wäier, ümme giégensäitig teo froagen, wick dat et seo günge in´n Liében. Manchmoal was man ´n ganzet Jäahr van teo Hius wiage wiasen. Dänn gaff´t

---

[1] luüen: läuteten
[2] Latüchten: Laternen
[3] diube: dumpfe
[4] Näijäahrskeokens: Neujahrskuchen, traditionelle Waffeln in vielen Gegenden in Nordwestdeutschlands und auch in Twente („Nijjaorskökskes“)
[5] Miagede: Mägde

´ne Masse teo kuüern un de Stäärns wördden oll bleik an´n Himmel, wenn de „Keoken-Gänger“ näah Hius hen tügen.

„Middewinterhorn“ – Bloasen an´n Seot[1] - äole Traditsjeon in Twente bit vandage

[1] Seot: Brunnen, Ziehbrunnen

Kapitel 4 - Froihjäahr

Niu, näah Dreiküoninge, gung de Täid flott wäiter. Midde Februar verschwäond Küoning Winter güste seo plötzlich os´e kúmen was. De Dage fengen an teo längen[1] un oll freoh lache de Froihjäahrssunnen van achter de Wolken de Welt teo. Schnei un Äis schmolten hännig wegg. De Biéken süchten unner de greoden Waterlast, woa se medde ferddig wäärden mössen bäi düssen unwäisen Däowiar[2]. `N paar Wiéken neoh, dänn soihg de Welt ganz anners iut. Unner de witten Schneidiaken kaimen groine Äcker un Weiden teo´n Vörschäin. De Winterroggen up´e Feiler lache vergnoigt de wiarmende Sunnen teo, niu fräi van dän Schneimantel, de in´n Winter Schutz giében hadde. De Natur geiht doch wunnerliche Wiage. Wick hädde man sick vörstellen konnt, dat niu näah düssen kortten, oaber derben Winter, so´n sachtet Froihjäahr kúmen konn. Seogar de süss jümmer seo liunigen[3] Riangenschiuer un de dulle Wäind in´n März blieben düt Jäahr iut un man konn sick in Vermeod säin, dat dat Froihjäahr gelinne wördde. De äolen Wiarpropheten hadden äok dütmoal recht. Dat bäole uobermoidige un stroahlende Froihjäahrswiar loit dat Liében, dat neoh verbuorgen was, riutkúmen. De Boime kraigen Bliar. De ersten Bleomen buüern üohrn Kopp heog up de hellgroinen Weiden. De ganze Natur loip iut. Näiet Liében kamm iut´e Äärdn.

Wenn man sick düt üppige Froihjäahr bekeik, seo unwäis schön, dänn keik man up ein mächtiget greodet Kunstwiark, woaruober man sick bleoß wunnern un froien konn. In Woier packet un met dän ganzen Zauber was dat ´n Lofflied an dän Schöpfer. Midde April was ´er oll seoviél Gräss, dat de Koihe näah biuden können un up de Weiden rümme loipen. Minsche und Dier halen deip Oam in de frischen Froihjäahrsluft. De Winter was endgültig wiage. Dat Liében in´n Biuernhiuse met Spinnen, Daschen, Würken un Kuüern uobern Dagg un oamds was vörbäi. De Ställe wördden reine maket un kreigen ´n näien Anstrich. De Spinnewippen wördden van de schwoaren Eikenbalken fiaget un de Wänne wördden uoberwittket[4]. Biuden wördden Griabens reine maket, de

[1] längen: länger werden
[2] Däowiar: Tauwetter
[3] liunigen: launischen
[4] uoberwittket: weiß gekälkt, mit weißer Kalkfarbe überzogen

Weiden kreigen ´n Tiun un up de Feiler kamm Mess. Dänn wördden se ploiget un egget un man stroie näie Soat iut för de Arn in´n naichsten Sommer. Jeder, de neoh geod up´e Beine was, spanne säine Kräfte in. Jäo, dat Froihjäahr was in vullen Gange. Et was de Mudder van olle de Planten, de niu riut kaimen, van de Macht, de dat Bloihen un Groinen make. Et schonk met sachter Hand dat Wäärden un Wassen an de Natur, de oll in´n Verbuorgenen lebennig was, vull met hellen Lecht un Liében. De güllenen Sunnenstroahlen fellen up de Äärdn, met Glanz un Gloria, un de Äärdn wordde barmoidig[1] inhüllt met dän warmen Froihjäahrsmantel.

Doch nich bleoß dat Gesichte van´e Welt was veränneert, äok einige Minschenliében hadden ´ne Verännerung beliébet un metmaket. ´N Dagg näah Reosenmäandagg woiern Marie un Hendrik teo´n lesten Moal met´nanner iut wiasen, näah´n Karnevalsball bäi Gasthius Rolink. Äok Jan van de Roatger, Dina van de Brünger, Frans van de Eschker un viéle annere Bekannten woiern där. Hendrik was ers einige Moale met Marie up´n Danzboden wiasen un hadde dänn wäier de Ecke upsocht, ümme sick ruhig dat fröhliche Dräiben anteokäiken. Hei was bange, dat´e wäier wat falsch make un därümme rässe hei sick där dän ganzen Oamd, wie hei et ja jümmer seo make bäi sücke Geliagenheiten. Marie uoberloit hei an annere. Van üohr konn hei doch nich verlangen, dat se äok up düsse Wäise de Täid teobroche. Danzen un Schlittscheoh läopen, jäo, dat was wat för Marie! Einige Moale wordde se van dän Súhn van de Eschker teo´n Danz upförddert. Jedesmoal söchen üohre Äogen üohn un fröchen för dän naichsten Danz. Dat Hendrik neoh anwiasend was, kamm üohr bäole nich in´n Sinn. „Frans! Frans!“, jubel et in üohrn Hartten. Düsse Oamd was ´n Genuss, wie se dat neoh nie vörhiar in üohrn Liében hat hadde. An´n Enne van dän Danzoamd schrinne[2] et äok inwennig in Frans. Wie gäärn woier hei neoh länger blieben bäi dän Luüd van säinen Hartten un hädde se näah Hius brocht. Doch iut verständlichen Grunne hadde hei fräiwillig Afstand van üohr häolen. Niu mosse hei fastestellen, dat düsse Grund nich dän Iutschlagg gaff för dat Moate, wie et met säinen

[1] barmoidig: barmherzig
[2] schrinne: brannte, schmerzte

Harttenswünschen stond. Met stillen Verlangen keik hei achter üohr hiar, os se met Hendrik in dän Froihjäahrsoamd verschwäond.

Oll früher hadde Marie dacht, dat Frans van de Eschker ´n netten Kerl was. Läter was´t üohr duütlich worden, dat se üohn leif hadde. Duür dän Roat un de stillen Wenke van üohrn Var hadde se Hendrik dat Ja-Wärd giében, weil se üohrn Var teotrübbe, de seo viél öller un wäiser was os säi. Uneinig was se met Hendrik nie wiasen. Näah dän Wettsträit lesten Winter was dat verleift säin oaber iutwossen teo ´ne schöne bloihende Leifte för üohrn Leibesten van´n Äise. Jümmer was et Frans. Seogar os Hendrik einen Oamd wiagen Marie up Hoff Modenkotte was, hadde et jümmer wäier in üohr klungen: „Frans! Frans!" Seo helle un dull, dat et üohr manchmoal schein, dat jeder dat hoiern konn. Et dä üohr leid ümme üohrn Fräier, oaber droffe se un woll se üohr Liében an üohn bäinen, woa se doch ´n annern leif hadde? „Hendrik", hadde se up düssen lesten Wiage näah Hius teo üohn säggt, „Hendrik, ek mott ens met däi kuüern uober ´n Dingen, dat mäi donne an´n Hartte ligg un dat mäi wiagen däi ganz bedroibet makt. Doch dat mott, ek kann nich anners." Hei hadde se stump ansähn. Wat woll se üohn säggen? Sinnig, oaber met Näahdruck, hadde se wäiter säggt: „Hendrik, ek häbbe däi däamoals up dän Spinnoamd Truüe versprruoken. Ek woll et inhäolen, ümme däi kein Leid anteodäan, oaber ek kann´t nich. Diu biss ´n truüen Jungen för mäi wiasen un diu häss mäi olles giében, wat diu mäi giében konns. Därför mott ek mäi bedanken. Ek ben dankbar, oaber Leifte kann ek däi nich giében. Hendrik, versteihs´e mäi? Wuss´e van mäi afsähn, wusse mäi mäin Wärd trügge giében?" „Verleift säin es ´ne Kunst", sia hei ganz nöchtern. „Es där ´n annern? Frans?", froche hei. „Diu häss´t säggt, Frans......" sia se sachte... „Wäär glücklich met üohn, ek soll mäinen Wegg woll fäinen. Diu häss recht, Marie", sia Hendrik näah langen Stilleschwäigen. An de bekannten Stäie vör dat Hecke naihmen se Afscheid met´n Hännedruck. „Söch däi ´n anneret Luüd un wäär glücklich met üohr. Vergitt mäi", sia Marie. „Frans, Frans!" biuster et inwennig in Marie. Ruhig, os wenn nicks passiert woier, gung Hendrik säinen Wegg. Hei hadde dat Gefoihl, där was nicks passiert, wat üohn unwäis ümmeschmeit[1]. Leifte hadde hei för Marie doch nich foihlt, äok wenn hei se gäärn moche. Et woier för üohn äok

[1] ümmeschmeit: umwarf, zu Boden warf

schwoar wiasen, se glücklich teo maken. Se passen nich teohäope, dat mosse hei süms teogiében. Buobenbott was et neoh ´ne knibbelige Froage, ob säin eigenet Liébensglücke nich äok Last hat hädde, wenn´e sick an Marie biunen hädde. „Verleift säin es ´ne Kunst", brumme hei sick in säinen Bärd.

Wie hei dän annern Muorn säinen Var vertelle, dat´t iude[1] was met Marie, sia düsse: „Kanns´e nicks an däan, Junge. Man kann kein Äisen met Hänne briaken." „Olseo doch bleoß eine Hochtäid", dache hei. Dänn wenne hei sick wäier an säinen Tweiten: „Et vergeiht up de Diuer. Niébenbäi säggt, ek gloibe nich, dat´t bäi jäi seo ganz faste satt. Olles kümmp trechte. Käik däi ens ruhig ümme, vellichte kümmp däi vandage odder muorn de Frübben in´e Moite, de för däi bestimmt es. Briuks dat nich halsuoberkopps maken. Lesten Ennes biss diu jümmer neoh de Súhn van de Roatger. Där briuks´e däi woll äok nicks up inbillen, oaber wäi sütt et äok nich links liggen loaden. Un wenn diu moal seowäit biss, dat diu weiss, wat däine Wahl es, kúmt de Woier van süms un van däinen äoldmeodschen Kuüern bliff nicks mähr uober. De echte Leifte lött däi munter kuüern un giff däi Schwung, dat´e däi duürsedden kanns, wenn´t teo Anfang nich gläiks seo löpp, os diu dat wünsches. Et kümmp olles up´e Räihge, Hendrik. Un wenn diu nich fräien dois, dänn wärdd Jan däi läter wisse nich up´e Stroaden sedden. Un wenn hei dat woll, wat ek mäin Liébedage nich gloibe, dänn könne ek där bäitäien neoh´n Riegel vörstiaken. Oaber neoh länger däruober kuüern makt de Ümmestänne nich biater. `N anner Moal bekuüer wäi dat wäiter." Seo make hei ´n Enne an säinen Vördragg , gung an´e Arbeid un loit Hendrik met säine Gedanken olleine. „Var häff geod Kuüern", dache hei. „Olles kümmp trechte! Jäo! Oaber dänn mosse hei doch wat däan un konn de Hänne nich in´n Scheot leggen. An´n leibesten woier hei doch säin eigener Herr up´n Biuernhuobe, woa hei däan un maken konn, wie et üohn teopass kamm. Eine Familje woll hei häbben! `Ne Biuersche! Namen schüoden üohn duür´n Kopp. „Anneke Kolthof", dache hei up moal. Dat hei där nich eher up kúmen was. Wie faken woiern se sunndaggs nich oll teohäope dän Wegg näah de Kiarken gäahn, lustig met Kuüern uober düt un dat. Wenn hei sick met üohr moal driapen könne! „Anneke……" De Name bleif de naichsten

[1] iude: aus, statische Adverb-Form von iut=aus

Dage jümmer bäi üohn, os ´n Schimmer, de üohn achterhiar folge, de nich teo miarken odder teo foihlen was, oaber woa hei wusse, dat´e där was.

Dieks van ten Modenkotte namm de Kunne uober dat, wat passiert was, nich seo ruhig an, os de äole Roatger. Vergrellt, dat säin Plan, dän hei sick vörhiar iutdacht hadde, in´e Dutten[1] gäahn was un woahne uober dän Unverstand un dän Dickkopp van säine Dochter, was hei upsprungen: „Oaber Luüd, wie kanns diu niu in Himmelsnamen so´n dummen Stuss maken? Dat Luüd makt Schluss met dän Súhn van einen Biuern met dän hoichsten Ansähn un meisten Besitz in de ganzen Giégend! De Roatger könne de ganze Stadt käopen! Seo leige hä´k dat mäin Liébedage neoh nich metmaket! Woa häss´e bleoß däinen Verstand? Sicher bäi dän Súhn van de Eschker! De Eschker, de neoh nich moal Geld häff, ümme sick ´n junget Kalf teo käopen. Düssen Vugel briuks´e mäi nich in´t Hius bringen. Där send doch woll neoh annere. De Eschker!“, sia hei minnachtig. „Nei, dat ek düt van mäinen bleodeigenen Käine beliében mott, hädde ek niemoals dacht.“ Neoh wat anners lagg üohn up´e Lippen, oaber man güste neoh schloik hei säine Woier runner. De Sträit ümme de Marken loit et doch nich teo, dat säine Dochter met´n Súhn van de Eschker fräie! Wenn et süss irgendwie geiht, woll hei nich näahgiében. Soll hei sick lüttk maken un de Hand teo´n Iutsüohnen räiken?? Un wä weit, wie duüer üohn düsse Spoaß teo stäahn kaime! „Nei, nie un nimmer briuks diu mäi met düssen Frans unner de Äogen kúmen!“, sia hei biétsch[2] teo Marie. De hadde de Äogen dalschlagen un schwäigend dän Anfall van Wiut uober sick hengäahn loaden. Dat üohr Var seo rätze un minnachtig uober Frans kuüern konn! Uober Frans, dän säi, Dochter van dän Biuern van Modenkotte, leif hadde. Se hadde dän fasten Willen, düssen Sträit för dat, wat se woll, iutteofechten un nich locker teo loaden. Üohre Gefoihle maken se stark. Wie üohr Var schweig, keik se üohn läikeiut in´e Äogen un sia korttaf un entschluoden: „Var, wäi briukt´er nich viél Woier van teo maken. Diu wuss, dat ek Hendrik van de Roatger fräie. Dat kann ek nich däan. För mäi giff´t bleoß einen, un dat es Frans van de Eschker. Ek fräie üohn odder gar keinen!“. Dänn gung se iut de Küoken un rin in´e Schloapkamern van üohre Moimen, de krank in´n Bedde lagg un olles met anhoiert hadde.

---

[1] in´e Dutten gäahn: kaputt gehen, zerbrechen

[2] biétsch: bissig

„Dat häss´e niu van däine Dummheit, Luüd!“, sia se met Moihe. „Oaber et soll woll wäier olles trechte kúmen. Wäi hät früher äok nich ohne so´ne Upregung fräiet. Däin Greotvar woll de Teostimmung för iuse Hochtäid äok nich giében. Mieke Broam was üohn äok teo minne[1] för säinen Súhn. Wäi hät us oaber doch kriegen, trotz olle de Schiareräien. Diu biss ´n echtet Käind van däinen Var, Marie! ´N Dullkopp met eigenen Willen. `N richtigen ten Modenkotte.“ Wat üohre Moimen iaben vertellt hadde, make üohrn Willen neoh faster un se keik niu met Huopnung in´e Teokumft. Düt met weltlichen Gütern siangend säin was för üohr ´n Dingen, dat nicks teo beduüen hadde. Wenn et wat gaff, dänn gaff et wat, un süss was´t äok geod. Seolange se dän Mann van üohrn Hartten kreig. Kein Wärd mähr kuüern se met´nanner, os dat, wat för de Arbeid up´n Huobe unbedingt noidig was. Seo liében Var un Dochter in de paar Wiéken, de bit Eostern neoh kaimen, niébeneinanner.

An´n tweiten Eosterdage was Marie sch´middaggs näah de Kiarken in´e Stadt blieben, ümme sick „dat Vlöggelen“[2] (´n äolen Briuk) anteokäiken. In de Täid, de tüschen dän Enne van de Misse un dän Anfang van´n „Vlöggelen“ neoh was, loip se näah de Eosterwisch[3] hen. Unner de viélen Minschen, de hen un hiar loipen un de van wäit un säit[4] näah de Stadt tuogen woiern, ümme sick dän äolen Volksbriuk anteokäiken, soihg se up moal Hendrik van de Roatger, donne Arm in Arm met Anneke Kolthof, vörbäi gäahn. „De es eher in´e Söcken kúmen os ek“, dache Marie. Näahdat se einmoal ümme dat heog uppackte Dannenholt för dat Eosterfuüer gäahn was un van de „Halleluja-Kerls“ ´n Lieder-Ziédel kofft hadde, gung se dän Wegg biargdal[5] näah de Stadt, unnen vör ´ne Anhoichte[6] geliagen. Där hoier se, wie einer roip: „He, Marie! Oll up´n Eosterkampe wiasen?“ Ohne dat se sick ümmekäiken briuke, wusse se, dat et Frans was. Säine Stimme kenne se iut Diusenden. „Ek ben´er oll wiasen“, gaff se teo Antwäard. „Gong met mäi met, ek woll däi wat froagen“,

[1] minne: gering, minderwertig

[2] „Vlöggelen“: traditioneller katholischer Brauch in Ootmarsum bis heute, wo die Menschenmenge Hand-in-Hand in Reihen durch den Ort zieht und alte Kirchenlieder singt, angeführt von „Paoskeels“(Osterkerlen).

[3] Eosterwisch: Osterwiese

[4] van wäit un säit: von weit und breit

[5] biargdal: bergab, herunter, den Berg /Hügel abwärts

[6] Anhoichte: Anhöhe, Hügel

sia Frans. Teohäope güngen se dän Wegg wäier rup. Dänn sia Frans: „ Güste iaben kamm mäi Hendrik van de Roatger met´n Luüd in´n Arm in´e Moite. Wat häff dat teo beduüen? Et es doch woll nich iude tüschen jäi?“ „Jäo, et es iude tüschen Hendrik un mäi“, gaff se teo Antwärd. „Hä´je Sträit hat? Wä häff Schluss maket? Diu?“ „Nei,“ sia se wäiter. „Wäi hät keinen Sträit hat. Ek häbbe Schluss maket. Wäi send in Frieden iut´nanner gäahn.“ „Draff ek äok froagen woarümme, odder beleidige ek däi därmedde?“, froche Frans. Marie keik stur vör sick hen up´e Stroaden, de Äogen dalschlagen. Dänn sia se sachte: „Däintwiagen, Frans.“ „Marie...... Wiagen mäi? Wiagen mäi?!“, sia hei met unnerdrückter Stimme. „Dat es doch teo dull! Diu wusses doch, dat´t met us beiden nicks wäärden kann. Däin Var, van wiagen dat Ansähn, mäin Var, van wiagen de Marken. Marie, wie konns diu bleoß?“ Se güngen an´e Eosterwisch vörbäi de Anhoichte rup. Woa so´n lüttken Patt teo de Säite afgung lia Marie üohre Hand up Frans säine Schuller. Willig folge hei üohr näah dän „Gliphak“, seo wie de Wegg in´n Volksmunne heide. `N Stücke wäiter blieben se staähn, teo üohrn Foiten de lüttke Stadt, uoberstroahlt van de Aprilsunnen. Se keik näah üohn up met üohre greoden bläoen Äogen. Dänn sia se: „De Gliphak – de glitschige Wegg. Mü´we äok iutglitschen, Frans? Mott iuse Glücke verkäährt gäahn, wiagen dän Willen un de Wünsche van iuse Öllern? Dat es doch in düssen Falle kein Grund, wat us hinnert, dat wäi us fäind´t. Frans...häss´e mäi leif?“ Hei keik se hülpeleos an. Et kuoke, bülber[1] un briuse in üohn. Hei uoberlia: „Hadde Marie recht? Was et dän Sträit nich wäärt? Üohr ganzet Liében lang könne et üohne vellichte leid däan, wenn se niu nich seo hanneln, wie de Stimme van üohrn Hartten üohne dat ingaff. Niu mössen se Niagel met Köppen maken, läter hädden se där keine Täid mähr för.“ „Jäo, Marie, ek häbbe däi leif, met Hartte un Siale“, sia hei teo üohr schlichtwegg. „Oaber wuss diu äok, häss diu dän Meod därteo?“, was de instännige Bidde van üohre Äogen. Dänn laigen se sick in´e Arme. „Marie!......Frans!......“

Uoberwältigt duür dat Glücke för beide naihmen se deil an´n „Vlöggelen“ un woiern ein Käienlett[2] in de langen, singenden Minschenkäien, de där uober de lüttken Wiage met dän Koppsteinploaster in´e Stadt tügen. Se güngen twarss

---

[1] bülber: brodelte
[2] Käienlett: Kettenglied

duür de verschiedenen Huüser un schlenkern ümme de Duürstänner van de Näienduürn. Düsse äole Briuk was ´n Uoberbläifsel van´e Prozessjeon, de de Süsters van dän Stifte odder Kleoster in de Ümmegiégend van düsse Stadt in äolen Täien an´n Eostermuorn maket hadden, met freohen Halleluja-Singen un sick an´e Hand packen, wenn se in de äolen Stadt naäh de Kiarken güngen, ümme de Uperstehung van dän Herrn teo fäiern. Up de Diuer hadde sick äok dat bürgerliche Volk an de Räihgen van de Kleostersüsters anschluoden. Neoh läter woiern et dänn olleine de Bürger wiasen, de düssen Briuk in Ehre hoilen, niu oaber bleoß dän Rundgang binnen de Stadtwälle maken. Dat freohe „Resurrexit“ verkünnigen se för de Welt duür dat „Christus es uperstanden“ un se gaiben üohre Froide met dän Halleluja-Gesang bekannt. Jeder make bäi düsse Begiébenheit met. De äolen Luüe met gräisen Häar, Mannsluüe[1], Vars met Kinner an´e Hand, äold un jung, Katheolsche un Evangelsche. Olle foihlen sick an´n Eosterfeste in de langen Käien van Minschen bäi´n „Vlöggelen“ einig os Christen. Up´n Marktplatze met de äolen Waterpumpen vör´n Roathiuse draihe sick de Räihge van Minschen in´e Runne, met de „Paoskeels“ (Eosterkerls) an´e Spitze. Et wordde leste ein Duür´nanner, met Pattwiage[2] wie in so´n Labyrinth. Därtüschen duür krüopen de lüttken Kinner näah de Midde van´n Platze. Wie dat Teohäope-Singen teo Enne was, halen de Mannsluüe de Kinner där af. Achteran[3] güngen se olle näah Hius hen, ümme de Eostereier teo verticken[4]. Os man dat Hurra dreimoal reopen hadde, güngen äok Marie un Frans iut´e Stadt trügge. Inwennig foihlen se neoh dän Jubel un Klang van´e Eosterlieder. Hadden se jemoals ´n Eosterdagg metmaket, woa se seo metfoihlen können, os an düssen Dage, woa se sick fiunen hadden för ´n näiet Liében?

„Lott us dat man för´t erste för us behäolen, Marie“, sia Frans teo üohr. „Et es dat Beste, wenn wäi versoiket, teohius ers moal Teostimmung teo kräigen. Wenn´t verkäährt löpp, dänn hät de Minschen dat neoh nich in´n Hals kriegen.“ Met´n stillen Hännedruck naimen se Afscheid van´nanner. Konn in so´n Hännedruck nich güste so´ne greode Teoneigung liggen, os wenn man ´n

[1] Mannsluüe: Männer, Mannsleute, das Männervolk
[2] Pattwiage: kleine Wege, Pfade
[3] achteran: hiernach, danach
[4] verticken: verzehren, verputzen

innigen Soiden gaff? Un wat kein Äoge suüht, briukt kein Hartte teo bekümmern. Oamds vertelle Marie üohre Moimen vertriulich, wat se up´n Hartte hadde un wie glücklich se sick foihle. Üohrn Var sia se de ersten Dage där neoh kein Wärd van. Ers woll se ´n biéden mähr wiéden uober de Sake met de Marken, woa Frans et jümmer met hadde, un dän Sträit deswiagen tüschen üohrn Var un dän äolen Eschker. Dän ersten Sunndagg naäh Eostern froche se Jens, ob hei nich ens bäi üohr up´e Bank vör´n Hiuse sidden woll. Se woll üohn gäärn wat froagen, oaber hei droffe där met keinen uober kuüern. Os de Biuer un de Biuersche üohrn Middaggsschloap däen an düssen Sunndage, saiden de beiden an de Stäie, de se afspruoken hadden. Jens hadde sick güste ´ne Päipen stoppt, satt där sinnig un toffe af, wat Marie üohn teo vertellen hadde. „Jens", feng se dänn an. „Jens, diu häss doch neoh de Markendeilung metmaket. Diu biss doch niu oll ümme de achtzig, nich wäahr? Niu woll ek gäärn van däi hoiern, wick dat teogäahn was un woarümme där in de Täid Twist kúmen es, de niu neoh wäiter geiht tüschen Var un dän äolen Eschker." De äole Knecht hadde sick andächtig de Froagen, de flott näah´nanner kaimen, anhoiert. De Sake met de Marken was nich seo schön un hei woll düsse Geschichte leiber nich anpacken. Dat sia hei äok teo Marie. „Diu moss mäi dat vertellen, Jens! Diu moss", sia se met Näahdruck. Se gaff üohn ers moal Bescheid, wat in´n Gange was, weil se wusse, dat hei schwäigen wördde. „Seo, Marie! Wenn de Hase seo löpp, dänn draff ek nich schwäigen", un hei feng an, üohr de Sake teo verstückern[1].

„De Marken bestäaht oll van ganz früher. De Geschichte därvan kanns diu greodendeils in dän Markenbeoke[2] fäinen, dat trügge geiht in dat Jäahr sessteihnhunnertfäibenvörtig[3]. In´n Äogenblick es de Biuer, de up Hoff Scholten-Linde wúhnt, de Markenrichter. Niu olseo Broam. De verwaltet dat Markenbeok, dat nicks anners es, os ´ne Sammlung van Protokollen van de

[1] verstückern: erklären, Stück für Stück erklären

[2] Markenbeok: Markenbuch, enthält die Protokolle der Markenversammlung bzw. Markengenossenschaft. Die Marken (Feldmark, Allmende) waren gemeinschaftlich genutzte Flächen (Heide, Ödland, Wald usw.). Die Markenteilung war eine frühe Form der Flurbereinigung.

[3] sessteihnhunnertfäibenvörtig: 1645

verschiedenen „Höltinks“[1] odder äok de Versammlung van de „Starken“, olseo de greoden Biuern. So´n Höltink wordde biuden unner fräien Himmel afhäolen odder äok moal in´n Hiuse bäi dän einen odder annern Biuern, de säin eigener Herr was (Vulliarbe, Vullspänner). Et wordde jümmer in´e Kiarken afkünnigt, wannähr [2] un woa düt stattfäinen soll. An´e Spitze därvan stond de Markenrichter, de äok Vörsitter up´n „Höltink“ was. De Bäisitters hülpen üohn bäi säine Upgaben. De Markenrichter un de Bäisitters wördden teohäope äok Geotsherren nömmt. Up düsse Versammlung kaimen dänn bleoß düsse Herren un äok de greoden Biuern, ümme Roat teo häolen uober de verschiedenen Froagen un Resolutsjeonen teo beschliuden, wie et heide. Olle düsse Rechtsiutdrücke beduüen nicks anners, os dat uober de Froagen, de anstönnen, kuüert un beschluoden wordde, wat teo däan was. Düsse Markenverwaltung es därümme ungefähr seo wat wie vandage de Gemeindeverwaltung. De Marken hoiern ollen van de ganzen Markenversammlung, se woiern Gemeinbesitz. Se können verpachtet odder verkofft wäärden, wenn de Versammlung dat geodheide. Bäi düsse Saken gung et oaber woll sonnerbar teo. Verkäopen, wie dat vandage geiht, kinne man seo nich. Wenn ´n Stücke Land verkofft wordde, dänn dä man dat duür dän „Verkäop bäi Kerzenlecht“, wie dat nömmt wordde. Olle, de Interesse an dän Stücke Land hadden, dat teo verkäopen was, saiden ümme ´n langen Disch, woa midden uppe ´ne brennende Kerze stond. Niu konn´t leosgäahn, wie et sick gehoier. Oaber dat passier faken nich jümmer seo. Et was nämlich fasteleggt, dat dejenige käopen konn, de dat Angebott make, wenn de Kerze güste an´n Dumpen was. Satt man niu teofällig odder met Afsicht donne bäi de Kerze un suorge man därför, dat man anbäen konn, dänn konn et lichte passiern, dat man verkäährt iutoame un de Kerze iutpiuße, seo dat man Besitter van dän verkofften Lanne wordde. Natürlich hadde de Koiper de Kerze nich iutpiußet, sonnern et kamm van´n Luftzuge odder duür eine geheime Ursake. Dat Pachten was äok wat met Haken un Ösen. Ek weit neoh iut mäine Täid, wie ein Biuer, wü´we moal säggen, up sonnerbare Wäise an´n lüttken Biuernhoff kamm. Dän Namen sägge ek däi nich, denn de Kerl liébet vandage neoh. Oaber de Geschichte well ek däi doch vertellen. Luster moalens.

---

[1] Höltink: auch Hölting oder Holting genannt, „Holz-Ting“, also mittelalterliche Holzversammlung (Markenversammlung), wo es auch um Wald-u.Holznutzung ging.
[2] wannähr: wann

De Biuer, van dän ek kuüer, verpachte an, sägge´we moal Smithus, einige Stücke Land. Näah einen Jäahr mosse Smithus de Pacht betalen, wat hei bleoß met Moihe konn. Dat wusse de Verpächter. Niu boit hei üohn neoh´n Stücke Land an. Dat annere Jäahr wusse Smithus nich mähr, woa hei dat Pachtgeld hiar halen konn. Neoh deiper in de Bedrulje[1] kamm hei duür düssen greoden Biuern. Näah twüntig Jäahrn hadde de Pächter ´n Hius, dat heog verschuldet was. `N biéden läter wordde säin Hoff verkofft, ümme de Pachtschuld teo betalen. Os Küoter van säinen barmoidigen Helper in de Neod konn hei niu säin armet Liében teobringen. Dat olles woier nich seo leige, wenn´t bleoß de reine Teofall wiasen woier. Oaber dat was nich de Fall. Met Afsicht un Ächterstiake[2] was de greode Biuer teo Wiarke gäahn. Noa geod, lesten Ennes gült: met stuohlen Geot gedeit´t nich geod. Düsse beiden Geschichten hät eigentlich nich seo recht wat met de Marken teo däan. Weil se oaber seo interessant send, hä´k se ers moal vertellt. Niu kúme ek teo de Antwärd up däine Froage, Marie.“

Marie luster ganz andächtig un keik üohn de Woier bäole iut´n Munne, seo os ´n lüttket Luüd up´n Scheode, wenn Moimen Märchen vertellt. Jens make wäiter:

„Ümme achteihnhunnerttweienvörtig[3] wordde de Updeilung van de Marken einige Moale teo Sproake brocht. Där gaff et up´n „Höltink“ ´ne Masse Untäom. De eine was´er för, de annere nich. Dat Markenland wollen se sück updeilen, dat dän greoden Biuern tweimoal seoviél teodacht[4] wordde os dän Biuern, de nich seo greot woiern. Där was ers moal nich viél giégen düsse Regel teo säggen. Dat de Greoden mähr kreigen sollen os de annern, was recht un billig, süss woiern de Stannesverhältnisse, seo wie se bestönnen, neoh mähr iut´n Geschirr läopen, wie et oll de Fall was. Där woiern oaber äok greode Biuern, de met dän Lanne, wat üohne teodacht wordde, nich teofräie woiern. In de Täid, seo ümme achteihnhunnertvörtig, was de Biuer Langkamp, de „Franzeose“ nömmt wordde, de Markenrichter. Däin Urgreotvar was däamoals

[1] Bedrulje: Bedrängnis, Notlage (franz.: bredouille)
[2] Ächterstiake: Hintergedanken, List
[3] achteihnhunnerttweienvörtig: 1842
[4] teodacht: gegeben, zugedacht, zugewiesen

Bäisitter. De Markenrichter hadde ´n Breoer, de was Dokter wiasen in´n fernen Eosten. Wie de trügge kamm met´ne briune Frübben un ´ne Masse Geld, uobernamm hei praktisch dat Richteramt van säinen Breoer, äok wenn düsse neoh dat Amt hadde. Däin Urgreotvar was olles annere os ungebildet, wat woll wat teo beduüen hadde teo de Täid up´n platten Lanne. Teohäope met düssen Dokter hecke hei ´ne Sake iut, dat üohn ´n Stücke Land van de Marken teodacht wördde, ohne dat hei där rechten Anspruch up hadde. De „Franzeose" namm sick äok´n Deil, dat versteiht sick van süms! Vandage es de Familie oll iutstuorben, weil keiner van de beiden Langkamp Broiers befräiet was. De Stücke Land, de däin Urgreotvar up´n „Höltink" duür dän Markenrichter kreig, send niu de Grund, woarümme de Sträit kúmen es tüschen dän Urgreotvar van Frans van de Eschker un däinen Urgreotvar, weil de erste näah Markenrecht de Stücke kräigen mosse. Niu lagg de Schuld van düsse ungerechten Updeilung nich gröttstendeils bäi dän äolen Dieks van ten Modenkotte, sonnern vör ollen äok bäi dän Markenrichter. Ob de Sake oaber därmedde geod kuüert wäärden kann? Där well ek man leiber kein Urdeil uober iutspriaken. Näah Recht un Gesetz es´t doch oll lange verjährt. Där send neoh mähr sücke Dinge vörkúmen. Nimm man bleoß teo´n Bäispiél dat Land up „Lütkeske". Dat was äol ´n Deil van de gemeine Marken un hädde os ganzet an Biuer Wiegert giében wäärden mosst. Os de Versammlung üohn bleoß ein Deil därvan teokúmen loaden woll, sia hei, dat hei nicks mähr met de Updeilung teo däan häbben woll, wenn´t nich gerecht teogünge un hei sia äok „Nei, Danke" för dat Stücke Land, wat üohn teostond. Jäo, Marie seo gung dat früher teo", hoier hei met Vertellen up.

„Mäin Urdeil in däinen Falle, wat Frans angeiht, es seo: wenn jäi einer dän annnern läien müoget, dänn draff de Markenupdeilung, de up so´ne ungewüohnliche Ärt teostanne kamm, kein Hinner un kein Grund säin, dat diu et naäh däinen Harttenswunsch dois. För däi jedenfalls nich! Dän Var van Frans kann ek woll verstäahn. De Autorität van däinen Var well ek nich scheibe ansähn, dat woier heogmoidig un undankbar. In düssen Falle, woa et ümme de Markenupdeilung geiht, behäole ek mäi dat Recht vör, dat ek däi mäine Upfassung, de geod mennt es, sägge, Marie." Jens stack sick säine lange Päipen, de iutgäahn was, wäier an. „Ek danke däi Jens för däine Geodheit un däinen geod mennten Roat", sia Marie stille. „Ek gäah flott ´n Köppken warmen Kaffe upsedden. Dat häss´e däi wiagen mäi verdeint." Se verschwäond in´t Hius un loit dän äolen Knecht ´n Äogenblick olleine.

Marie konn freoh säin, dat se üohrn Var neoh nicks van üohrn Verhältnis met Frans vertellt hadde. Denn os hei dän Oamd naäh´n Piarrennen näah Hius kamm, hadde sick dat Unwiar wiagen de Begiébenheit up Karnevalsoamd oll ´n biéden vertuogen. Seo os jedet Jäahr was Dieks näah dän Piarrennen hen wiasen, dat jümmer an´n füfften Mai up „Herenbergken" statt fäond. Där hadde hei dän äolen Roatger druopen. „Seo, Dieks, där häff sick manchet verännert, säitdäm wäi us dat leste Moal sähn hät", begrüße düsse üohn. „Leige geneog", brumme de sick in säinen Bärd. „Jäo, jäo, wäi küont kein Äisen met Hänne briaken, dat hä´we oll wäier beliébet", sia Hendrik wäiter. „Se können et met´nanner nich seo geod. Oaber man teo, et soll woll trechte kúmen. Iuse Hendrik häff sick niu Kolthofs Anneke angelt un Marie….." „Wat vertells diu mäi där? Geiht Hendrik niu met Anneke?", fell Dieks üohn in´t Wärd. „Sück es´t un se küont äok unwäis geod met´nanner! Där suühs diu wäier, da´we öller wäärd´t. Iuse Geschmack es anners os de van de jungen Luüe. Niu wütt se oll hännig fräien, weil Jan düssen Sommer äok in´n Ehehafen stuüert. Hendrik woll leiber säin eigener Herr säin. Met twei jung befräieten Paaren up einen Huobe es´t äok nich iutteohäolen, vör ollen, wenn där neoh Kinner kúmt. Wäi mütt us niu ümmekäiken näah´n Biuernhoff, dän hei käopen kann. Weis diu nich vellichte wat, Dieks?" Düssen hadde et bäole de Sproake verschlagen. Marie un Hendrik, Hendrik met Anneke Kolthof… fräien wütt se bäole……. ´n Biuernhoff käopen…… dat was üohn teo viél up einmoal. Dat was ´n Dalschlagg, de üohn an´e Noaht gung[1]. Dat et gläiks seo flott günge, hädde hei nich dacht. Hei hadde jümmer neoh huopet, dat et met dän Verhältnis van Hendrik un Marie ´n näien Anfang naihme. Hei hadde dacht, dat woiern man bleoß seo kortte Stussen wiasen. Un niu froche de äole Roatger üohn doch wäahrhaftig, ob hei ´n Biuernhoff wüsse för säinen Súhn, de met Anneke fräien woll, för Hendrik, dän hei teo´n Biuern up Hoff van ten Modenkotte maken woll. Wat soll hei därteo säggen? „Jäo, äh, vellichte woll", kamm et met Stüotern uober säine Lippen. In´n gläiken Äogenblicke hädde hei sick de Tungen afbäiden konnt. Hei was iargerlich up sick süms, dat´e dat säggt hadde.

[1] an´e Noaht gung: sehr mitnahm, zu Herzen ging („an die Naht ging")

Niu konn hei nich mähr trügge. „An wat häss´e där dacht?“, woll Hendrik interessiert wieden. „Noa geod, dänn vertelle ek däi dat, oaber behäol dat för däi“, feng Dieks langsam an. „Et es seo drei Wiéken hiar, där was ek bäi´n Notar in´e Stadt. De froche mäi seo ganz niébenhiar, ob ek neoh Interesse hädde, ´n Biuernhoff met Land därteo teo käopen. „Dat kümmp´er up an“, sia ek. „Draff ek vellichte wiéden, wecken Hoff jäi meint ?“, froche ek. Vertriulich vertelle hei mäi dänn, dat Biuer Getkotte de Huüerlingsstäie[1], woa de Meyer wúhnt, verkäopen woll. „Eigentlich woll de Meyer oll maitäids[2] up eine annere Stäie gäahn, oaber weil säin Biuer üohn froaget hadde, halt´e ers neoh düsse Arn in. Diu moss´er einfach moal met dän Notar un Getkotte uober kuüern.“ „Dat woier gar nich schlecht, dat met Meyer säine Stäie. Es woll ´n biéden lüttk, oaber wenn man ´n Schoppsel[3] anböbbet[4] geiht et ganz geod. Hendrik könne där neoh Häen bäi kräigen, de hei ruon[5] kann...... Lott mäi niu oll van Hartten Dank säggen un däi teo de Hochtäid inlaen. De es in´n Juli, wenn olles glatt löpp“, sia Hendrik un namm butz Afscheid. Hei woll dat gar nich up´e lange Bank schiuben un gläiks näah de Stadt hen räien, ümme met dän Notar däruober teo kuüern. Met diusend un einen Gedanken in´n Koppe wiagen düt Gespräck was Dieks näah Hius kúmen. Seo langsam namm hei dat an, woa niu nicks mähr anne teo maken was. Wenn Marie dänn doch Frans van de Eschker fräien woll, dänn mosse et dat süms wiéden. Hei woll oaber up keinen Fall wiagen dän Markensträit dän äolen Eschker de Hand teo´n Iutsüohnen henstrecken. Hei fóihle sick viéls teo viél os de greode Biuer van ten Modenkotte, woa jeder ehrdeinig an heogkeik.

Näah´n Oamdiaden sia hei teo Marie: „Däin äole Fräier häff niu ´n Verhältnis met Kolthofs Anneke. Se wütt in´n Juli fräien.“ „Un ek häbbe ´n Verhältnis met Frans“, sia Marie. Üohr Var sia där nicks teo un gung schwäigend näah

[1] Huüerlingsstäie: Heuerlingsstelle, Kötterhof (Heuerlinge oder Kötter waren abhängige pachtzahlende Kleinbauern). In Twente wurden diese auch „Wönner“(Bewohner) oder Meyer genannt. Hingegen war in Westfalen und Niedersachen Meier/Meyer eher die Bezeichnung für einen Großbauern. (lateinisch:maior=größer)
[2] maitäids: zur Zeit des Mai, im Mai
[3] Schöppsel: (kleiner) Schuppen
[4] anböbbet: anbaut

[5] ruon: roden

biuden. „Olseo doch?“, dache Marie. „Et froiet mäi för Hendrik un et soll woll bäi Var äok säine Wirkung nich verfeihlt häbben.“ Met Singen feng se an upteowaschen. `N Äogenblick läter, os se därmedde ferddig was, gung se äok näah biuden ümme üohrn Var teo soiken. Niu woll se dän greoden Uoberfall riskiern. Et soll wisse unwäis Moihe maken, bevör dat se üohn där hadde, woa se üohn häbben woll. Düsse Wiéken hadde se Frans druopen. Hei hadde säggt, et woier helle teogäahn, os hei säinen Var verkünnige, wie et stond. Hei hadde där jümmer neoh ´n schwoarn Kopp van. Säin Var hadde üohn anbölket, dat hei nich woll, dat säin Súhn sick met de Enkeldochter van´n Spitzbeoben befräie, äok wenn se nicks met de Markenupdeilung teo däan hadde. Düt was Frans duür Mark un Bein gäahn. Hei was in Brast kúmen. `Ne Fleod van Woier, woa hei süms nich van wusst hadde, dat´e de gebriuken könne, woiern os ´ne Donnergüote[1] uober säine Lippen rullt. Dän äolen Eschker hadde et de Sproake verschlagen, dat säin Súhn sücke Woier iutdrücken konn. Dänn hadden se de Sake ´n biéden ruhiger bekiéken un säin Var hadde leste näahgiében. Eine Bedingung hadde hei oaber stellt, nämlich dat de Biuer van ten Modenkotte teo üohn in´t Hius kaime, ümme de Hand teo´n Iutsüohnen teo räiken. Seo reseliut un met Näahdruck hadde säin Var dat säggt, dat Frans begreip, dat düt säin lestet Wärd was un üohn där nicks un niemand van af bringen könne.

Marie woll´t niu up ankúmen loaden, woa olles van afhönge, un woll üohrn Var därteo bewiagen, düssen Gang teo maken un Fründschopp teo schliuden met dän äolen Eschker. Se fäond üohn up´e Bank teohäope met dän äolen Knecht, obscheon et neoh freoh an´n Oamd was. Se sedde sick teo üohn un sia: „Var, ek mott doch früher odder läter fräien. Kanns diu dänn jümmer neoh nich däine Teostimmung giében, dat ek Frans fräien kann?“ Dieks sia kortt: „ Mäintwiagen mak dat, wat´e nich loaden kanns. Ek well´t nich länger verhinnern.“ „Danke“, sia Marie. „Diu moss dänn oaber einen Schritt däan, de däi wisse schwoar fallen wärdd. Wenn diu mäi där wirklich nich van afhäolen wuss, moss diu näah dän äolen Eschker hen gäahn un de Käbbeläie[2] uober de Marken afstellen.“ Os wenn hei van´e Giftschlangen stuoken woier, sprang de

---

[1] Donnergüote: Wolkenbruch, Donnerguss, hier: Schwall

[2] Käbbeläie: Gezänk, Zankerei, Kabbelei

Biuer up: „Niemoals! Niemoals! Hoiers´e dat ?! Ek, Biuer van ten Modenkotte näah dän Eschker hengäahn ?! Wenn hei kúmen well, van mäi iut! Oaber ek, ek näah ...... Reod worden van de Upregung stond´e där un verschloik sick bäole an de eigenen Woier. `N Äogenblick lang was där ´ne Stille, de einen Angest un bange make. Dänn kuüer de äole Knecht, ümme teo beruhigen: „Gong doch wäier sidden, Biuer." Dieks parier up düsse Bidde un loit sick met´ n Rumms up´e Bank dal fallen, dat de Latten bäole knacken. Wäier was´t stille. Marie keik met bangen Äogen näah Jens. Düsse schrappe ers säine Kiahlen un sia dänn sinnig: „Käik ens, Biuer. Eigentlich draff ek mäine Niasen där nich rinstiaken. Ein einziget Wärd well ek oaber doch säggen uober düssen Sträit, woa ek in mäine Jugend neoh metmaket hadde, wick dat teostanne kamm. Niu mott ek teogiében, dat Biuer Langkamp, de Markenrichter in de Täid, de gröttste Schuld hadde för dat, wat passiert was. Dat ännert nicks däranne, dat jübbe Greotvar äok nich ganz unschüllig was. Vandage kuüert de Minschen där nich mähr uober, weil man denkt, wat passiert es, es passiert. De meisten wiéd´t där äok nich mähr olles van. Doch ek wördde säggen, dat jäi niu de Geliagenheit anbuon wärdd, dat Unrecht, wat geschähn es, wäier geod teo maken. Un jäi drütt[1] dat nich verpassen. Seo günstig os niu kann´t doch nich säin. Marie krigg dän Mann, dän se häbben well, un jäi ´n Biuern up´n Hoff, de hunnertprozentig teopacken kann. Un därteo bliff Hoff ten Modenkotte seo wie et es. Jäi briukt nicks afgiében. Schöner geiht´t doch nich. Niu mü´je inwilligen, ek könne woll säggen, duür dän Druck van de Gnade, de jäi schonken wärdd, un mak ´n Enne met dän Sträit. Niu es´t neoh Täid. Ek well mäi teogeoe häolen, dat ek güste dat säggt häbbe, wat ek os mäine Flicht ankäike."

Jens schweig. Dieks satt där, dän Kopp in´e Hänne. „Et wärdd jümmer leiger", dache hei. „Ers Marie, niu Jens un äok Mieke." Düsse hadde äok för Marie, üohre einzige Dochter, kuüert. Dat was oll up dän Oamd, os Marie üohr säggt hadde, wie et stond. De Biuersche hadde dat üohrn Kerl nich verräan, oaber met Näahdruck säggt, dat Marie de fräie Wahl häbben mösse. Süms hädden se üohrn Willen doch äok giégen olle Giégenwehr duürsedd´t un trotzdäm üohr

---

[1] jäi drütt: ihr dürft

Glücke fiunen. Oaber et was neoh an´n Ramentern[1] un Kuoken in säinen stolten Hartten. Mosse hei sick lüttk maken? Hei? Wat Jens vertellt hadde, was doch gröttstendeils wäahr. Wenn´t niu säin mosse, dänn können de Ümmestänne woll nich günstiger säin. Met´n Ruck stond hei up. „Hal mäine Joppen! Ek gäah hen!“, sia hei korttümme. Met greoden Schritten gung hei dän Wegg. Et was doch dat Beste, sia säin Verstand, oaber vör ollen Luüen woll hei dat nich teogiében. Marie drücke dän äolen Knecht dankbar de Hand. Mähr konn se nich däan, vuller Froide, de in üohrn Hartten upbriuse un üohr bäole dän Oam namm. Jens schmuüster teofräie uober üohr Glücke.

Dieks make de Näienduür up un gung uober de Dial, woa de Eschker güste dat Piard feoer. „N´Oamd“, sia Dieks. „N´Oamd“, klüng et vörsichtig trügge. Et was dat tweite Moal, dat de Besoiker ´n Gang seo wie düssen maket hadde. Niu wusse hei nich seo recht, wat hei däan soll. Unbehulpen feng hei an teo kuüern: „ Ek woll ens met däi kuüern, Berend. Et geiht uober däinen Súhn, Frans. An´n leibesten wolle ek där nich greots wat teo säggen, diu weis ja oll, woarümme et sick draiht. Ümme et kortt teo maken: Marie well Frans fräien. Niu ben ek häierhen kúmen, ümme däi teo froagen, ob diu nich de unsialige Sake met dän Markensträit vergiéden wuss un diu däinen Súhn Teostimmung giében wuss, Biuer up ten Modenkotte teo wäärden.“ De Eschker schweig. Olles hadde hei sick denken konnt, oaber nich, dat Dieks näah üohn kaime. Hei was teofräie uober säinen Triumpf un teogläiks froie hei sick för säinen Súhn. Biuer van ten Modenkotte! Dat was kein Klacks. Hei packe de Hand, de Dieks üohn räike. „Giff mäi däine Hand“, sia hei kulant. „Ek ben freoh, dat dat Unrecht up sücke nette un schöne Wäise wäier geod maket es un iuse Twist endlich begraben es. Gong man rin, där wü´we einen up drinken.“ Oaber för Dieks was de Boden teo heit unner de Foite. „Nee, Berend, lott mann. Getz nich. Kumm diu man Sunndaggmiddagg teo us un bring Frans un däine Frübben met. Dat wärdd niu teo late vanoamd“, sia hei. „Es mäi äok recht“, sia de Eschker. „Bit Sunndagg dänn“, un hei hoil Dieks de Duür up. Hei gung neoh bit an´t Hecke met. Up´n Wiage näah Hius hen soihg hei in, dat hei dat geod maket hadde. Düsse Pilgerfahrt hadde üohn dat meiste afverlanget, wat hei in säinen Liében jemoals beliébet hadde. Niu was Frieden in säinen Hartten.

---

[1] Ramentern: laut und unruhig sein, ungestüm sein

De stille Frieden, de einen de Kraft gaff, wenn de Sturm verbäi was. Teofräie gung hei duür dat witte Hecke, woa seogar de schwartten Beokstaben där uppe üohn ankeiken: **„HOFF TEN MODENKOTTE“**

Kapitel 5 - Sommer

Niu was wäier Heogsommer un de Arn was in vullen Gange. Doch man hadde et nich bleoß äilig met Hoi un Kärdn, man was äok derbe teogange met Anrüste[1] maken för de kúmende Hochtäid van Marie met dän Súhn van de Eschker. Dieks kuüer oll van „iusen" Frans, os wenn´t dat tweite Käind woier. Jäo, Dieks hadde sich achterhiar doch ganz kulant wiésen. De Wúhnung was renoviert, seodat man de bäole nich wäier kinne van früher. Wiékenlang hadden de Timmermann un de Müorker där_anne malocht unner Upsicht van dän Biuern. Düt mosse neoh versedd´t un dat neoh verännert wäärden. Hei hadde sick där unwäis bäi giében, dat´e säiner Dochter un säinen Schweigersuohn ´n schönen Hoff anbäen konn, wo nicks feihle un de seo kommeode os möglich inrichtet was. Eine Hochtäid hädden se oll achter sick. Hendrik van de Roatger hadde säine Briud oll näah de näie Wúhnung hen nuomen. De äole Roatger hadde dat intüschen ferddig brocht, düsse ganze Besitzung, äok met de ganze Arn därbäi, teo käopen. De greode Schuüer achter´n Huobe was äok oll bäole ferddig. ´N Deil van´n Hoie lagg´er oll inne. Nei, Hendrik konn bestens teofräie säin. Dieks un Marie woiern up säine Hochtäid wiasen. Modenkotte was ja jümmerhen de erste Noahber van Roatgers un Dieks hadde dän ganzen Dagg met dän Briudpaar in´n Wagen siaden. Et was olles up´t Beste läopen. „Wäi send bit uober beide Ährn met de Hochtäien teogange", hadde de Roatger säggt. „Vandage Hendrik, in twei Wiéken Marie un dänn neoh Jan. Wäi äolen Kerls kúmt ja bäole nich mähr met, nich wäahr Dieks?" „Och, Vörsuorge......", gaff düsse teo Antwärd.

Vandage maken sick twei nich befräiete Kerls van de naichsten Noahbers up´n Patt, ümme de Gäste för de teokúmen[2] Hochtäid up ten Modenkotte inteolaen. De Biuer hadde för de Hochtäidsbitter[3] ´n Liter Machollern metgiében. „Käikt ens an, där kúmt iuse Broierkens an, ümme Spoaß för de Gäste teo maken". Seo güngen se met Singen hen. Dat was gar keine schlechte Sake, de Noahbers un Verwandten van´n Briudpaar inteolaen. Ollewiagen woa man hen kamm

[1] Anrüste: Vorbereitung, Zurüstung
[2] teokúmen: kommende („zukommende")
[3] Hochtäidsbitter: Hochzeitsbitter (gingen früher von Haus zu Haus, um die Gäste persönlich einzuladen. Es wurden Lieder gesungen und Reime aufgesagt)

stond de Kaffe un äok ´n Schluck proat. Et was dänn äok nich verwunnerlich, wenn se oamds einen in´e Hacken hadden. Süms hadde Dieks et dän ganzen Dagg äilig, düt teo bestellen un dat teo halen. Et mosse van ollen un neoh wat där säin. Et droffe dän Gästen an nicks feihlen. Marie un Frans töffen ungedüllig up üohrn Hochtäidsdagg, de met flotten Schritten naihger kamm. Einen Middagg riéen de Noahberjungens met de Piar, de se met lüttke Reosen schmücket hadden, riut in´t Feild, ümme Holt van´n Machollernbusch teo halen. Met Bärdn un Schüppen iutrüstet, tügen se leos. Bäi jeden Gasthiuse wordde anhäolen, ümme niu oll up dat Liében un Glücke van dän Briudpaar ´n Kruüterschluck teo niéhmen. „Wä soll dat betahlen…?“, seo süngen se un woiern an´n Loien, wie se oamds up´n Hoff riéen , woa dat groine Holt aflad´t wordde. De passende Kommentar un Schluck droffe nich feihlen. Annern Dagg, dän Dagg vör de Hochtäid, kaimen de sülbigen jungen Luüe, niu teohäope met üohre Süsters un Luüdens, wäier up´n Hoff van Dieks, ümme dän Kranz an´t Hius teo maken. In de Täid, woa de Jungens därmedde teogange woiern, maken de Luüdens in´e greode Küoken papäierne Roiskens in ollerlei bunten Farben. Där was de Biuersche oll wäier up´e Beine un spendier Kaffe un soide Saken. Dän Middagg vörhiar hadden se üohre Täid häier äok oll teobrocht. Däa hadden se de Stoihle, woa dat Briudpaar inne sidden soll, schmücket. Jäo, so´ne Hochtäid broche ´ne Masse Arbeid met, äok wenn´t Arbeid was, de man jümmer gäärn un met Vergnoigen make un woa man sick ganz dull up froie. Muorn, wenn dat Briudpaar näah de Kiarken was, mössen se de Roiskens, de se niu maken, an´n Kranz anbringen, seodat olles schön un frisch iutsoihg, wenn se trügge kaimen os Mann un Friu. Un dän annern Dagg, näah de Fäier, send de Kerls wäier teo Stelle, ümme dän Kranz afteoniémen, un de Luüdens, ümme dän verwelkten Schmuck van´e Stoihle teo niéhmen. Oaber man konn´t bestens iuthäolen. Kaffe, Bier un Machollern was jümmer geneog där, seodat man vör Dorsst nich quackeln[1] briuke.

Dänn kamm de greode Dagg för Marie un Frans, woa se oll seolange up tofft hadden. De Dagg, woa dat Muornreod van üohrn Eheliében dat Lecht soihg un üohre Hartten met Gleod un Gloria vull make. De Geburt van üohre Sialenverwandschopp vör dän Schöpfer. Dat Ankläen van de Briud namm ´ne

[1] quackeln: schwächeln, hinfällig werden

ganze Täid in Beschlagg. Doch se loip oll ´ne halbe Stunne, bevör dat se näah de Kiarken güngen, duür´t Hius, ganz stoatsch[1] met üohrn Briudkleid, dat vull met Goldschmuck behangen was. Os Luüd woll se ´n lesten Blick schmäiden up olles, wat üohr leif was un wat se hännig os frisch befräiete Frübben wäier soihg. Van niu an mosse se dat met üohrn Kerl deilen. Biuden riater ´n Kutschen uober´n Wegg un hoil stille vör de Näienduür. Et was de erste Noahber (de „Foiher-Noahber") Kolthof. De broche Frans met, ümme Marie afteohalen. Neoh´n Wagen kamm anfoihert, ümme Dieks, Mieke un Jens met teo niéhmen. Frans gaff säine Briud ´n Geon-Muorn-Soiden up beide Backen, de sick ´n biéden reod verkloart hadden, os dat Reod van de Sunnen an´n Mai-Muorn. Dänn namm hei se an´e Hand naäh de schmückte Kutschen hen un sedde sick an üohre Säite.

„Hü", klüng et un se foihern dänne. Dat Klockengeluüd an´n Piargeschirr bimmel helle. De met Groin bewickelte Schwiaben vorne up´n Buck nicke jümmerteo dal, güste seo wie de Riar ruckeln, un nicke jeden teo, de där langes kamm un nicke äok bäi jeden Süchten van´n Wäine. Näah de Trauung kaimen se stille iut´e Kiarken. Düt Stilleschwäigen sia oaber mähr os ´ne Masse van Woier un was ´n Teiken för üohr greodet Glücke. Marie gung gläiks up Jens teo. De stond bäi dän Kerl an´e Kutsche, de de Kutschduür up hoil. Met Afsicht bleif se vör üohn staähn un toffe. Seo kamm et, dat de äole Knecht os erster säinen Glückwunsch an dat Briudpaar giében konn. Dänn stiegen se rin. Unner dän Jubel van de vergnoigten Noahbers, de de achterhiar folgenden Kutschen un Piarwiagens naihmen, gung et näah Hius hen. Unner dän Kranz henduür, de met Roiskens schmücket was, güngen se uober de Dial näah de greode, festliche Küoken. Där gaff et för dat junge Briudpaar un de väer naichsten Noahbers ´n greodet Froihstücke. Kium hadde man sick dal sedd´t, hadde man äok oll ´n Happen van dän Hochtäids-Stiuden nuomen odder ´n Glässken Machollern süppelt[2], de iut greode kuopern un tinnen Kannen inschonken wordde, un man schoit oll in´t Lachen[3]. Jan van de Roatger un einer van Brüngers Jungens kaimen oll freoh an dän Muorn met so´n drolligen

[1] stoatsch: stattlich, hier: prahlend, stolz

[2] süppelt: in kleinen Schlückchen getrunken, genippt

[3] schoit in´t Lachen: musste lachen, brach in Lachen aus („schoss ins Lachen")

Kostüm iutstaffiert in´t Hius un häolen ´ne Rede teo Ehre van de twei Minschen in de schmückten Stoihle un för de Gäste. Dän ganzen Dagg lang maken düsse twei Pajatze[1] üohrn Spoaß. Bäi´n Middaggiaden gaff Jan neoh ´n Räimsel[2] teo´n besten, woa hei dat Rümmepussiern van Marie un Hendrik von ollen Säiten belüchte. „Jäo, Jan was bestens teogange", sian de Noahbers.

Sch´noamds, näah de „Bier-Hochtäid" [3] up de greode Dial bäi Eschkers, woa et an Mussik un Danz, an Lachen un Singen nich feihle, wordde dat Briudpaar teohäope verafschiedet un näah üohr näiet Teohius hen brocht. „Hoff ten Modenkotte soll iuse Burg säin, woa we teohäope de schwoarn Dinge anpacken un de Froide deilen wütt", sia Marie teo Frans un keik üohn deip in´e Äogen, wie de Kutschwagen van dän Brüobm säin Öllernhius dänne foiher. „Marie…", „Frans…", flüstern üohre Stimmen sachte un met viél Gefoihl. Dänn feng Marie an:

„Där ligg tüschen Dinkel un Regge[4] ´n Land, iuse schöne un fläidige Twente".

Frans stimme met in. Dat vergnoigte Singen van dän Briudpaar un van de Noahbers in de annern Wiagens klüng uober de wäiten Feiler, kamm os Echo trügge un wordde teo einen Loffgesang för düsse Stäie, woa man seo fläidig was, woa Frans un Marie üohr näiet Liében anfengen: Up „Hoff ten Modenkotte". Jümmer un jümmer wäier klüng et os´n Echo: „Där ligg tüschen Dinkel un Regge ´n Land, iuse schöne un fläidige Twente".

De Luft biébe met deipen Süchten bit an´n Horizont. In´n Harrten van Frans klüng teo gläiker Täid äok neoh ´n anneret Lofflied met:

---

[1] Pajatze: Komiker, Clowns, Possenreißer
[2] Räimsel: Reim, Gedicht
[3] Bier-Hochtäid: in Twente als Fest mit Tanz und Bier im Hause des Bräutigams
[4] Dinkel, Regge: zwei kleine Flüsse in Twente

Woa Dinkel un Regge henteo fleid´t, ligg dat schöne Twenteland, gebuorn iut Gottes Hand, ümme üohn ´n Loffgesang teo schenken.

Feiler wellt sick up un dal, endleoser Horizont, uober Bäomkreonen de Kunne, teo stillen dän Dorsst van dän Teokäiker.

Gebruüke un Sidden, olle betuüget häier dat Liében, näah de äolen Traditsjeon.

Ümme de twentsche Sproake heoge teo häolen, de Vergangenheit, dat Wäärden, dat Vandage, duür dat rechte Verstäahn van de Sidden.

- Enne -

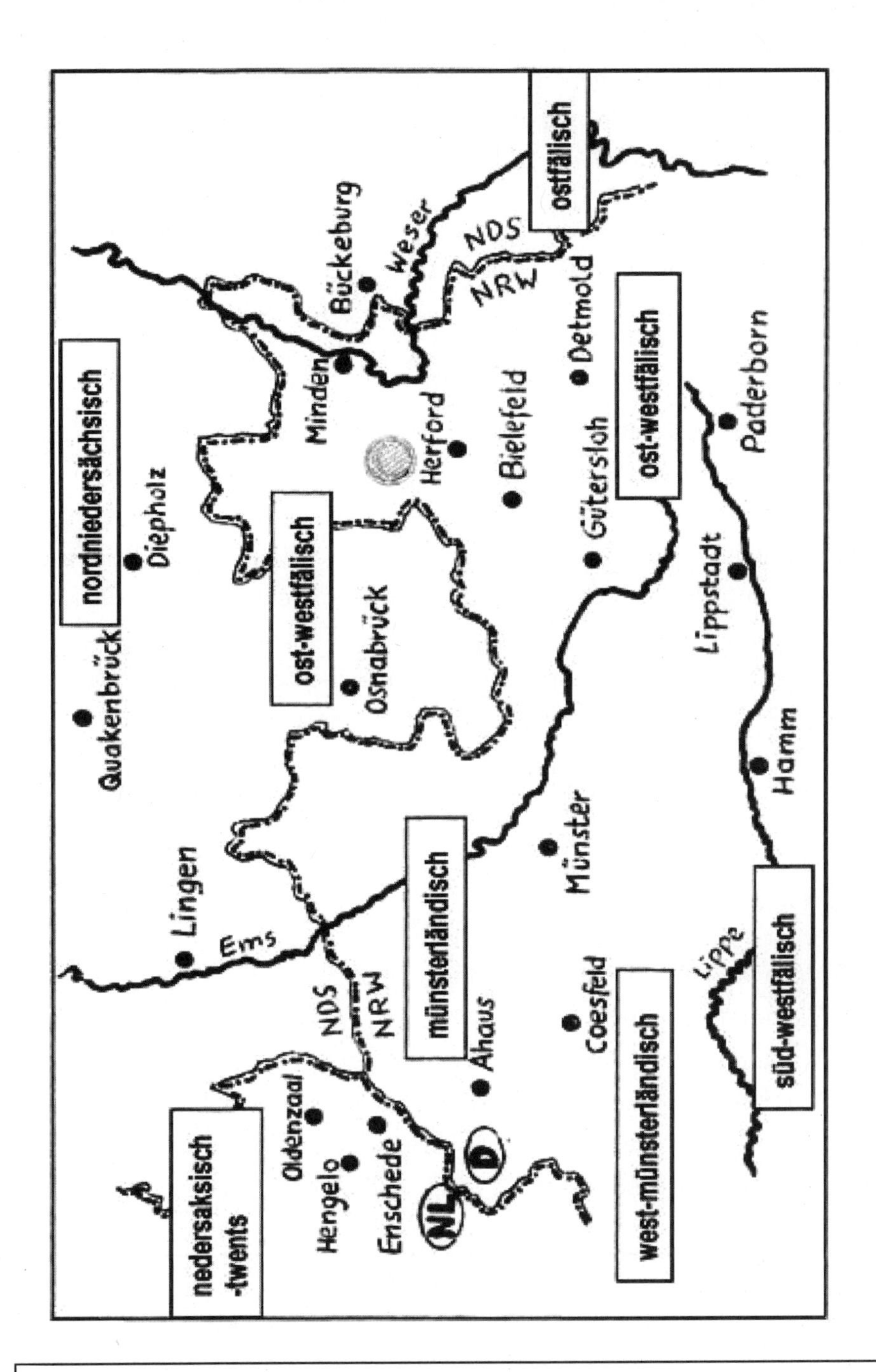

Plattdeutsche Mundartgebiete im nördlichen Westfalen. Im grauen Kreis liegt die hier für die Übersetzung gewählte plattdeutsche Mundart an der nördlichen Grenze des Kreises Herford.

Die Zuordnung der Dialektgebiete durch Sprachwissenschaftler erfolgt anhand charakteristischer Merkmale, ist aber letztlich variabel, da sich die Gebiete überlappen und Merkmale häufig fließend ineinander übergehen.

Als **typisch westfälisch** gelten die vielen **Zwielaute (Diphtonge)** bzw. die „Brechung“ langer Vokale. Das norddeutsche oder nordniedersächsische Platt wirkt dagegen einfacher und „glatter“. Wo es im Norden „eten“ (essen), „kopen“ (kaufen) und „broken“ (gebrochen) heißt, sagt man westfälisch „iaten“ (oder „iaden“), „käopen“ (oder „käoben“ oder „kaupen“) und „bruoken“ (oder „bruaken“). Allerdings liegt der äußerste Osten Westfalens (auch der östliche Teil des Kreises Herford) schon wieder jenseits einiger dieser westfälischen Brechungen. Das Gebiet, in dem westfälisches Platt gesprochen wird, stimmt auch weder mit den historischen, noch den heutigen politischen Grenzen überein. Der südliche Teil des niedersächsischen Kreises Osnabrück spricht ostwestfälisches Platt, im westfälischen Mindener Land wird dagegen nordniedersächsisches Platt gesprochen. In manchen Sprachkarten wird auch ein Teil des südlichen Emslandes noch zum Westfälischen gerechnet.

Allein in dem als **grauer Kreis** dargestellten kleinen Gebiet mit einem Durchmesser von nur ca. 15 km gibt es **erstaunlich viele Dialektvarianten**, sodass selbst innerhalb eines Dorfes hörbare Unterschiede resultieren. Innerhalb der Markierung gibt es z.B.

- 3 Varianten für „Bauer“: Biuer, Buer (Bur), Bür
- 4 Varianten für „tun“: doan, däan, deon, döan
- 3 Varianten für „Tisch“: Disch, Dischk, Disk
- 4 Varianten für „bauen“: böbben, bäoen, bauen, biuen
- 4 Varianten für „reden“: kuüern, kuüerdn, kurdn, kürn
- 4 Varianten für „Zeit“: Tuid, Täid, Toid, Tied

Die Begebenheiten im Roman hätten sich auch vor dieser Deelentür ähnlich abspielen können.

Beispiel eines typischen Fachwerk-Bauernhofes im Kreis Herford mit vierflügeliger Deelentür

(„Nuienduür", „Niendür" oder „Näiendur" genannt)

Der hier in der Zeichnung abgebildete Hof Schwagmeier stand in Kirchlengern/Kr.Herford und wurde in den sechziger Jahren abgebaut und 8 km weiter nördlich auf dem Höhenzug des Wiehengebirges wieder errichtet (heute plattdeutsche Theaterbühne Oberbauerschaft - Kahle Wart)

Westfälische Brechung, Zwielaute

Zwielaute (Diphtonge) gelten als typisch für das westfälisch-plattdeutsche Sprachgebiet. Dabei ist das Ravensberger Platt noch einmal die Krönung und jongliert mit Zwielauten, wie es wohl kaum ein anderer deutscher Dialekt kann. Dies aber macht es dem Leser nicht gerade einfach. (und schon gar nicht dem Schreiber !)

Wo das norddeutsche Platt schlicht und glatt sagt:

„Fief Müse loopt vun buten in uns Huus un versteekt sick ielig in de gode ole Stuuv.“, da werden hier alle Register gezogen:

„Fäif Muüse läopt van biuden in iuse Hius un verstiaket sick äilig in de geoe äole Stuoben.“ Darum einige Hinweise:

„oa“

Dies ist ausnahmsweise, vorweg gesagt, **kein Zwielaut!**, sondern stellt ein offenes, dunkles „o“ dar, wie „o“ in Dortmund oder in englisch „law and order“. Beispiel: Oamd = Abend, froagen = fragen. Im Münsterländischen wird dafür umgekehrt meist „ao“ benutzt (fraogen).

„uo“ / „ua“_ (starke Brechung auf u)

Die Stärke der Brechung dieses ursprünglichen langen o-Lautes variiert und wird nach Osten (zur Weser hin) zunehmend schwächer. Während es z.B. in Rödinghausen als ein breites „ua“ klingt in Uaben = Ofen, Stuaben = Stube, Duarp = Dorf, verschwindet der Zwielaut zunehmend Richtung Löhne oder Hüllhorst: Oaben (oder Oben), Stoben, Dorp.

Als Kompromiss und Leseerleichterung (hochdeutsch steht hier meist ein „o“) wurde für diese Übersetzung **„uo“** gewählt: Uoben, Stuoben, Duorp

„ú“ (schwache Brechung auf u)

Die Kennzeichnung des „u“ mit **Akzent-Zeichen** soll anzeigen, dass hier ein schwacher, manchmal kaum hörbarer **Zwielaut gesprochen werden kann**. Die Aussprache ist sehr **variabel** von Ort zu Ort und von Sprecher zu Sprecher. „ú“ als Kompromiss entspricht also einem sehr schwachen „o“ nach dem „u“: „u(o)“. Manche Schreiber verwenden dafür ein vokalisiertes „(r)“. Oder es wird einfach „u“ gesprochen.

Im Wesentlichen betrifft dies:

wúhnen = wohnen → Kirchlengern: wuhnen, Rödinghausen: wu(o)hnen, oder wuh(r)nen

kúmen = kommen → Kirchlengern: kumen, Rödinghausen: ku(o)men, oder ku(r)men

Súhn = Sohn → Kirchlengern: Suhn, Rödinghausen: Su(o)hn

„ia“ (starke Brechung auf i)

Steht meist da, wo im norddeutschen Platt langes „e“ oder „ä“ steht. Driagen = tragen (norddeutsch dregen oder drägen), iaden = essen (norddeutsch eten oder äten) usw.

Auch vor „r“ wird der volle Zwielaut verwendet:

Kiarken (nicht Kirken) = Kirche. Im Münsterländischen steht hier ein „iä“: Kiärken, iäten, usw.

„ié“ / „ie(r)“ (schwache Brechung auf i)

Die Kennzeichnung des langen „i“ als „ié“ mit **Akzent-Zeichen** deutet an, dass hier ein schwacher, manchmal kaum hörbarer **Zwielaut gesprochen werden kann**, ansonsten wird einfach „i“ gesprochen. Die Aussprache ist von Ort zu Ort und von Sprecher zu Sprecher sehr **variabel**. Die Brechung ist oft kaum hörbar. Auch hier bevorzugen andere Schreiber ein vokalisiertes (r).

Beispiele:

biéden = bisschen → bieden (z.B. Kirchlengern) oder → bie(r)den (z.B. Rödinghausen)

giében = geben → gieben oder gie(r)ben, dat Liében = das Leben → dat Lieben oder dat Lie(r)ben, Giégend = Gegend → Giegend oder Gie(r)gend usw.

„äi“

Dieser sehr typische und häufige Zwielaut in der hier gewählten Übersetzungsmundart Quernheim stellt ein wichtigstes und auffälliges Unterscheidungsmerkmal dar. Jeder Plattversteher hört sofort, ob man aus der **„ui“, „äi“ oder „ie“ Region** kommt. Während überwiegend im Kreis Herford das lange niederdeutsche „i“, „ie“ zum Zwielaut **„ui“** umgebildet wird, erfolgt die Bildung im Norden (z.B. Quernheim) bis in den Kreis Minden-Lübbecke hinein mit **„äi“** (und stellenweise „oi“ oder als Nuance „u-e-i“).

Im gesamten norddeutschen Raum aber, vom Emsland bis Vorpommern (über viele hundert Kilometer) gilt nur das lange plattdeutsche „i“/ „ie“ ohne Zwielaut!

Täid = Zeit (Kirchlengern: Tuid, norddeutsch: T**ie**d),
mäin = mein (Kirchlengern: muin, norddeutsch: m**ie**n)
käiken = gucken/sehen (Kirchlengern: kuiken, norddeutsch: k**ie**ken
läike = gerade (Kirchlengern: luike, norddeutsch: l**ie**ke) usw.

Das „äi“ findet sich allerdings im Westen jenseits der deutschen Grenze, nämlich im Niederländischen, wieder (dort als **„ij“** geschrieben): Tijd = Zeit, mijn = mein, kijken = gucken/sehen usw.

„äa“, „är“, „ähr“

Diese echten (äa) oder in Verbindung mit „r“ gebildeten langen ä-Zwielaute sind ebenfalls typisch für die Mundart Quernheim und finden sich auch nördlich davon im angrenzenden Lübbecker Land. Wo es allgemein plattdeutsch heißt: „goahn“ = gehen, „stoahn“ = stehen, so heißt es hier: „gäahn“ und „stäahn“. Statt „Ohrn“ oder „Eohrn“ = Ohren heißt es „Ährn“, statt „doa“ oder „dor“ = dort bzw. da, heißt es „där“ (ähnlich englisch „there“, dänisch „der“).

(**„ää“** ist kein Zwielaut, sondern **langes „ä“** vor der Endung „rn“ bzw. „“rdn“, siehe unten)

„äo“ , „eo“

wird identisch gesprochen. „äo“ wird hier immer dann verwendet, wenn das entsprechende hochdeutsche Wort an dieser Stelle ein „a“ oder „au“ hat. Sonst wird „eo“ geschrieben.

Beispiele:	äok = auch	Bäom = Baum	äold = alt	käold = kalt
aber	Feot = Fuß	seo = so	teo = zu	reod = rot

„uü“ (oder „ui“ ?)

Hier variiert die Meinung bei Plattschreibern. Erstens ist zumindest in Teilen des Ravensberger Platt die Aussprache durchaus unterscheidbar. Zweitens macht es Sinn, sich **nach der Schreibung im nordeutschen, nordniedersächsischen und münsterländischen Platt** zu orientieren (wo dieser Zwielaut nur ein Einfachlaut ist): Es wird also „uü“ geschrieben, wenn dort „ü“ verwendet wird.

Beispiele:

H**uü**ser = Häuser (nordeutsch: H**ü**ser), F**uü**er = Feuer (F**ü**er), d**uü**er = teuer (d**ü**r)

Ist der Zwielaut aber aus „i“ entstanden, macht es Sinn auch einen i-Zwielaut zu schreiben. Langes „i“ wird in dieser Übersetzungs-Mundart i.d.R zu „äi“ (z.B. Täid), im benachbarten Kirchlengern zu „ui“ (Tuid), im Norden „ie“ (Tied). siehe oben!

„Erweichung"

Im Ravensberger Platt besteht die Tendenz, zwischen Vokalen stehende bestimmte stimmlose Konsonanten wie „p", „pp", sowie „t", „tt" weich und stimmhaft auszusprechen, sodass aus „p" , „pp" ein „b" bzw. „bb" wird und aus „t", „tt" ein „d" bzw. „dd".

Beispiele:

käopen → käoben = kaufen, läopen → läoben = laufen, Köppe → Köbbe = Köpfe, sitten → sidden = sitzen, biuten → biuden = draußen, bieten → biéden = bisschen.

Es gibt auch hier sehr viele Nuancen von Dorf zu Dorf. Für diese Übersetzung wurde nach Sprachgefühl und Erkennbarkeit des Wortes entschieden und, wo es möglich schien, auf die „Erweichung" verzichtet.

(Diese Erweichung findet sich ähnlich auch für andere Konsonanten in zahlreichen deutschen Mundarten, z.B. Libbe statt Lippe oder Mudder statt Mutter, außerdem typisch im Dänischen: löbe = laufen, köbe = kaufen, sidde = sitzen)

d-Tilgung

Die Erweichung des Konsonanten „d" geht sogar soweit, **dass ursprünglich zwischen Vokalen stehendes altes germanisches „d" ganz verschwindet** (entspricht dem englischen „th" in „father" = Vater, „weather" = Wetter etc.).

Beispiele: Var = Vater (ursprünglich: Vader), Feoer = Futter (ursprünglich: Foder), Täien = Zeiten (ursprünglich: Tiden), Wiar = Wetter (ursprünglich: Weder), Ruüe = Rüde, Hund

Außerdem verschwindet ursprüngliches „d" in der Kombination „ld" und „nd" zwischen Vokalen:

mellen = melden, Oller = Alter, häolen = halten, bäinen = binden, afrunnen = abrunden, lannen = landen

Dies ist bedeutsam, weil es auch für Mehrzahlbildungen, für die Beugung von Adjektiven und den Gebrauch der im Ravensberger Platt erhaltenen alten Dativ-Endungen gilt !!

Hand = Hand, aber Mehrzahl: Hänne = Hände

Feild = Feld, aber Mehrzahl: Feiler = Felder.

Mit Dativ (3.Fall): up´n Feile = auf dem Feld(e). **Durch das angehängte alte Dativ-e gerät „ld" zwischen zwei Vokale und „d" verschwindet !**

ebenso: Mund = Mund, aber: in´n Munne = im Mund(e), de äole Kerl = der alte (ursprünglich: de äolde) Mann(Kerl) usw.

(diese d-Tilgung kommt ähnlich auch im Niederländischen und Dänischen vor)

Konsonantenwechsel und Vokalwechsel

z.B. f → b oder w : Hoff = Hof, aber: Hüobe (oder Hüowe) = Höfe. Im Dativ (3.Fall) mit alter e-Endung: up´n Huobe (oder Huowe) = auf dem Hof(e). anderes Besispiel: Deif = Dieb, Deibe (oder Deiwe) = Diebe

Auslassungen, Verkürzungen, Zusammenziehungen

Unser Platt ist Jahrhunderte alt und existierte spätestens seit dem 17. Jh. nur noch als **gesprochene Alltagssprache ohne normierende Schriftform**. Das „Plattschreiben" ist in dieser Gegend erst seit Ende der siebziger Jahre Mode und Hobby geworden!

Typisch für gesprochenes Platt sind bestimmte Auslassungen oder Zusammenziehungen, welche am Besten mit Hilfe eines Häkchens (Apostroph) dargestellt werden können. In dieser Übersetzung wird dies insbesondere in wörtlicher Rede verwendet.

Beispiele: nachgestelltes persönliches Fürwort (Personalpronomen)

ek häbbe dat säggt = ich habe das gesagt, aber: hä´k dat säggt ? = habe ich das gesagt? wäi mütt gäahn = wir müssen gehen, aber: dänn mü´we gäahn = dann müssen wir gehen.

Das gesprochene Platt mit diesen Verkürzungen ist daher für Hochdeutsche schwer zu verstehen: sü´we´t odder sü´we´t nich maken? = sollen wir es oder sollen wir es nicht machen?

(In der hochdeutschen Alltagssprache sind Verkürzungen natürlich auch bekannt, z.B. „hasse Zeit? = hast du Zeit? willste was? = willst du was?)

Wird aber in der Frage das Personalpronomen betont, dann wird es auch voll ausgesprochen! Also: häbbe **ek** dat säggt? (**ich**, und nicht du!)

Andere Formen (ähnlich wie hochdeutsch an+dem = am, von+dem = vom)

van dän → van´n = von dem, vom

an dän → an´n = an dem, am   van de → van´e = von den

up dän → up´n (sprich „upm“) = auf den/dem

„rn“ am Wortende/Silbenende wird häufig wie „rdn“ gesprochen

wobei „r“ unbetont und stumm ist, aber zwecks Erkennung des Wortes unbedingt erhalten bleibt.

Dieses Merkmal ist charakteristisch für den nördlichen Kreis Herford und findet sich auch im westlichen Nachbarkreis Osnabrück sowie in Teilen des nördlich anschließenden Altkreises Lübbecke.

Da dieses Merkmal aber für Leser aus anderen plattdeutschen Mundartgebieten zumeist ganz unbekannt ist und beim Lesen irritierend sein könnte, wird in dieser Übersetzung weitgehend darauf verzichtet, ein „d“ - zwischen „r“ und „n“ zu schreiben. (Bereits 3 km südlich des Dorfes Quernheim, in Kirchlengern, findet sich diese Aussprache schon nicht mehr, hingegen aber 40 km westlich im Osnabrücker Land.)

Beispiele:

de Muorn → sprich: de Muordn („Muodn" – r bleibt stumm!) = der Morgen

gäärn → sprich: „gäädn" = gerne Arn → sprich: „Adn" = Ernte

das lange „ä" wird bewusst als „ää" geschrieben, um dem „ä" gegenüber dem stummen „r" Gewicht zu geben! (also „gää-dn", nicht als Zwielaut „gäa-dn")

Nach Zwielaut + Selbstlaut (also quasi Dreifachlaut) wird von manchen Sprechern ebenfalls ein schwaches „d" eingefügt. (macht dann aber aus dem Wort schon einen Zungenbrecher!)

kuüern → sprich: kuüerdn (reden, sprechen)
Biuern → sprich: Biuerdn (Bauern – Mehrzahl)

Wo die Auslassung des „d" die Aussprache zu sehr verfälscht oder wenn auch im hochdeutschen Wort ein d steht und als Erkennungsmerkmal dienen kann, wird in dieser Übersetzung ein d eingefügt.

Beispiel: Gärdn = Garten, ohne „d" würde der Leser das Wort „Gärn" leicht missverstehen. In der Nachbarmundart des Ortes Löhne heißt es dagegen „Goarn", in Rödinghausen „Goardn", in Kirchlengern „Gäoern".)
Bärdn = Beil (möglicherweise verwandt mit „Hellebarde", einer Waffe, in Kirchlengern: Bäoern). Äärdn („Äädn") = Erde (in Kirchlengern: Eiern) Kärdn („Käadn") = Korn/Getreide (in Kirchlengern: Keoern)

(Interessanterweise findet sich dieser „d/t-Einschub" auch in der „urtümlichsten" aller germanischen Sprachen, dem Isländischen: barn → sprich: „bartn" = Kind, stjarna → sprich: „stjartna" = Stern, gjarna → sprich: „gjartna" = gerne)

Aussprache des „g“

Die Aussprache im Plattdeutschen ist abhängig von der Stellung im Wort. In Wortmitte wird „g“ als stimmhafter Laut gesprochen, wie auch im Hochdeutschen, z.B. Froage = Frage, se tügen (oder toihgen) = sie zogen usw.

Wie im Niederländischen wird **„g“ (bzw. „gg“) aber am Wortende als tiefer Reibelaut im Rachen gesprochen**, also wie „ch“ in hochdeutsch „Loch“ nach „dunklen“ Vokalen oder Zwielauten („a“, „o“, „eo“, „u“, „uo“), nach „hellen“ Vokalen oder Zwielauten als weiches, zischendes **„Gaumen-ch“** (nach „i“, „e“, „ei“, „oi“, „ui“, „ü“, „uü“, „ä“).

Beispiele:

„Rachen-ch“ wie hochdeutsch in „Macht“, „suchen“, „Loch“, in plattdeutschen Wörtern wie „heog“ = hoch , „Dagg“ = Tag, „hei magg“ = er mag

„Gaumen-ch“ wie hochdeutsch in „ich“, „weich“, „kriechen“, in plattdeutschen Wörtern wie “hei soihg“ = er sah, „Tuüg“ = Zeug, „sägg moal!“ = sag(e) mal!“

Doppeltes g nach kurzen Vokalen

zur Verdeutlichung, dass der Vokal vor Reibelaut „g“ am Wortende bzw. am Ende des Wortstammes (vor Beugungsendungen) wirklich kurz gesprochen wird, erfolgt die Konsonantendoppelung. (Manche Plattschreiber verzichten darauf, weil Plattsprecher dies oft „automatisch“ richtig sprechen, manche ersetzen auch „g“ bzw. „gg“ direkt durch ein „ch“.)

Beispiel: Dagg → sprich: „Dach“ = Tag, aber Mehrzahl: Dage = Tage

(darum wird oft in der norddeutschen / westfälischen hochdeutschen Umgangssprache von Sprechern mit plattdeutschen Wurzeln bis heute „Tag“ mit kurzem a und ch am Ende gesprochen: „Tach“, „Tach zusammen!“, anstatt im korrekten Hochdeutsch „Taak“)

Hei magg dat → sprich: hei „mach“ dat = er mag („maak“) das

Die Schreibung als „gg" macht auch deswegen Sinn, weil „g" der Stammkonsonant ist: „müogen" = mögen, bzw. dann auch in der Mehrzahlbildung erhalten bleibt: Dagg / Dage

Auch vor Beugungs-Endung bleibt nach Möglichkeit „gg" erhalten, wenn der Stammkonsonant „g" oder „gg" lautet.

diu säggs → sprich: diu „sächs" (Gaumen-ch) = du sagst

(auch hier „verrät" sich der plattdeutsche Einfluss, wenn in hochdeutscher Umgangssprache „du sachs" gesprochen wird.) Der Stammkonsonant „gg" bleibt erhalten: säggen = sagen.

ebenso: diu lüggs → sprich: diu lüchs (Gaumen-ch) = du lügst (korrekt hochdeutsch: du „lüükst")

Ausnahme: wenn die Schreibung „gg" zu Missverständnissen führt, weil z.B. die Beugungsendung ein Vokal ist. Also: „froagen" = fragen hat den Stammvokal „g", dieser wird auch als „g" gesprochen. In der Beugung soll der Stammvokal möglichst erhalten bleiben, also: „ek froage" = ich frage, „diu fröggs" → sprich: diu fröchs = du fragst, „hei frögg" → sprich: hei fröch = er fragt.

Die Endung in der einfachen Vergangenheitsform lautet allerdings für die 1. u. 3. Person Singular„-e", es würde dann heißen: „ek frogge" → sprich: ek fro**ch**e = ich fragte (oder ich frug). Hier ist die Eindeutigkeit in der Aussprache nicht mehr gegeben, denn in anderen plattdeutschen Wörtern wird **„gg" zwischen Vokalen natürlich auch wie „g"/"gg" gesprochen**: „Rüggen" = Rücken, „säggen" = sagen, „Brügge" = Brücke. Hier kann für die Beugungsform von „froagen" daher die **Alternative mit „ch"** verwendet werden. Also: „ek froche" = ich fragte, „hei froche" = er fragte, „wäi fröchen" = wir fragten.

Aussprache des „s"

Im Quernheimer Platt und fast überall im Ravensberger Platt wird **„s" am Wortanfang (so wie englisch) scharf (stimmlos)**, also wie hochdeutsch „ß" gesprochen, wie auch meistens im Münsterländischen. Ca. 5 km nördlich (!) in

Oberbauerschaft verläuft aber schon die Grenze zum weichen, stimmhaften „s", wie fast überall im Nordniedersächsischen (wie „s" in „Reise"). Jeder Plattsprecher spricht das „s" so, wie er/sie es gewohnt ist. Auf doppel-s oder (noch hässlicher!) ß (oder Sz) am Wortanfang wird verzichtet. Also: seo (sprich: ßeo) = so, **aber nicht „ßeo" geschrieben**. „soiken" (sprich: ßoiken) = suchen, usw.

Das gilt auch nach Vorsilben! Also: versoiken (sprich: verßoiken) = versuchen

In Wortmitte wird „s" wie im Hochdeutschen weich (stimmhaft) gesprochen. „Reosen" = Rosen, „briusen" = brausen

Nachgestelltes, unbetontes „se" = sie wird ebenfalls weich (stimmhaft) gesprochen.

Also: sia se dat? (ßia se dat?) = sagte sie das?

Andersherum aber scharf/stimmlos: se sia dat (ße ßia dat) !

Die Nachsilbe –sel wird hier vereinbarungsgemäß scharf (stimmlos) gesprochen. „Vertellsel" (sprich: Vertellßel) = kleine Erzählung, Anekdote

Räimsel (Räimßel) = Reim, kleines Gedicht, usw.).

Aussprache des „r"

Die Aussprache in Quernheim ist meistens gerollt (Zungenspitzen-r wie z.B. in Bayern) am Wortanfang, bzw. am Wortanfang auch in der Verbindung mit „br", „dr", „gr", „kr", „pr" „tr", so wie überwiegend im ganzen norddeutschen Raum und Münsterland.

2-3 km südlich (!) beginnt aber das Gebiet mit überwiegendem stumpfem „r" (Rachen-r), über Kirchlengern fortgesetzt bis Herford, Bielefeld und ins Lipperland, also wie im „Nachrichten"-Hochdeutsch oder Französischen.

Unbetontes „r" wird stumm oder ein schwacher Vokal (wie hochdeutsch).

Vorsilbe „ver -“

Die Vorsilbe wird genau wie im Hochdeutschen (und Niederländischen) verwendet, da die Erkennbarkeit der Wörter erleichtert wird und ja auch im Hochdeutschen das „r“ stumm bleibt.

Das „e“ wird als kurzes offenes „o“ (wie in „**o**ft“) oder in Quernheim eher als kurzes unbetontes „e“ (wie in b**e**kannt) gesprochen. (Andere Schreiber favorisieren die Schreibung „vo -“.)

Bildung der Vergangenheitsformen

Für den hochdeutschen Leser **ungewohnt** ist die Tatsache, dass es im Plattdeutschen, und besonders im Ravensberger Platt, viele komplizierte starke Beugungsformen gibt, mit entsprechendem **Wechsel des Stammvokals bzw. Umlautbildungen/Ablautbildungen, nicht nur in der Gegenwart, sondern auch in der einfachen Vergangenheit !**

Beispiel:

ek k**äo**pe = ich k**au**fe, aber: – hei k**ö**ff = er k**au**ft, hei k**o**ffe = er k**au**fte, wäi k**ö**ffen = wir k**au**ften, ek häbbe k**o**fft = ich habe gekauft.

Hochdeutsch kaufen ist schwach/regelmäßig gebeugt (ganz einfach immer „**au**“), plattdeutsch käopen aber mit Vokalwechsel „äo“ zu „ö“ und zu „o“ ! Dies ist ein Grund, warum Plattsprecher eigentlich lieber die unkomplizierteren, zusammengesetzten Formen gebrauchen (ek häbbe kofft – hei häff kofft, wäi hät kofft etc.). **Die komplizierten Beugungsformen, die selbst sichere Plattsprecher oft nicht mehr alle beherrschen, kennzeichnen das westfälische Plattdeutsch als eine alte niederdeutsche Sprachform und sind neben den Zwielauten ein unverwechselbares Merkmal.**

anderes Beispiel mit Vokalwechsel in der Vergangenheitsform:

ek l**i**gge = ich liege, diu l**i**ggs = du liegst, hei l**i**gg = er liegt, wäi l**i**gget = wir liegen ek l**a**gg = ich lag, aber: diu l**ai**ges = du lagst, hei l**a**gg = er lag, aber: wäi l**ai**gen = wir lagen

Als Besonderheit für die Bildung der Vergangenheitsform bei **schwachen/regelmäßigen Verben** gilt für die hier verwendete Mundart, dass die **Endung -de/-den**, **entsprechend hochdeutsch –te/-ten, entfällt!**

ek hoier = ich höre – hei hoiert = er hört – wäi hoiert = wir hören

→ Vergangenheit: ek hoier (nicht: hoierde) = ich hör**te** – hei hoier (nicht: hoierde) = er hör**te** – wäi hoiern (nicht: hoierden) = wir hör**ten**.

Das hat zu Folge, dass Gegenwart und Vergangenheit für die erste Person Singular oft identisch sind ! (ek hoier = ich höre **oder** ich hörte).

ek mosse (nicht: mosste) = ich muss**te**, hei make (nicht: makede) = er mach**te,** säi vertelle (nicht: vertellde) = sie erzähl**te**

Beispiel einer Dialektkarte Kirchlengern-Quernheim (©A.Schröder 2015)

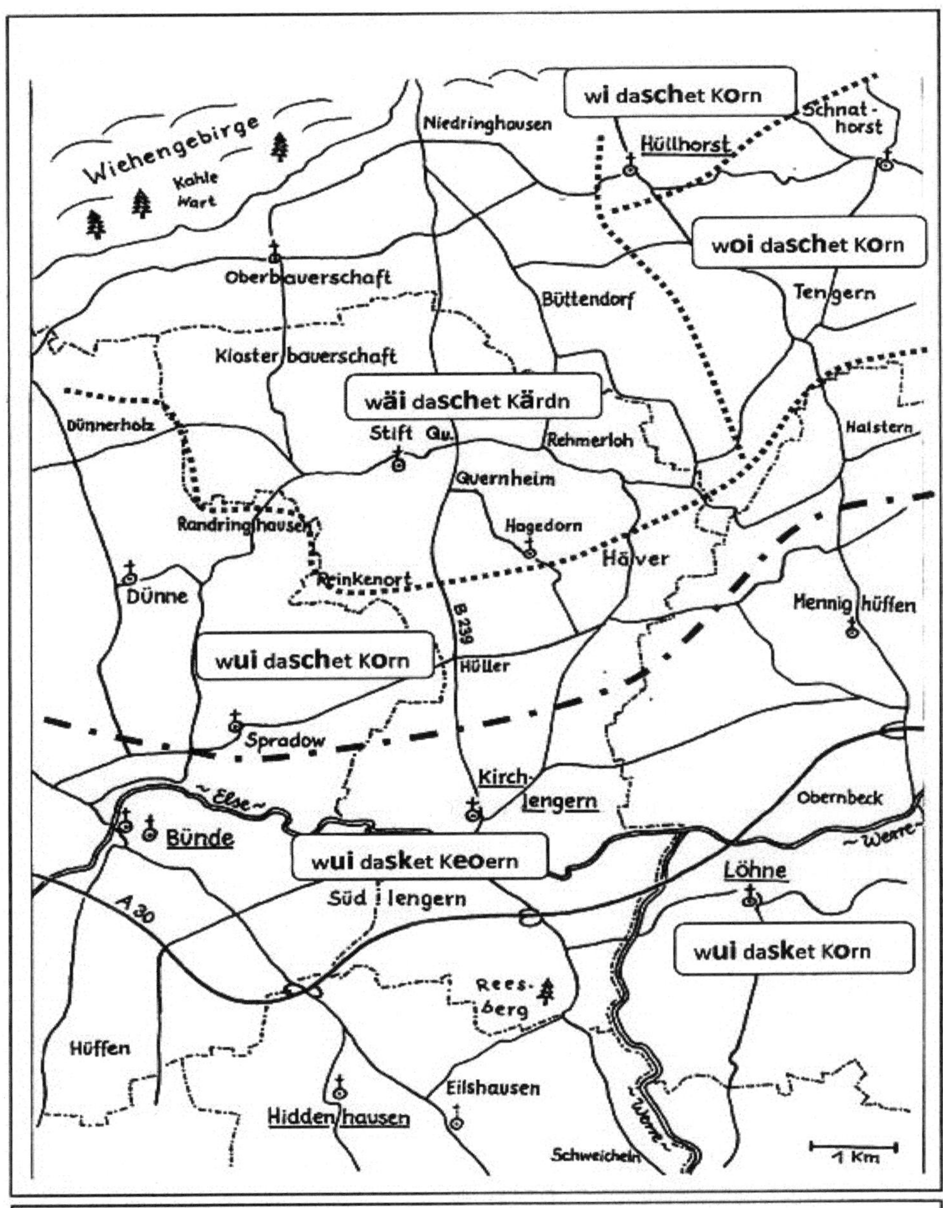

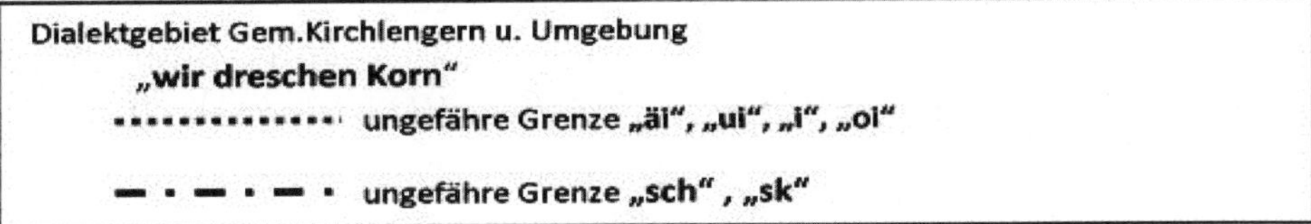

Beispiel für eine Textpassage mit Originaltext und Übersetzung

Niederländisch: „Go´n aovend Dieks." „Go´n aovend samen." In de groeten van de Raotgers klonk de verholen verbazing door. Dieks hier? En nog wel op Zaterdagavond? Daar was iets. Dat plechtstatige gezicht. Dat langzaam aan de pijp trecken. „Ga bij ons zitten," begon de Raotger. „Ja, zie je," zei Dieks, „ik wou je toch wel liever even alleen spreken, over de boerderij en zo." „Dat kann," hoorde hij zich toespreken. Hendrik stond op. „Zullen we maar even in de kamer gaan? Dan zitten we rustig." Beiden gingen naar binnen. De anderen dachten: „Nou, dat gaat vast niet alleen over de boerderij. Dat „alleen spreken" en dat „en zo".... „Ga zitten, Dieks. Ga zitten." Beiden zetten zich neer in een gemakkelijke armstoel. „Eerst een sigaar. Leg de pijp maar zolang aan de kant. Zo vaak spreken we elkaar nie top deze manier. Een sigaar, dat praat gemakkelijker." Na het opsteken van de sigaar en het: „Wat zal het zijn Dieks?" begon de boer van ten Modenkotte. „Kijk, Hendrik. Wij beiden zijn zo ongeveer van dezelfde ouder, nietwaar? Zo om en bij de zestig, meen ik. Kijk! Op deze leeftijd begint men zo zoetjesaan zijn zaakjes te regelen. Eeuwig rondlopen in dit tranendal doe je als mens ook al niet. Ja, en dan komen de zorgen en de gedachten, hoe zal ik het achterlaten en in welke handen? Niet dat ik al aan doodgaan denk! Dat zul jij ook nog wel niet doen. Maar, ja, voorzorg voorkomt zorg, Hendrik! Neem dat rustig van mij aan. Jij hebt een hofstee die er wezen mag en over mijne behoef ik me ook niet te schamen.

Plattduütsch: „Geo´n Oamd Dieks." „Geo´n Oamd teohäope." In dän Gruß van de Roatgers klüng verbuorgen Verwunnerung duür. Dieks häier? Un dänn neoh up´n Soaterdaggoamd? Där was doch wat. Dat feierliche Gesichte. Dat hei seo sachte an´e Päipen toig. „Sett däi dal bäi us," feng de Roatger an. „Jäo, suühs diu," sia Dieks, „ek woll doch leiber met däi olleine kuüern, uober dän Biuernhoff un seo." „Dat geiht," kamm de Antwärd. Hendrik stond up. „Sü´we dänn moal iaben in´e Stuoben gäahn? Dänn küon´we in Riuhe sidden. Beide güngen rin. De annern dächen: „Niu, dat geiht wisse nich bleoß uober den Biuernhoff. Düt „olleine kuüern" un dat „un seo"... „Gong sidden, Dieks. Gong sidden." Beide sedden sick dal in einen kommeoden Armsteohl. „Ers moal ´ne Sigarrn. Legge de Päipen man seolange an´e Säite. Seo faken kuüer wäi up düsse Ärt nich met´nanner. `Ne Sigarrn, dänn kuüert et sick lichter."

Näah´n Anstiaken van de Sigarrn un dat: „Wat es´t dänn, Dieks?“ feng de Biuer van ten Modenkotte an. „Käik, Hendrik. Wäi send beide seo ungefähr in dänsülben Oller, nich wäahr? Seo oll bäi sesstig, meine ek. Käik! In düssen Oller feng man seo langsam an, olles up´e Räihge teo bringen. Jümmer rümme läopen in düssen Trainendal doit man os Minsche äok nich. Tja, un dänn kúmt de Suorgen un de Gedanken, wie soll ek dat veriarben un in wecke Hänne? Nich dat ek oll an´t Deodgäahn denke! Dat soss diu äok woll neoh nich däan. Oaber jäo, Vörsuorgen kümmp vör Suorgen[1], Hendrik! Nimm dat ruhig van mäi an. Diu häss ´ne Hoffstäie, de sick sähn loaden kann, un uober mäine briuke ek mäi äok nich teo schiamen.

---

[1] Eigentliche korrekte Übersetzung: Vörsuorgen verhinnert Suorgen. (Vorsorgen verhindert bzw. vermeidet Sorgen.) Hier wegen des Wortspiels abgeändert, i.S.v. Vorsorgen ist wichtiger als Sorgen.

Alphabetische Wörterliste plattdeutsch – hochdeutsch

Tätigkeitswörter (Verben) werden ergänzend auch in der Grundform (Infinitiv), Hauptwörter (Substantive) möglichst auch in der Einzahl (Singular) gelistet. (Mz = Mehrzahl)

A

Äärdn	Erde
abe, van abe	ab, davon ab (statische Adverb-Form von af=ab)
abelig	übel, elend
achter	hinter
achteran	danach, hiernach
Ächterstiake	Hintergedanken, Arglist
afgünstig	neidisch, missgünstig
aftoiben	abwarten
Ährnschmuck	Ohrenschmuck
akkuroat	genau, akkurat
anbäen	anbieten
anböbbet, - anböbben	angebaut, - anbauen
anbuon, - anbäen	angeboten, - anbieten
anfoihert, - anfoihern	angefahren, - anfahren
Anhoichte	Anhöhe, Hügel
anne	an, daran, dran (statische Adverb-Form von an)
Anrüste	Vorbereitung, Zurüstung
äoldfränksch	altmodisch („altfränkisch“)
Arntäid	Erntezeit
Avkoade	Rechtsanwalt, Advokat

B

Bärdn	Beil
Bade, teo Bade	Nutzen, zu Nutzen, zum Nutzen, nützlich
bäi´n Iuhr siében	etwa um sieben Uhr, so um sieben
Bäinerluüdens	Bindemädchen, junge Frauen, die Garben

	binden
Bäiners (Mz)	Binder
bäitäien	beizeiten, rechtzeitig
Balken	Balken; Raum über den Deckenbalken der Deele, Korn-oder Heuboden
barbarsch	gewaltig, stark („barbarisch“)
barmoidig	barmherzig, mitleidig, mitleidsvoll
bedroibet	betrübt, mutlos, depressiv
Bedrulje	Bedrängnis, Notlage (franz.:Bredouille)
befräiet, - sick befräien	verheiratet, - sich verheiraten, heiraten
beliébe, - beliében	erlebte, - erleben
benott	beklommen, eng
beschicken	(etwas) schaffen, aufbauen
besinnen, - sick därup besinnen	erinnern, - sich daran erinnern
biargdal	Bergab, den Berg runter, talwärts
Bichtsteohl	Beichtstuhl
Bidder (Hochtäidsbidder)	Bitter (Hochzeitsbitter)
biében	beben
Biesebäom	Bindebaum auf dem Heuwagen
biétsch	bissig
Biudenpoarden	Außenpforte, Außentor
Biuersche	Bäuerin, Bauersfrau
biuster, - biustern	klopfte, schlug, - klopfen, schlagen
Bliar, up´n Blae - Bladd	Blätter, auf dem Blatt - Blatt
bliéken	bellen
bölken	brüllen, laut muhen
Borsst	Brust
Botterbroie, Botterbreod	Butterbrote, Butterbrot
Bräan	Braten
Brast, - in Brast	Zorn, Wut, - zornig, wütend, voller Zorn
breif, - bräiben	rieb, - reiben
Brüobm	Bräutigam
bülber, - bülbern	brodelte, - brodeln
buobenbott	darüber hinaus, obendrein
büon, - bäen	boten, - bieten
butt	grob, unhöflich; stumpf
butz (=seobutz)	sofort

buüert, - buüern	gehoben, - heben
in´n Blae	im Blatt, in der Zeitung (alte Dativ-Form von Bladd=Blatt)
met´n Bleoe	mit dem Blut(e) (alte Dativ-Form von Bleod=Blut)

D

dä, däen - däan	tat, taten – tun, getan
da´je = dat jäi	dass ihr
da´we = dat wäi	dass wir
dal	nieder, herunter, hinunter
dalbucket, - dalbucken	niedergebückt, - niederbücken, hinunterbücken
Dalschliage (Mz)	Niederschläge, Schicksalsschläge des Lebens
dänne	weg, fort („von dannen")
Däowiar	Tauwetter
Diaker, Dack	Dächer, Dach
dicke däan	dick auftragen, aufschneiden, angeben
Dittken, - wie´n Dittken	- wie geschmiert, wie von selbst
diube	dumpfe
dögg, - diugen	taugt, - taugen
donne	fest, stramm, eng
donne bäi	dicht bei, nahe bei
Donnergüote	Donnerguss, Wolkenbruch
döppen, Iarfte döppen	aushülsen, Erbsen aushülsen
dröffen	durften
droige	trocken
drüomelig	zögernd, zögerlich, trödelnd, zu langsam
Drüomelpott	langsamer Mensch, Trödler
drütt	dürft
Dullkopp	Dickkopf, starrsinniger Mensch
dumpen, dumpet	ersticken, erstickt
Duürstänner	Türständer, Mittelpfosten
in´e Dutten gäahn	kaputt gehen, entzwei gehen

E

ehrdeinig	ehrerbietig, mit Ehrfurcht
Engeneod	Beklemmung, innere Angst („Enge-Not“)
ens	mal, einmal
Eosterwisch	Osterwiese
et	1. es 2. sie (das Mädchen, die Frau, die Magd)

F

faken	oft, häufig
Fäolen	Falten, Falte
Feiler, Feild, up´n Feile	Felder, Feld, auf dem Feld(e) (alte Dativ-Form)
Feoer	Futter
Fiarkens (Mz)	Ferkel
Fissen, -in´e Fissen	Fitze, Faden zum Garnbinden, - in Ordnung, fertig
flattäärn	schmeicheln, umschmeicheln
Fliagen	Flegel, Dreschflegel
flöttken	flöten, pfeiffen
Foier	Fuder, Fuhre, Wagenladung
fräien	heiraten
froche, - froagen	fragte/frug , - fragen
Frübben	Frau, Ehefrau
Frümsluüe	Frauen, Frauensleute
früomes, - früomd	fremdes, - fremd
fürdder	voran, weiter („förder“)

G

Gedäärt	Gestalt, Wesen, Ding, Geschöpf
geilen	gelten
getz	jetzt, nun
Glass, iut´n Gliase	Glas, - aus dem Glas(e) (alte Dativ-Form)
gleit, - gläien	glitt, - gleiten
gneisen	grinsen
gniuster, - gniustern	knirschte, - knirschen
gnüorter, -gnüotern	nörgelte, maulte, - nörgeln, maulen

gong, - gong sidden	geh, - setz dich („geh sitzen“)
Gräss,- van´n Griase	Gras, vom Gras (alte Dativ-Form)
grübbehaftig	grauslich, grauenhaft
güste	soeben, gerade, just

H

hä´je = häbbt jäi	Habt ihr
hä´k = häbbe ek	habe ich
hä´we = häbbt wäi	haben wir
Hacke, - einen in´e Hacken häbben, - nicks an´e Hacken häbben	Ferse, - angetrunken sein -nichts besitzen, kein Vermögen haben
Häen	Heide, Heideland
häff einen sidden	ist angetrunken, beschwipst
Häilen	Raum über den Ställen an der Deelenseite
hännig	1.schnell, behände 2.zierlich, klein, schmächtig
hännt mäi nich	liegt mir nicht, geht mir nicht gut von der Hand, ist nicht mein Ding
häss´e = häss diu	hast du
Hassebassen	Hetze, Eile, Zeitstress
Hecke	Gartentor, hölzernes Hoftor, mobiles Zaunstück
helle	1.laut 2.klug
helleiut	lauthals
henschmiéden, - henschmäiden	hingeschmissen, - hinschmeißen
heog, heog buüer, heog buüern	hoch, hoch hob, hoch heben
heschen	keuchen
hibbelig	unruhig, nervös, fahrig
Hiémd, van´n Hiéme	Hemd, vom Hemd (alte Dativ-Form)
Hinner	Behinderung, Last
Hochtäidsbitter	Hochzeitsbitter
Hoff, - up´n Huobe	Hof, - auf dem Hof(e) (alte Dativ-Form)
Hoibüohnen	Heuboden, Heulager

hoil, - häolen	hielt, - halten
Holschen	Holzschuh, Holzschuhe
Holschenball	Tanzabend in Holzschuhen
Holt	1.Holz 2.Gehölz, kleiner Wald
hölten	unbeholfen, ungelenk, steif, („hölzern“)
Hüchte (Mz), - ümme Hüchte hoien	Sträucher, Büsche – sich vorsichtig erkundigen
Huüerlingsstäie	Heuerlingsstelle, Kötterhof, Kleinbauernhof

I

Ialbuogen	Ellenbogen
Ianern, ianerns	Nachmittag, nachmittags
Iarfte (Mz), Iarfte döppen	Erbsen, Erbsen aushülsen
inbodd´t, - inboiden	eingeheizt, - einheizen
Inspäie, - inspäien	hinein spuckte, - hineinspucken
iude	aus (statische Adverb-Form von iut=aus)
iutklamüsert, -iutklamüsern	ausgedacht, ausgetüftelt, - ausdenken, austüfteln
iutspräet, - iutspräen	ausgebreitet, - ausbreiten

J

jäbbeln	quietschen, quieken, kreischen
Joppen	Jacke, dicke Weste, kurzer Mantel
jübbe	eure, euer

K

Käbbeläie	Zank, Gezänk, Kabbelei
Kafiss	Wucht, Schwung, Schlagkraft
Käien	Kette, Ketten
Käienlett	Kettenglied
kaime, - kúmen	käme, kommen
Käind, van´n Käine	Kind, vom Kind(e) (alte Dativ-Form)
Kärdn	Korn, Getreide
Kattenköppe (Mz)	Kopfsteinpflaster („Katzenköpfe“)
Kiuhlen	Grube, Vertiefung, Kuhle, Senke

Kiusentahn, Kiusen	Backenzahn
Kläerstücke	Kleiderstück, Kleiderstücke
klamüsern	(aus)tüfteln
Kleid, Kläer	Kleid, Kleider
kleie, kleiet, - kleien	kletterte, geklettert, - klettern
kliatern	klappern, scheppern, rattern
klüotern	ohne Eile kleine Arbeiten in Haus und Hof machen
kniatern	knattern, rattern, knistern
knippoigen	mit den Augen zwinkern
köbbe, - köbben	kaute, - kauen
kommeode	bequem, angenehm
Kontor	Büro, Kontor, Schreibstube
Kopsterbolter	Purzelbaum, Rolle kopfüber
Köppken	Tasse, Kaffeetasse
(wäi) kräi´t = (wäi) kräiget	(wir) kriegen, bekommen
kröche, - kröchen	hüstelte, - hüsteln
Kroiger	Gastwirt, Krüger
krüopen, - kriupen	krochen, -kriechen
kümmp´e = kümmp hei	kommt er
küon´je = küont jäi	könnt ihr
küon´we = küont wäi	können wir
Küoter	Kötter, Heuerling
kuüern	reden, sprechen

L

läike, - läike heriut	gerade, geradlinig, - gerade heraus, ohne Umwege
Läisepatt	Leisetreter, stiller Mensch
längen	länger werden
läter	später
Latüchten	Laterne, Leuchte
leige	schlimm; böse; elendig; schlecht; fies
Leigheiten (Mz)	schlimme Taten, Bosheiten
leste	zuletzt, schließlich
lia, - leggen	legte, - legen
Liar	Leder

lieg	leer
liuer, - liuern	lauerte, - lauern; (auf etwas) warten
Liuken	Luke, Klappe, Öffnung zum Heuboden
liuken, Roiben liuken	herausziehen, Rüben ziehen
liunig	launisch
loien	brüllen, grölen, schreien
lüssen	gelüsten, Verlangen haben
lustern	(zu)hören, lauschen
lüttk	klein
Luüd	Mädchen, junge Frau
luüen	läuten

M

Machollern	Wacholder, Wacholder-Schnaps
maitäids	im Mai, zur Maienzeit, im Frühling
Malässen	Schwierigkeiten, Probleme, Scherereien (franz. malaise)
man teo !	nur zu !, los !
Mannsminschen (Mz), Mannsluüe (Mz)	Männer, Männervolk Mannsleute
medde	mit (statische Adverb-Form von met=mit)
meistentäids	meistens, in der Regel
met ens	mit mal, mit einem Mal, auf einmal
mettertäid	mit der Zeit, allmählich, im Lauf der Zeit
Miagede, (dat)Maged	Mägde, (die)Magd
minnachtig	verächtlich, geringschätzig, abwertend
minne	minderwertig; gering; wenig; dünn
Moate, met Moate	Maß, mit Maß, in Maßen
Möbben	Ärmel
moie	müde
moien, - dat et mäi moiet	bereuen, reuen, - dass es mich reut, dass ich es bereue
Moimen	Mama, Mutter
Moite, - in´e Moite kúmen, kümmp in´e Moite	- entgegen kommen, begegnen kommt entgegen, begegnet
Möttke	Matsche, Schlamm
mü ´we = müot wäi	müssen wir

Muck	Muskelkraft
Müssen, näah de Müssen	Mütze, - gefallen, recht sein („nach der Mütze“)
Mutzepäipen	kurze Pfeife

N

nich/nie greots	nicht/nie besonders, nicht/nie großartig, nicht/nie in großem Maße
Näienduür	vierflügelige große Deelentür
nömmt, noime - noimen	genannt, nannte - nennen
noidigen	nötigen; inständig bitten, bedrängen
Näischierigkeit	Neugier, Neugierde
Noahbersche	Nachbarin, Nachbarsfrau
Noaht, - an´e Noaht gäahn	Naht, - sehr mitnehmen, zu Herzen gehen („an die Naht gehen“)
nüsche, - nüschen	schnüffelte, - schnüffeln, (ungezielt) suchen
Naichte	Nähe

O

oll	schon
ollewiagen	überall, allerwegen
ornnick	ordentlich; anständig; richtig; ganz gut
olltäid	manchmal, das eine oder andere Mal, zuweilen
Oam	Atem
Oiber	Ufer
Oamd, oamds	Abend, abends

P

Päine	Schmerzen
Pajatz	lustiger Kerl, Komiker, Clown, Possenreißer
Paschteor	Pastor, Pfarrer, Geistlicher
Patt – sick up´n Patt maken	Pfad, Weg, - sich auf den Weg machen, losgehen
Pattwiage (Mz)	kleine Wege, Pfade
Petten	Schirmmütze, Schlägermütze
Piard, Piar - van´n Piare	Pferd, Pferde, - vom Pferd(e) (alte Dativ-Form)

Pintken	Kleines Schnapsglas
piußen	pusten
plocken	brocken; bröckeln, krümeln
poscht, - poschen	getrampelt, gestapft - trampeln, stapfen
probäärn	probieren, testen
pucker, - puckern (Hartte)	klopfte, schlug, - (leise) klopfen, schlagen (Herz)
Pullen	Flasche, Schnapsflasche
pussiern	poussieren, flirten, Liebschaft anfangen

Qu

quackeln	schwächeln, hinfällig sein

R

Rüoke	Geruch
ratzekal	völlig, vollständig; total; radikal
rässe, - rässen	ruhte, - (aus)ruhen, Rast machen
riude	raus, heraus, draußen (statische Adverb-Form von iut=aus, heraus
Riudens (Mz)	Fensterscheiben, Glasscheiben („Rauten“ – früher rautenförmige kleine Scheiben)
Reip, Reipe	Seil, Seile
räibe	großzügig, freigiebig
rischwegg	gerade heraus, direkt
riatern	rattern, klappern
Ringsenwagen	Erntewagen, Heuwagen
rischen	(sich) erheben, aufstehen, in die Höhe gehen
Ruüe	Rüde, Hund
Rake, - van´e Rake	- weg, außer Reichweite, schlecht erreichbar
Runkelbult	Runkelmiete, Erdmiete für Futterrüben
räe	bereit
raken	erreichen, hinlangen; (zeitlich) schaffen; kratzen, harken
(sick) redden	klar kommen, sich zu helfen wissen
reseliut	resolut, entschlossen, beherzt
Rimpels (Mz)	(grobe) Hautfalten, Runzeln

rundümmeteo	rundherum, drumherum
rätze,- rätzen	(laut) schimpfte, - schimpfen, keifen
ruon	roden, urbar machen
ramentern	poltern, ungestüm sein, sich laut und unruhig verhalten
Räimsel	Reim, kleines Gedicht
Riéte	Riss, Sprung, Spalte

S

säi / se	sie (Einzahl u. Mehrzahl) – betonte / unbetonte Form
sapen	quatschen; dummes Zeug reden („salbadern")
sch´muorns	des Morgens, morgens, am Morgen
sch´nachts	des Nachts, nachts, in der Nacht
sch´noamds	des Abends, abends, am Abend
Schaiperstündken	Schäferstündchen
scheien, - scheien	schieden, - scheiden
Scheolmestersche	Lehrerin, Erzieherin, Rektorin („Schulmeisterin")
Schiapelsoat	Scheffelsaat = altes Flächenmaß, ca. 1700qm
Schlapp	Rockzipfel, Saum der Kleidung, Schürzenrand
Schlickerbude	Verkaufsbude für Süßigkeiten
Schluck	1.Schluck 2.Schnaps
Schluüer maken	Spaziergang machen
schluüert, - schluüern	geschlendert, langsam gegangen, - schlendern, langsam spazierengehen, schleppend gehen
schmuüstern	schmunzeln
Schnoat	Grenze eines Flurstückes, Dorfgrenze
schoit in´t Lachen	musste lachen, brach in Lachen aus
Schoppen	Schuppen, Scheune
Schöppsel	Schuppen, kleine Scheune, angebauter Schuppen
Schottschen	früher beliebte Tanzform („Schottischer")
Schräiffiarn	Schreibfeder
schraken	kreischen, schreien
schrinne, - schrinnen	brannte, schmerzte, - brennend schmerzen
schull (?), - schellen	schalt, schimpfte, - schelten, schimpfen

schüttkoppen	den Kopf schütteln, verneinen
Schuüern	Scheune, Scheuer
schwanke	geschwind, schnell, flott
Schwiaben	Peitsche
Seißen, Seißen kloppen	Sense, Sense schärfen/dengeln
Seot	Brunnen, Ziehbrunnen
sett däi dal	setz dich hin (nieder), setz dich
sia, - säggen	sagte, - sagen
simmeliern	nachdenken, grübeln, in Gedanken versunken sein („simulieren")
sinnig	bedächtig, mit Ruhe, gelassen
Soaterdagg	Samstag, Sonnabend
Soaterdaggianern	samstagnachmittag
söch, - soiken	sucht, - suchen
Soiden	Kuss („Süßer")
Späier	Spier, Grashalm, Halm
speie, - späien	spie, spuckte – speien, spucken
Sprüoksel	Spruch; Sprichwort
Stäige	Getreidehocke, Stiege (ca. ein Dutzend Garben)
stickenduüster	stockdunkel
stickum	heimlich still und leise
stillken	still, leise
stoatsch	stattlich; stolz; feierlich
stodde, -stoiden	stieß, - stoßen
Stussen	Streiche, Dummheiten
sü´je? = sütt jäi?	sollt ihr?
sü´we? = sütt wäi?	sollen wir?
sü´we´t? = sütt wäi et?	sollen wir es?
süchte, - süchten	seufzte, - seufzen
Süll	Schwelle, Türschwelle
süms	selbst
Sunndaggsstoat	Sonntagskleidung, festliche Kleidung
Sunne Martten	Sankt Martin, Martini, Martinstag
süppeln	nippen, schluckweise trinken
sütt (Gegenwart-Mehrzahl)	sollen
suüh ens	sieh mal

T

(rümme)tabert, -tabern	herumgeirrt; (herum)irren, ungezielt oder unschlüssig handeln
taddern	zittern, zittrig bewegen, wackeln
Teihnen (Mz), up´e T. trian	Zehen, auf die Zehen treten
teodacht	zugedacht, gegeben, zugewiesen
teofräie	zufrieden
teohäope	zusammen („zuhauf")
teohoier	hier: gehörte, zustand (Besitz)
teokúmen	kommende, künftige („zukommende")
teolustern	zuhören
teostond, - teostäahn	zustand, sich in dem Zustand befand – zustehen, sich in dem Zustand befinden
teotrübbet, - teotrübben	zugetraut, - zutrauen
Tiahnekellen	Zahnschmerzen, Zahnweh
tiargen	ärgern, sticheln
Tiargeräie	Stichelei, Seitenhiebe
toffe, - toiben	wartete, - warten
toiben	warten
toif ens	warte mal, warte nur
trechte	zurecht; fertig
Trellen	Scheibe (Wurst, Schinken)
triéseln	kreiseln, herumeiern
Tropp	Gruppe, Haufen, Schar, Herde
trübbe, - trübben	(ver)traute, - (ver)trauen
Tucken, - ´n Tucken	- einen Augenblick, kurzer Moment
Tuokebuül	Ziehharmonika
Twäibel	Zweifel
Twäiduüster	Zwielicht, Halbdunkel, Dämmerlicht
twarss	quer
twarssbruoken	kaputt (entzwei) gebrochen
twei	1.zwei 2.entzwei, kaputt

U

Uchte	Morgengrauen, vor Tagesanbruch
ümme de Hüchte hoien	sich vorsichtig erkundigen, sich mal umhören

ümme, - ümmeschmeit	um, umwarf, umschmiss
ümmebackveln	umarmen, in die Arme nehmen
Untäom	Unruhe; Aufruhr; Tumult; Tamtam
untoimig	unruhig, aufgewühlt, tumultartig
unwäis	sehr; stark; über die Maßen („unweise“)
Unwiar	Unwetter
up half twölbe	hier: schief („auf halb twölf“)
uppe	auf (statische Adverb-Form von up=auf)

V

van wäit hiar un donne bäi	von fern und nah
van wäit un säit	von weit und breit
vandage	heute
verdreitlich	verdrießlich, verdrossen, verärgert
Var	Vater
Veihfeoer	Viehfutter
venäinig	giftig; böse, boshaft
verbäister, - verbäistern	verwirrte, verdutzte, irritierte - verwirren
verkloarn	verfärben (z.B. Gesichtsfarbe)
(nich) verkniusen	(nicht) verwinden, (nicht) akzeptieren
verleisen	verlieren
Vermeod, - sick wat in Vermeod säin	- etwas ahnen, etwas vermuten
vermuckt	verdammt, verflixt
verschütt gäahn	verloren gehen
verstückern	erklären, Stück für Stück erklären
Vertellsel	(kleine) Erzählung, Geschichte, Anekdote
verticken	verzehren
vertrübben	vertrauen
Voss	1.Fuchs 2.fuchsfarbenes Pferd

W

wacker	munter; lebendig; hübsch
wahr däi	nimm dich in acht, pass auf
Wäiseprättker	Schönredner, schlauer Redner, Klugscheißer

wannähr	wann
was´er = was där	war da
wecke	1.welche 2.einige, manche
Wegg, -Wiage, -up´n Wiage	Weg, - Wege, - auf dem Weg(e) (alte Dativ-Endung)
Weihdage	Schmerzen („Weh-Tage“)
weinen	wenden
wenn we = wenn wäi	wenn wir, falls wir
wiage	weg, fort (statische Adverb-Form von wegg = weg, fort)
wialig	ausgelassen, lebhaft, übermütig
Wiar	Wetter
wick, wie	wie (beide Formen gebräuchlich)
wie	1.wie 2.als
wie we = wie wäi	als wir
wié´we = wiéd´t wäi	wissen wir
Wisch	Wiese
wisse	gewiss, sicher; tatsächlich
woahne	wütend, zornig, außer sich, wahnsinnig vor Wut
wü´we = wütt wäi	wollen wir
würken	weben
wuss´e = wuss diu	willst du

Z

Zossen	älteres Pferd, Klepper, Zosse
Ziédel	Zettel, Notizblatt

Un häier giff't neoh wat teo'n näahkäiken :

Informationsquellen im Web für interessierte Leser

http://www.plattdeutsch-niederdeutsch.net

→ ausführliche Infos und Texte

http://www.plattdeutsch-niederdeutsch.net/rvsbg.htm

→ Schriften zum Ravensberger Platt, Literatur-u. Autorenverzeichnis

http://de.wikipedia.org/wiki/Ravensberger_Land

→ Geografie und Geschichte des Ravensberger Landes

http://www.willmanns.ch/pdf/muensterische%20beitraege/par%202.pdf

→ über die Marken und das Markenrecht in Westfalen

http://nl.wikipedia.org/wiki/Marke_%28bestuur%29

→ Marken in den Niederlanden

http://de.wikipedia.org/wiki/Ostwestfälisch

→ Übersicht und Stichworte, Verweise

http://nds-nl.wikipedia.org/wiki/Nedersaksies

→ Übersicht Nedersaksisch (ost-niederländische Dialekte)

http://www.heemkunde-ootmarsum.nl

→ heimatkundliche Beiträge Ootmarsum u. Umgebung (niederländisch)

Jellinghaus, Hermann: Westfälische Grammatik
Die Laute und Flexionen der Ravensbergischen Mundart mit einem Wörterbuche
Nachdruck 2001 d. Ausg. Bremen 1877. VIII, 157 S. Ln
Sandig Reprint Verlag
ISBN: 978-3-253-02411-5

Möller, Erwin: Sägg et up Platt – Niederdeutsches Wörterbuch in der Ravensberger Mundart (Rödinghausen)
Hrsg. Kreisheimatverein Herford, 3.Auflage, Verlag für Regionalgeschichte, Bielefeld, 2013, ISBN:978-3-89534-830-3

Heining, Gerhard (Hg): Os Platt no Meode was
Vergangene Welten in plattdeutschen Texten.
3 Audio-CDs (Plattdeutsche Tondokumente aus dem Kreis Herford) u. Begleitbuch mit hochdeutscher Übersetzung zum Hören und Mitlesen
Verlag für Regionalgeschichte, Bielefeld, 2007, ISBN 978-3-89534-674-3

Touristische Informationen Landschaft Twente

Wer Interesse findet, die Landschaft Twente und das Städtchen Ootmarsum als Ort der Handlung im Originalroman einmal zu besuchen wird hier fündig:

http://www.grenzerlebnisse.de/fahrradtouren/themenrouten/

➔ Fahrrad-Tourismus in der Grenzregion Dreiländereck

http://de.ootmarsum-dinkelland.nl/

➔ Tourismus-Seite Ootmarsum

http://www.openluchtmuseumootmarsum.nl/

➔ Freilichtmuseum Ootmarsum, bäuerliche Kultur in Twente